U0088036

現代佛學叢書

禪與美國文學

傅偉勳・楊惠南主編／

陳元音 著

東大圖書公司

國家圖書館出版品預行編目資料

禪與美國文學／陳元音著．--初版．--臺
北市：東大發行：三民總經銷，民86
面；　公分．--(現代佛學叢書)
ISBN 957-19-2134-3（精裝）
ISBN 957-19-2135-1（平裝）

1.美國文學-評論

874.2　　　　　　　　　　86011190

國際網路位址　http://sanmin.com.tw

© 禪與美國文學

著作人　陳元音
發行人　劉仲文
著作財
產權人　東大圖書股份有限公司
　　　　臺北市復興北路三八六號
發行所　東大圖書股份有限公司
　　　　地　址／臺北市復興北路三八六號
　　　　電　話／五〇〇六六〇〇
　　　　郵　撥／〇-一〇七-一七五─ 〇號
印刷所　東大圖書股份有限公司
總經銷　三民書局股份有限公司
門市部　復北店／臺北市復興北路三八六號
　　　　重南店／臺北市重慶南路一段六十一號
初　版　中華民國八十六年十一月

編　號　E 22051①

基本定價　陸　元
行政院新聞局登記證局版臺業字第〇一九七號

有著作權‧不准侵害

ISBN 957-19-2134-3（精裝）

禪．默訊

諸言道斷，小行處滅淨何見

禪消息，三般若五般若，

別眷屬，方便菩薩禪功

德林。元青青授開西方禪興

文學為功医，而印度列車已花率畢墨

禪與美國文學付梓

——獻給摯愛的慕貞

《現代佛學叢書》總序

　　本叢書因東大圖書公司董事長劉振強先生授意，由偉勳與惠南共同主編，負責策劃、邀稿與審訂。我們的籌劃旨趣，是在現代化佛教啟蒙教育的推進、佛教知識的普及化，以及現代化佛學研究水平的逐步提高。本叢書所收各書，可供一般讀者、佛教信徒、大小寺院、佛教研究所，以及各地學術機構與圖書館兼具可讀性與啟蒙性的基本佛學閱讀材料。

　　本叢書分為兩大類。第一類包括佛經入門、佛教常識、現代佛教、古今重要佛教人物等項，乃係專為一般讀者與佛教信徒設計的普及性啟蒙用書，內容力求平易而有風趣，並以淺顯通順的現代白話文體表達。第二類較具學術性分量，除一般讀者之外亦可提供各地學術機構或佛教研究所適宜有益的現代式佛學教材。計畫中的第二類用書，包括(1)經論研究或現代譯注，(2)專題、專論、專科研究，(3)佛教語文研究，(4)歷史研究，(5)外國佛學名著譯介，(6)外國佛學研究論著評介，(7)學術會議論文彙編等項，需有長時間逐步進行，配合普及性啟蒙教育的推廣工作。我們衷心盼望，關注現代化佛學研究與中國佛教未來發展的讀者與學者共同支持並協助本叢書的完成。

傅偉勳　楊惠南

自　序

　　四十餘年來筆者在大學任教，無論進修、教學、研究均在英美文學領域裏面。從助教、講師、副教授到教授，由基層做起，其中約有三分之一的時間擔任行政工作，如系主任、所長、外語學院院長等；並曾以客座與交換教授身份在美國講學。退休後應聘華梵人文科技學院（現已改名為華梵大學）擔任東方人文思想研究所所長暨外國語文學系系主任迄今。

　　一向以主修英美文學自居的筆者，在近十餘年來，由剛開始的認識佛教進而於研究文學之餘也研究禪學，其中轉變的因緣有三。其一是與日本東京大學佛學學者鎌田茂雄教授的一席談話，鎌田教授與筆者的年齡不相上下，當時我們都在「知天命」之年。在一次座談會中，他談及自己做學問的歷程。他說他之所以專攻佛學，主要動機是來自於老子《道德經》中的一段話：「為學日益，為道日損，損之又損，以至無為，無為而無不為……」，此段話給予他很深刻的啟示。「為學日益」是他原先做學問的指標，他日以繼夜的鑽研哲學，以致有學富五車之感，但同時他也愈覺得不懂得人生的意義，愈不知道人生為什麼而活？而接下來的四個字「為道日損」則給予他一個應時的啟示。為了了解人生，他必須走回頭路，他覺得自己不能再往前衝了。於是他回過頭來淨化自己，也由於學佛的關係進而研究佛學。聽了鎌田教授的這一席話，筆者也頗有同感，心中

有種聲音告訴自己：「我不也是如此嗎？長久以來致力於西洋文學的研究不正是『為學日益』嗎？而在這個領域的成就不也是值得驕傲嗎？但我不也是愈來愈不懂人生嗎？」就在那個當下，筆者決定要如鎌田教授一樣走回頭路，簡化已很複雜的自己去學佛，並研究禪學。

因緣之二是有一年無意中讀到哈得利(George Hedley)的一篇文章，文中引出布拉特(J. B. Pratt)的一句話說：「文化人有兩種：一種是讀過鈴木大拙著作的人，另一種是未曾讀過的人。」此句話引起筆者的好奇，同時也希望自己能被列為第一種人，於是開始涉獵鈴木氏的所有英、日文著作。

因緣之三是當筆者熱中於鈴木氏的禪學時，有幸認識了曉雲法師。認識法師是由於「一杯水」的因緣。內人慕貞是早已受戒的虔誠佛教徒，多年來為李中和與蕭滬音教授伉儷以梵音弘法為宗旨所創立的「仁音合唱團」一員。有一回，她參加蓮華學佛園所舉辦的清涼藝展晚會，在會場中，她因重感冒不停地咳嗽，因此無法上臺參加合唱而坐在觀眾席中。曉雲法師非常關懷，請人倒杯熱開水給她潤潤喉。當時法師還不認識她，法師無微不至的慈悲，令她倍感溫暖，於是不久也皈依了法師。經由內人提起此「一杯水」的溫情，筆者始知陽明山有位如此慈悲的法師。比起內人，筆者學佛的起步慢了許多。一來是由於筆者一直忙於教學與研究，且由於經常出國進修、開會、講學，因此根本無暇顧及宗教問題；二來則可能由於因緣尚未成熟，故未曾主動認識佛教及親近道場。但筆者始終未曾阻擋內人學佛，偶然聽她提起曉雲法師是一位文學家與禪畫家，也是般若禪行甚深的佛教教育家，當然心中也只是有個好感而已，

並未烙下深刻的影響。

　　有一年筆者休假赴美講學，講學完畢，和家人從北美取道洛杉磯返國，途中順道拜訪了當地佛教道場，得知出家人在國外弘法，常受英語表達能力不足及英譯經論的缺乏，弘揚效果往往事倍功半。於是心中興起一念：為臺灣佛教培育雙語翻譯人才，應是筆者所能布施之處，而且已是刻不容緩。回國不久，陪同內人上陽明山參加禪七，在見到曉雲法師時，表達了自己的心意，因此法師立即邀請筆者在她所創辦的華梵佛學研究所兼課，專門教授經論之翻譯。這是筆者追隨法師辦學及請益禪學與禪法因緣的開始。

　　在以後的日子裏，與法師單獨面談及請益的機會增多，聆聽法師開示，恭讀法師論著，欣賞墨寶，感於她老人家的高超人格與學問，以及「覺之教育」的理念與深奧的藝術造詣，深覺法師必是一位可以代表三寶的師父，心想必能從法師那裏獲得如泉湧般永無止盡的學習。法師必能幫助筆者尋覓多年來在文學、哲學，以迄學術領域裏所無法找到的答案——人生真正的意義是什麼？也源於此，而恭請永明寺住持信定法師，選定一個「良辰吉時」皈依了曉雲法師，自此正式進入佛門成為佛弟子，蒙獲法名「仁弦」。說也奇怪，筆者在皈依之前，對師父特殊的「廣東國語」總是似懂非懂，然而自從皈依以後，確能很快地聽懂了，並且在佛學的領悟上亦有了長足的進步，這不正是印證了法師常說的一句話：「悟而後修，一日千里。」

　　後來筆者漸能將禪落實於生活上，並將禪落實於西洋文學的研究，深覺禪學的觀點，尤其以天台禪觀的「以觀釋經」之法，適足以打開英美文學所傳達人性與生俱來的情結，探討文

字符號意義漂流下無限開啟空間，將文學作品看成是一種「文字般若」，觀照其背後的實相，以呈現出作者的終極關懷。於是筆者陸陸續續在各種學術刊物及國際學術會議發表系列「從『禪』探討西方文學的『纏』」的論文，曾獲得相當大的迴響。

對筆者而言，在研究所開設「禪與文學」課程是嶄新的嘗試與挑戰。筆者在明尼蘇達州一所州立大學人文研究所曾講授的課程之一是「禪與文學」；回國後於淡江大學西洋文學研究所亦曾於好幾個學期講授此課程；前年春天，亦在華梵人文科技學院東方人文思想研究所講授一個學期的「禪與文學」。雖然在這三個地方所講授的課程均是「禪與文學」，但是由於三個不同地方的研究生背景完全不一樣，因之在教授的過程中，筆者經歷了完全不同的感受與經驗。

在美國選修「禪與文學」的研究生，都是清一色的美國人，他們多半是因為好奇而來的，期盼著筆者能帶給他們意想不到的神奇妙果，所以選修的學生經常爆滿。記得有一學期，該研究所同時段亦開了「基督教文學」的課，結果選修的研究生只有兩名，原來大部分的研究生都選了「禪與文學」，共有三十一名同學選修此課程，這在美國的研究所小組討論課(Seminar)已算是大爆滿了。這位講授「基督教文學」的美國教授問我為何會如此？因為他多年來首次面臨課幾乎開不成的危機，我答道：「大概是『遠來的和尚』會講經吧！」上第一堂課，筆者總需了解學生的背景，以便決定教材與教法。選修「禪與文學」這門課的同學都是主修人文學的，其中含蓋了天主教徒、基督教徒、回教徒及無神論者，但卻沒有佛教徒，偶然會有少數參加過於密尼亞波利斯·聖保羅（明尼蘇達州政府所在地）的「禪

中心」(Zen Meditation Center)的活動，這裏的活動方式，是承自日本的片桐法師「只管打坐」的禪修方式。

　　一般而言，美國學生未曾將「禪」當作宗教來認識，而是當成放鬆緊張生活的法寶。因此剛開始時，必須先向他們介紹「什麼是禪?」「什麼是文學?」因為他們都是有著美國文化背景的學生，所以自然而然在理解文學時，都是以理解美國文學的方式來理解其他的文學。透過這種溝通和介紹後，當我們在談到禪與文學的交集點時，我們往往會愈談愈起勁，原來學生早已讀過不少以英文介紹有關「禪」的書籍，而他們個個對美國文學都瞭如指掌，只是他們過去未曾將「禪」與「文學」結合起來思考過，慢慢地，他們驚訝的發現在自己的美國文學裏有那麼多的禪趣與禪文學，這對他們而言，的確是夠新鮮的了。這些學生應該都是戰後的年輕學子，但他們卻都不知道戰後的美國文學中，有那麼多深受禪學影響的詩作、小說與散文。經過一個階段的指導後，他們猶如又再發現了一片「新大陸」。據說，在筆者離開美國後，「禪與文學」這一門課已變成空前絕後了。

　　回國後，筆者在淡江大學西洋文學研究所也開設了「禪與文學」的課程，在當時國內的學術界而言，可說是首創了。選修的學生全都是主修西洋文學的同學，他們的宗教信仰不很固定，但對於基督教、天主教與佛教都已有相當程度的認識與同情，只是跟美國學生一樣，他們都未曾將「禪」與「文學」結合起來思考過。同學中有以英國文學為主修者，亦有以美國文學為主修者，更有以歐洲文學為主修者，亦有以文學理論、文學批評和比較文學為主要研究方向的，應有盡有。

本來「禪與文學」中的「禪」和「文學」都沒有範圍可言，而且任何背景的學者均適合探討「禪與文學」這樣的課題，最重要的還是在於「研究方法」。在臺灣，研究「禪」比在美國容易得多了，主要是因為在臺灣探討有關禪學的書籍很多，且佛教的道場又多，因之參加禪七或聆聽禪法的機會也就相對的增多。此外，對佛教有興趣的研究生泰半在大學時代都曾參加過各種佛學社團及活動，對於佛學或禪學已有相當程度的認識。

在淡江大學西研所講授「禪與文學」多年下來，已有了明顯的效果。從民國76年至今，陸陸續續請筆者指導撰寫有關「禪與文學」的碩士論文，而且已獲得文學碩士學位者，已有二十多位，其中已有數位出國進修攻讀這方面的博士學位，在美國南卡羅萊納大學甫獲文學博士學位，目前在華梵大學外文系服務的李美華老師便是其中一位。中央研究院歐美研究所研究員單德興博士不久前來信告知，他一向將禪學落實於生活中，但最近他認為這樣子還不夠，他要將禪學也落實於他所主修的文學上。筆者接到如此訊息當然很高興，因為這無異增加一位「知音」了。現在更令人欣慰的是，已有中外學者將「禪」與「後現代主義」或「解構主義」的文學理論結合在一起研究，並發現禪的空觀(śūnyata)本來便是解構主義的衍異(différance)現象。

來到華梵大學東方人文思想研究所，筆者於83學年下學期開設「禪與文學」的課程，這對於筆者而言又是一種新的嘗試與挑戰。在這裏選修此門課的研究生，幾乎清一色是中國文學系的畢業生。上課無論是演講或討論全都使用中文，而學生的口頭報告與論文的撰寫也都以中文的形式表達，剛開始時，有

些不習慣，但不多久，也就都適應了。談起中國文學，他們個個頭頭是道，加上一、二年來在東研所打下良好的佛學基礎，所以無論談「禪」或是「文學」，個個滔滔不絕，滿口經典，跟這些研究生談「禪與文學」真是有意思多了。因為「禪」與「中國文學」的因緣，比起任何其他文學（比如美國文學等）要密切多了。光是唐宋詩詞裏的「禪」就讓我們談不完的。上課時，大部分的時間都在探討有關同學所提出的問題或報告，討論之熱烈可說是盛況空前。同學們不但有興趣且很有創見，並且很熱中於任何有關的課題，因此出席率很高。他們的學期研究報告都是經過上課時宣讀並討論，集思廣益，經筆者批閱修改而成的。篇篇文字流暢，有創意與學術價值，比起多年來筆者在國內外其他大學研究所讀到的研究報告絕不遜色，甚且有過之而無不及。因此將東研所同學的學期報告擇優於84年10月出版了《禪與文學論文集》一冊，做為研究所叢書之一。雖然筆者只上了一學期的「禪與文學」，但已有一點成效。研究生吳美玲已於民國85年5月完成碩士論文《由禪的「解構」義探討其與文學創作的關係》，並以優異的成績獲得碩士學位。口試委員之一的政大教授羅宗濤博士說，這是一本高難度的論文，難能可貴。

　　筆者認真學禪之前的研究課題，與發表的論文或專書，均在英美文學的範疇裏，著作多以英美學界所慣用的研究方法以英文撰寫。指導過的研究生論文亦在此範圍內。但後來在禪學的領域裏，筆者發現在「文字般若」裏隱藏著無限開放的「觀照般若」，經此讀者能證得終極真實的「實相般若」；此隱藏的「觀照般若」，尤以天台宗的「以觀釋經」之法為筆者應用於解

讀任何文學作品上，從而挖掘出嶄新的涵義與真正價值，這應該就是探討古今中外文學家真正的終極關懷(Ultimate Concern)的另一途徑。文學作品裏的文字只是表相，並不代表真相，表相只是一種意符，真相是一種意指，如以解構主義的解釋，表相與真相之間，有著意想不到的距離；同樣的，「文字般若」並不代表「實相般若」，「文字般若」只是符號，讀者必須懂得「以觀釋經」之法「觀照」它，這樣才能證得其中實相。因此筆者在本書中所採取的研究方法，便是以「觀照」佛教經論中的「文字般若」之法解讀美國文學作品中的禪學因緣，以明作品背後的「實相」，探討出作品中的終極關懷，這應該是本書絕無僅有的特色。

今編入於本書中的各篇文章，均為筆者多年來研究禪與美國文學有關的部分，有的曾發表於《淡江學報》、《國際佛學會議(IABS)論文集》、《國際佛教教育研討會專輯》、《中華民國英美文學研討會論文集》、中華民國美國研究學會《美國研究論集》，或臺大外文系主編的《中外文學》等刊物中；有的曾用以申請國科會研究獎助的代表作；有的為筆者演講稿，或近著尚未發表者。凡以英文發表者，均以中文改寫編入此書。

本書共分十章，前六章討論未受禪影響的美國文學，然而其文學意境與禪學頗有雷同的部分，全部以美國超越主義文學為主，以平行比較研究方法(Parallel Study)闡釋超越主義、神秘經驗、其草根性與普遍性、人與大自然的關係、人心的問題，如：大我、小我、無我、無心、無明、開悟等，二元論與不二元論的觀念、直覺、「活在當下」的理念、博愛與慈悲之間、返璞歸真、簡單化生活、淨化人心等等與禪學共通的課題。所

涉獵到的美國作家有愛默生、梭羅、惠特曼、狄瑾遜、霍桑、梅爾維爾、馬克吐溫、德萊塞、安德森、海明威以及戰後的披頭族詩人等。

後四章介紹深受禪學影響的美國文學，主要以戰後美國作家與其作品為主要探討的對象，以影響比較研究方法(Influence Study)研究其與禪之間的因緣。首先論及戰後五〇至六〇年代的美國社會與文化如何形成為禪的溫床，醞釀出一系列的美國禪文學，然後分三章深入介紹比較具有代表性的三位近代禪文學作家：一為王紅公，二為史耐德，三為沙林傑。

本書結論指出，如果今日美國文化由於高科技之過度發展已陷入危機，此危機應該也是轉機。因為美國超越主義如「草根」般仍在美國國土上生生不息，且戰後在美國如雨後春筍般發展的禪文學與禪修中心、佛教道場亦快速地蓬勃起來；加上美國原有的基督教與天主教仍然在各鄉鎮的教堂吸引著當地人，他們企盼著能從中拯救他們的心靈及美國建國以後所遺留下來的清教主義，仍然有股強烈的力量喚醒著自己崩潰的道德意識，這些，都是轉機的保證，也是人類之福。

本書可以說是一本筆者四十多年來做學問的部分回憶錄，但願它有一點點的參考價值，如有不圓滿之處，謹請讀者原諒與不吝指教。

禪與美國文學

目　次

第三章　愛默生《自然篇》之禪釋

第四章　梭羅《湖濱散記》之禪釋

第五章　惠特曼的「草」

第六章　狄瑾遜詩中的禪趣

第七章　戰後美國的禪文學

第八章　王紅公——東西方智慧兼具之詩人

第九章　史耐德與禪學因緣

第十章　沙林傑《麥田捕手》之禪釋

第一章　禪與美國超越主義

一、東西方神秘經驗之交集點

　　由於古今中外的人性具有許多共同特徵，在跨文化、跨國度、跨時代的思想、哲理或宗教經驗之間，尋求共同的心路歷程是可能的。因此筆者許久以來深入鑽研禪學與美國文學之間的因緣，期望從認識、觀照、比較此兩大領域中能開拓一種新的媒介以溝通華梵文化與美國文化之間的關係。雖然就現在的外證來看，在1893年以前沒有跡象顯示禪與美國文化有任何實際的聯繫❶，但是從神秘主義的觀點切入研討禪與美國超越主義之間的異同可發現兩者之間的深厚因緣。本章將以平行研究方法，互照、互對、互比、互識兩者之間可能匯通之處。禪以中國禪❷為依據，超越主義以愛默生為

---

❶　1893年在美國芝加哥舉行「世界宗教會議」(World's Parliament of Religions)。在會中，釋宗演點燃了禪宗在美國的盛行因緣。參照鄭金德著，《歐美的佛教》(天華出版公司，1984)，頁105－114。

❷　印度佛教於漢朝明帝永平年間傳入中國，而大量譯經則在魏晉南北朝時期，就魏晉時期所流行的禪法而言，主要有數息持心的安

主的美國十九世紀超越主義為比較研究範圍。

為方便闡明禪與美國超越主義之間的因緣，筆者用以切入的觀點為西方的神秘主義。巴特拉(Cuthbert Butler)在《西方的神秘主義》(*Western Mysticism*)一書中指出宗教具備四個要素：教會、教義、服務、神秘經驗。最後一個要素實為任何宗教之真髓，亦即神秘主義之依據。宗教而無神秘主義者如無香味的薔薇。一般而言，真正的神秘主義並不是哲學而是一種宗教經驗所帶來的觀念與信念。在神秘經驗中，一個淨化了的心靈脫離塵世的一切憂慮，與「終極真實」(Ultimate Reality)❸融合。此種經驗令人終結二元論的觀念❹。二元論

般守意法門、締觀佛像的念佛法門，以及白骨死屍的不淨禪觀法門，這些都是印度傳統的禪法。直到達摩東來傳以壁觀的安心法門，中國禪方才確立。中國禪與大乘佛法的教義相契合，以達摩《悟性論》中所提「直指人心，見性成佛，教外別傳，不立文字」為基本精神與傳心要訣。不過這種「直指人心，見性成佛」的思想，要到六祖慧能方才真正實現。本章所說的「禪」，乃以廣義的中國禪為主，且非僅限於禪宗，也涉及天台宗的經藏禪、如來禪、般若禪、菩薩禪，其論述的依據主要為《六祖壇經》，再加上佛教的般若經典，如《法華經》、《華嚴經》、《涅槃經》、《維摩詰經》、《摩訶般若波羅蜜經》、《大智度論》、《楞伽經》、《金剛經》等為輔。

❸ 對「終極真實」一詞，古今中外有不同的解釋，如佛教中的「佛」、印度教中的「大梵天」(Brahman)、基督教的「神」「主」或「上帝」、老莊哲學的「道」、超越主義的「天靈」(Over-Soul)，均指「終極真實」，代表絕對和諧、化育宇宙萬物之起源、萬物的最終歸宿、賦宇宙以生命並為人類靈魂之根源。

的結束，不再以二元對立或分別心看待一切世間事，意味著神秘主義的最高意境，並為宗教的理想目標。

古往今來，偉大的神秘主義者，在神秘經驗上，具有頗為驚人的一致性。這是人類精神歷史上留有深刻印象的事實。通常這些神秘主義者喜歡孤獨，索居於山中，應景冥思，對於傳統的宗教或人的力量起了懷疑，他們的洞察力來自個人的心靈之旅所得的神秘經驗而不是智力之分析與運用；他們的神秘經驗因道德之提昇與修行而成熟。他們同時是極為熟練的思想家。當他們設法以語言文字解釋他們的神秘經驗時解釋往往成為經驗本身的副產品，正如禪的經驗「不立文字」但卻「不離文字」，但「不離文字」筆錄在白紙上者，只堪稱為「文字般若」而已，其「實相」必須經過「觀照」始能證得。此種神秘經驗確實無法以語言文字來表達。威廉・詹姆士 (William James) 在《宗教經驗的種種》(*The Varieties of Religious Experience*)一書中指出神秘主義的四個特徵❺，其中一個特徵即為神秘主義的「不可說性」(Ineffability)。神秘

---

❹　二元論之觀念始於孩童時期。綏拉(Donald K. Swearer)在《蓮花之秘密》(*Secrets of the Lotus*) 一書中引述日本一位數學家的話說：「人與世界本來是一體的，但是一個嬰兒能數『二』時，在他的意識中，二元論已開始了。」參閱Donald K. Swearer, *Secrets of the Lotus: Studies in Buddhist Meditation*, p.131，根據基督教的《舊約聖經》，二元論始於亞當與夏娃，違背神的命令，偷吃蘋果之時。蘋果象徵二元論之知識。

❺　詹姆士列舉之神秘主義四個特徵為不可說性、思惟技能特殊性、無常性和默從性。參照 Lectures, XVI－XVII: Mysticism。

主義雖然不可言說，但是老子還是以五千多字寫成了《道德經》， 佛教即有龐大的經典，禪宗雖為「不立文字」但仍以「不離文字」留下了可觀的禪門文獻，其數量冠於其他宗派的文獻。基督教或天主教即以新舊約《聖經》刻意道出了神的旨意以及耶穌的神秘經驗，說了很多「不可言說」的話。吾人必須知道的是解釋神秘經驗所使用的語言文字僅僅是一種權宜之計，絕不等於神秘經驗本身，恰如釋迦牟尼佛所說的：我說法四十九年，卻未說一字。其意即禪宗所謂的「指月」，意在「月」非在「指」也。故「不立文字」的確切意旨，應是「不執著於語言文字」之謂❻。吾人解讀此等語言文字是透過對於語言文字的主觀瞭解，進而「以觀釋經」之法觀照解讀其背後所隱藏的真正義蘊，語言文字只是橋樑，過了橋後應將之拆掉。這應該是吾人解讀神秘主義文學或宗教經論所採取的態度。

神秘主義者的熱望以心靈與「終極真實」合而為一為其理想指標。古今中外，神秘經驗的心路歷程頗為雷同，然而對「終極真實」觀念的不同解釋與不同信念或不同修行方法，導致所經驗到的最高境界的差距。在老莊哲學裏，「終極真

---

❻ 禪宗公案中有不少這種相關的記載，比如一些禪門高僧常視經書為「拭瘡疣紙」，甚至更激烈者還「喝祖罵佛」，而這些無非是要人不要執著於語言文字上，甚至對偶像的崇拜，故其認為語言文字只是表意的工具，猶如船筏只是渡河的工具一般，過了河之後，船筏就應捨棄；而得意之後，也不為語言文字所束縛——「法尚應捨，何況非法」（《金剛經》），或如《法華經》所云：「諸法寂滅相，不可以言宣。」

實」便是「道」：「有物混成，先天地生。寂兮寥兮，獨自不改，同行而不殆，可以天下母。」（《道德經》，25）是莊子所謂「物皆出於機，皆入於機」（〈至樂〉）中之「機」。「機」是人生的原動力，亦是人人皆有的自性。其不可說性使老子曰：「知者不言，言者不知。」(56)在禪宗裏於「明心見性」的歷程中認同於「終極真實」；吾人不能以傳統邏輯與推理之法去瞭解它，而必須在生活中去體驗它、認知它，是以「教外別傳，不立文字」之法，「直指人心，明心見性」而成佛。此佛便是禪宗的「終極真實」。它能將小我的生命投入大我的生命中，凝合成一種和諧圓融的生命觀，栩栩如生，生龍活虎；它能化煩惱為菩提，證此菩提，即得「終極真實」成佛。

在基督教裏「終極真實」是神。《舊約聖經》記載：「神對摩西說，我是自有永有的，又說，你要對以色列人這樣說，那自有的打發我到你們這裏來。」（〈出埃及記〉3：14）「終極真實」便是那自有永有的神。它在自我中可發現，在外在世界裏無所不在，因為「父在我裏面，我也在父裏面」（〈約翰福音〉10：38）。《聖經》上又說：「清心的人有福了，因為他們見　神。」（〈馬太福音〉5：8）意指清心可與「終極真實」融合為一。以美國超越主義而言，在超越世俗的神秘經驗中，內在我可與「終極真實」合而為一匯通「天靈」(Over-Soul)，它坐在「自我」最深處，是「一尊至高無上、平靜、永恒的心」(Emerson, "Over-Soul")。

使心靈與「終極真實」融合的神秘經驗，因人而異，但佛家與道家各以「坐禪」與「坐忘」之法得此寶貴經驗。佛家於「四聖諦」與「八正道」中可得明確指標，道家即以「損

之又損」的無為哲學與「莊子內篇」❼中得可行之法。西方的神秘主義者多半靠天資或直覺，不像佛家與道家一般有前人遺留下來可循之道。西方科學家，如愛因斯坦，亦有類似神秘主義的經驗；他在物理發明上，有很多次曾頓悟過。他經過極漫長的研究或實驗累積過程中，因緣一熟，「智」成為「慧」，一步便跨過去了。其實世間的道理都是如此。一般人誤認為神秘經驗，如禪宗者非常之玄，其實不然，當你悟道了的時候，禪原來是非常直接、簡單、樸素、平常，它「沒來」也「沒去」，跟「玄」毫無關係，而是跟質感直接聯繫的。只不過是因為我們沒有悟的時候，往往繞了很大的圈子，想得很複雜，於是懷疑，是否太玄了。大部分人因被傳統知識、太多學問與邏輯所困，一輩子要繞圈子，跨不過去。「終極真實」本來就在人心深處等著與心靈匯通，所以只要有慧眼、漫長的修練過程，並得有「善知識」指引，以及成熟的因緣，任何人遲早會有某種程度的神秘經驗；任何行業的人都可能成為神秘主義者。

二、人心的問題

從東西方神秘經驗的雷同闡釋禪與美國超越主義的匯通是認知兩者之間可貴因緣的方便門。除此之外，中國禪與美國超

---

❼　詳盡地討論「莊子內篇」，見於 Michael Saso, "The Chuang-Tzu nei pʻien: a Taoist Meditation", *Experimental Essays on Chuang-tzu*, ed., Victor H. Mair (U. of Hawaii Press, 1983)；亦見於黃錦鋐注譯《新譯莊子讀本》（臺北，三民書局，四版，1983）。

越主義對於人心的看法應該是值得比較的一個課題。在美國浪漫主義文學裏最早指出人心問題的人應該是霍桑 (Nathaniel Hawthorne, 1804－1864)。他在〈大地之焚毀〉("Earth's Holocaust")裏講出極為生動有關人心的故事。當年移殖至新大陸來的人因被世世代代累積下來從舊大陸攜帶過來的文物、傳統、舊觀念、舊制度壓迫得喘不過氣來，故決定燒盡這些老古董，以便迎接新生，但在故事結尾，一個黑臉的陌生客諷刺他們忘了把最重要的一件東西也燒了，那便是「人心」，所以他們的心仍然是舊的，除非他們能找到方法淨化那深奧無比如洞窟的人心，燒盡了這些老古董何用？這個新大陸仍將是原來的舊大陸。這是一句深具警惕的話，亦是一句令人深思的預言。因為始終無人能找到淨化人心之法；隨著時代之進步，加上原罪論之枷鎖，人心更加貪婪、複雜而深不可測，給人們帶來更多痛苦與煩惱。在美國文學裏要等到浪漫主義末期超越主義之來臨，經愛默生與梭羅等以親身體驗，現身說法，始見涉及淨心之道。在佛教裏淨化人心一向是最主要課題，尤其到達摩東來傳以壁觀的安心法門後，中國禪更將淨化人心看成是它的全部的任務，並將人心比做一面鏡子，「時時勤拂拭，毋使惹塵埃」❽。

　　有趣的是，禪與超越主義對於人心結構有共同的認知。兩者均認為每一個人由兩個人或心所構成；禪稱此二人為「意識我」與「真我」，超越主義稱之為「外在我」與「內在我」。

---

❽　神秀的名偈後十言。眾所皆知六祖慧能推翻了此偈，但這並不表示神秀的修行功夫完全錯誤，只是六祖的不著相又更超越了神秀而已。

認識如此人心結構的人不難看出中國的「坐」字所提示的意義。筆者認為當年創造此字的人深具道家或佛家的涵養，並且可能是神秘主義者。乍看之下，「坐」字中有兩個人並坐在土地上，土地上有一豎桿將兩個人隔開，並且「土」字的兩條橫線代表二元世界，意味著一個人坐下來應該意識到，實際上是兩個「我」坐在二元世界的土地上，但這兩個我（一個外在我，一個內在我）是如此陌生，因為中間有一道牆擋住，使得左邊的「我」見不著右邊的「我」；兩個陌生的「我」坐在二元的塵世上，讓「外在我」陷於萬般痛苦中。「坐」字之所以表示將臀部著地或凳椅上是因為人坐著時體重可集於丹田上，較能冷靜下來思考人生問題。一個人的神秘經驗往往在靜坐時比較容易獲得。神秘主義者最起碼知道一個人由兩個人所構成，被生在這塵世上，他的「外在我」一直在痛苦中掙扎，進而想到，如何斂束根絕意識，使這兩個「我」相見，直覓「內在我」或「本我」，因而認識自己；如何從二元對立的塵世中擺脫，獲得心靈上的完全自由。難怪，自古以來神秘主義者提倡靜坐的種種方法。道家採用「坐忘」，佛家即採取「打坐」或「坐禪」，天主教神父與教徒即有默坐靜思或默跪禱告之法，莫不採取坐或近似坐的姿勢，雖然禪宗的坐禪後來並不侷限於傳統的蓮花坐，將右腳放在左大腿上，再將左腳放在右大腿上，坐得四平八穩，平伏安寧的姿勢，而有所謂的「行亦禪，坐亦禪，語默動靜，體安然」的體會，認為處處禪機，時時禪趣，任何姿勢，任何行為，任何場合，任何時候都是禪 ❾。

---

❾ 禪宗四祖道信禪師首倡「行住坐臥，無非是禪」的劃時代宣言。

在中國有如上體認的人為禪師或禪者，在美國即稱之為超越主義者，兩者均透過各自的神秘經驗證得如此體會，雖然前者的「真我」與後者的「內在我」所能導致之最高境界仍有一段距離。兩者的神秘性在於如何以各自之法淨化「意識我」或「外在我」的所有意識，回歸自己的「真我」或「內在我」，進而「開悟」或「超越」的心路歷程。兩者的終究目的或其所能達到的最高境界，雖有所差異，但其設法透過神秘經驗努力淨心與「終極真實」合而為一的累積過程頗為相似。

美國超越主義女詩人愛美利·狄瑾遜(Emily Dickinson, 1830－1886)寫給荷蘭夫人(Mrs. J. G. Holland)的一封信中有下面兩句話：

> 我認為每一個人的意識有它的深層，從這深層中我們無法自救，亦沒有人能與我同行。這深層代表人有生必有死──死亡之冒險。
>
> 不論前面是世界末日的悲慘或天堂的喜悅，難於形容的甜蜜與莊嚴，我們在心靈上是永恒的。❿

到了百丈禪師更創建叢林制度，樹立「一日不作，一日不食」的作務精神，提倡農禪生活，把禪的精神深深地植根於大地中。生活中的禪是將寂靜的禪定工夫，攝入日常的勞動之中，而達到動靜一如的境界。

❿ Thomas H. Johnson, ed., *The Letters of Emily Dickinson*, Vol. II (Cambridge: Harvard U. P., 1958), p.612. 參照 Ando Shoei, *Zen and American Transcendentalism* (The Hokuseido Press, 1970),

這些話表示人心深奧無比，儲藏著豐富的意識，但其最深處是永恒的心靈。霍桑除在〈大地之焚毀〉一篇故事中指出被一般人所忽略的人心問題外，在他的日記裏將人心比作洞窟：

> 人心可比喻為洞窟；入口處有朗日鮮花。進去才數步，只見可怕的憂愁逼人，有各種怪物包圍，像地獄一般，使你手足無措，在絕望中彷徨。終於有一道靈光照在身上。走前一看，柳暗花明又一村，與未進洞前風景相似，十分完美。在人心深處是人的天性，又光明又美麗。憂鬱與恐懼隱藏很深，但更深處仍有永恒的美。⓫

在霍桑的神秘經驗中，他已體認到人心深處有一個「本我」，那是美麗而永恒的；它可直通神光。霍桑深深瞭解只要竭盡「外在我」的意識，潛入心的最深處，吾人便可融入永恒。

愛默生(Ralph Waldo Emerson，1803－1882)是美國超越主義的主要倡導者。他所說的「內在我」係指「永恒之一」(Eternal one)。他第一次從歐洲旅遊回來後說：

> 我承認外在與內在的我是有分別的。在容易做錯事、感情衝動、有生必死的自我深處卻坐著一尊至高無上、平靜、永恒的心。我不知道它的力量有多大，但是它至少比我更堅強，更有智慧；它不准我走錯路，我有疑惑時，

---

p.7. 本章參考此書之處均以ZAT與頁數表明。

⓫ Newton eArvin, ed., *The Heart of Hawthorne's Journals* (Boston: Little Brown, 1929), p.123. ZAT, p.8.

向它尋求指引；我遇到危險時，向它懇求幫忙；當我有
所作為時，向它禱告。在我看來，它的面目像造物主對
祂的孩子所顯示一般。⓬

他在〈超越主義者〉("Transcendentalists")一文中又說：

此種意識最不好的特徵是，此二種生命，一種是具有理
解能力的我，另一種是我的靈魂，兩者彼此之間互相不
溝通，亦不碰頭與彼此打量一下；一個只顧目前，整天
棲棲遑遑，一個只顧未來，無限虛空與天堂境界。⓭

愛默生在另一文〈經驗〉("Experience")中補充說：

我已將人生描寫為情緒的流露，但現在我必須補充說，
我內心有一不變的與統一知覺與心境的東西，它在所有
情緒與心態之上……在不和諧而瑣屑的各個心情之上
是完美的音樂、理想的人生旅程，常和我們在一起，好
似萬里長空，毫無裂縫。⓮

⓬ Arthur Cushman McGiffer, Jr., ed., *Young Emerson Speaks* (Boston: Houghton Mifflin, 1938), p.200. ZAT, p.72.

⓭ Edward Emerson, ed., *The Complete Works of Ralph Waldo Emerson* (Boston: Houghton Mifflin, 1903－1904), Vol. I, p.286. ZAT, p.73.

⓮ 同上，Vol. II, p.362。ZAT, p.73.

愛默生認為人的內面是整體的靈魂，是聰慧的沈默，常住的天性。我們賴以生存的奇妙力量與美接觸，不僅僅自我具足並且每一時刻都是完善無比；能見與所見、觀看者與所見景物、主體與客體亦只是一個。他的〈文學倫理〉("Literary Ethics") 一文中亦指出:「每位受人敬慕的文學才子有如一位成功的潛水伕，把海底的珍珠取出來，成為自己的所有物。」❶ 如此比喻與愛美利・狄瑾遜的下面一首詩頗為相似:

> 一粒珍珠，對我說來，如此令人注目──
> 我亦想立刻跳下去──
> 我亦知道──
> 去獲得它──
> 要花費我一生的心力! ❶

　　超越主義者的觀念論 (Idealism) 顯然以他的神秘經驗為依據。他的人生最終目標在於轉移有生必死的命運融入永恆人生的理想境界。由「外在我」潛入「內在我」的過程是一段超越主義者的神秘旅程，其與修禪者「明心見性」的神秘過程頗為類似。人生之所以寶貴無比在於人人能有如此縱橫突破的神秘經驗❶。人的複雜意識經過淨化或超越之後，永

---

❶　同上，Vol. I, p.133。

❶　Thomas H. Johnson, ed., *The Poems of Emily Dickinson* (Cambridge: Harvard U. P., 1955), Vol. I, p.192.

❶　縱橫突破係指二元論觀念之終結與意識之淨化，回歸本我，解脫塵世，獲得心靈上的完全自由。

恒的「我」必然呈現。如此顯出的「我」是超越世俗的「我」，已明了心、見了性的「無我」。 在佛教裏，一個人「明心見性」便可成佛了。那麼，愛默生是否成佛了呢？這個問題不是筆者所能解答，但至少他成了美國的菩薩❸。

一個人的「外在我」好比蠶繭，是蠶自製的，它的存在短暫而無常；而解脫塵世的「內在我」有如長了翅膀從自織的蠶繭中解脫出來的蠶蛾。它才是本來的「我」。「外在我」不外於智力、情緒、意志、執著、情慾，以及所有的感覺，包括肉身在內。這些都是短暫而無常的，並且經常受著外界的影響而變。澄淨了這些經年累積而來的意識，得以寧靜、清涼，「真我」自然呈現。

惠特曼(Walt Whitman, 1819－1892)是另一位美國超越主義詩人，他曾描寫「真我」說：「人的所有機能，如視覺，如鼻舌身等感覺，甚至如情緒與智力的背後有一種真正的力量──神秘的真我──你或我。」❹所有意識機能背後的「真我」時時刻刻操作著意識機能，只是吾人忙中忘了它的存在。日本德川時代最偉大的禪師盤珪(1623－1693)曾就「真我」的神秘作用做了下面的解釋：

「真我」亦即是「佛心」，是不生不滅的。它有不可思

---

❸　在 Van Meter Ames 所著 *Zen and American Thought* (Honolulu: University of Hawaii Press, 1962)一書中的 "Emerson: An American Bodhisattva" 一章中持有如此看法。

❹　R. M. Bucke, ed., *Notes and Fragments* (Boston: Little Brown, 1951), p.16.

議的作用；每一事物都被它安排得既自然又完善。讓我
解釋給你聽。你現在面對著我，注意聽著我的話，同時
你亦聽到麻雀和其他鳥叫的聲音。這就是說，你有一顆
「不生心」幫助你同時聽到鳥叫聲。此「不生心」便是
你的「真我」。

「不生心」可比喻為一面鏡子。在鏡子前面的東西自然
反映其中，雖然鏡子無意反映。當這些東西離開了鏡子，
它不留下任何痕跡，雖然它亦無意擺開。這便是「不生
心」的本來面目。當一個人注意著聽或看的時候，他不
能以此「佛心」聽或看。天生「佛心」聽或看完全是不
故意的。這便是「不生心」。❷⓿

禪的最高意境是「不生心」，它是不生不滅的「真我」，
但是因為「真我」無相，所以很容易被遺忘，雖然它不斷地
操作著「意識我」的每一機能。然而，吾人應從何處進入「真
我」？ 在何處可尋得「不生心」的線索？ 一般而言，當吾人
能內視自己，淨化意識，保持清靜而透明，吾人較能視聽外
界的景物或聲音，所見所聞會更清楚而自然。「八正道」中
的「正見」便是線索；《道德經》中的「損之又損」之無為
哲學亦是線索，「無為」的意境亦即是「不生心」。視覺與聽
覺必然是進入「真我」的方便門。

芭蕉(1643－1694)是日本俳句史上最偉大的詩人。他的
詩往往是透過感官，頓悟於「真我」的經驗結晶。他的一首

---

❷⓿　盤珪，《盤珪禪師法語集》(東京：岩波文庫，1950)，頁34。ZAT,
　　 pp.13－14.

家喻戶曉的詩如下：

> 古老一池塘，
> 青蛙跳入水中央，
> 撲通一聲響！ ❷

芭蕉的世界是一個寧靜的世界。有一天，他站在古老的池塘邊，感覺他和古池融合為一體，他的「外在我」與「內在我」亦為一體的。當吾人處於如此心境時，會感覺像在白雲中。白雲中沒有裏外，只有「忘我」的境界。為了能創造「真善美」，吾人務須要有某種事物打動，例如禪宗所謂的棒喝，以致醒悟於「真我」，刺激創造力。正好此時一隻青蛙跳進水中，撲通一聲，響震了寧靜的周圍，水聲加強了原來的寧靜，顯得更寧靜。水聲很自然地立刻將詩人導入「真我」。 詩人的美感重新興起，於是這首俳句自然寫成。這是聲音為媒介讓我們回歸自己的極好例子。視覺為媒介而醒悟的亦不乏其例。釋迦牟尼三十五歲時，在菩提樹下打坐中頓悟，回歸自己的「真我」，是當他偶然看到東方天空上亮晶晶的晨星之時。

　　由此可見，中國禪與美國超越主義對於人心結構的共同認知使兩者的神秘經驗頗為相似。兩者不但對人心看法一致，而且將「真我」比喻為一面鏡子。禪將「真我」比喻為「寶鏡」、「明鏡」或「淨鏡」， 它是無形的心鏡，能反映「意識我」的每一個變化與行動，以及所有現象世界。有趣的是美

---

❷　芭蕉，《芭蕉七部集》（東京：岩波文庫，1936）， 頁36。原詩為「古池や／娃飛び込む／水の音」。ZAT, p.19.

國超越主義詩人惠特曼亦曾將「真我」比喻為寶鏡而歌頌：

> 靈魂啊！我今天送你一面寶鏡；
> 長久在黑暗中，此鏡已沾污蒙塵，
> 但，現在烏雲已散開，污跡亦已消失；
> 看啊！靈魂！它現在已是清潔光明的鏡子，
> 忠實地呈現著萬象世界。❷

鏡子確是一個有趣的東西。無論多少東西照進去，它會照實反映，但不曾留下任何痕跡於其中。東西一離，鏡子從不因反映之而被弄髒，它絕不增亦不減東西的本來面目；鏡子本身永不變。「真我」亦如此。當自我意識受外界的影響而動怒、貪心、愚蠢、執著時，明鏡變模糊，無法照實反映。污染明鏡的自我意識不根絕或淨化，「真我」永不能呈現，吾人永不能解脫心中監獄，進入無限的時空中與「終極真實」融合。在自由時空中的真性永浴於無邊的佛法中，吾人始能法喜充滿，美國超越主義者始能真正超越世俗與自我證入「大我」的博愛境界見神。

在美國宗教史上，超越主義經過清教主義(Puritanism)、自然神論(Deism)、唯一神格論(Unitarianism)演變而來。它是一種樂觀的基督教哲學；它的觀念論置精神於物質之上，否認三位一體論(Trinity)，主張不必經過仲裁人，如耶穌，人即可與神溝通，如愛默生一首詩所歌頌：

---

❷ Walt Whitman, *Leaves of Grass* (New York: Heritage Edition, 1925), p.507. ZAT, p.22.

神啊！今後我永遠放棄

我見的束縛。我要

輕鬆愉快如飛鳥與你同在。

我在心中深處找到你，

我時時聽到你的聲音。

一根細針永知北方，

一隻小鳥永記它的小調，

而這位聰慧的先知，在我心中永不犯錯，

我從不請祂教我什麼；

我只是跟隨，我自然走上正途。❷❸

超越主義否認耶穌是神，而是「人的教師」或「受讚美的朋友」，他能「教我們如何變得像神」❷❹。人人能像耶穌一般成為神與人之間的仲裁人。超越主義亦否認原罪論而認為人只是「被糟蹋的神」❷❺。人原本就是好的，他不必透過任何傳統或教堂，便能與神直接溝通。

　　另一位美國超越主義者梭羅(Henry David Thoreau, 1817－1862)說：

---

❷❸　Edward Emerson & Waldo Emerson Forbes, eds., *The Journals of Ralph Waldo Emerson*, Vol. IV, p.47.

❷❹　Brooks Atkin, ed., *The Writings of Ralph Waldo Emerson* (Boston: Houghton Mifflin, 1945), p.117.

❷❺　Edward Emerson, ed., *The Complete Works*, Vol. I, p.45.

> 讓我們安心下來，雙足往下踏過爛泥、意見與偏見的雪地、傳統、妄想、儀表……，踏過巴黎、倫敦，踏過紐約、波士頓、和康柯得，踏過教堂與國家，踏過詩歌、哲學和宗教，直到岩石的硬底叫「真實」，然後說，這正是，沒錯。❷❻
>
> 讓我永遠尋找我自己。在那裏除了我的心裏最深處外，還有什麼教堂、寺廟、聖堂嗎？ ❷❼

因此，超越論的神祕經驗是要超越複雜的自我意識，好讓心靈與天靈或神合一，根本不必靠教堂或牧師，甚至不必靠耶穌做為媒介便可與神溝通。人人便是自己的牧師，自家、森林、處處是教堂；大自然便是教堂。愛默生說：

> 平常我們所謂的「人」是指他在飲食、耕種、計算事情上，這實在不能代表他，而是錯誤代表他，我們不尊敬這方面的他；但這靈魂，透過他呈現出來的靈魂，使我們的雙膝自然屈了下去。當靈魂感應智力，它成為天資；當它感應意志，這是道德；當它流入感情，這是博愛。 ❷❽

---

❷❻ Thoreau, "Where I Lived ...", *Walden: Life in the Woods* (New York: Everyman's Library, 1924), p.85.

❷❼ Bradford Torrey & Allen, eds., *The Journal of H. D. Thoreau* (Boston: Houghton Mifflin, 1949), July 16, 1851, Issue, p.223.

❷❽ Edward Emerson, ed., *The Complete Works*, Vol. II, p.222.

三、禪與超越論之間的距離

　　簡而言之，超越論基本上認知每一個人由兩個「我」所構成：「外在我」與「內在我」；超越主義者在他們的神祕經驗中超越前者，潛入後者，與「終極真實」融合，以求真理。此種心路歷程與修禪者的苦修過程頗為相似。然而，超越論者與禪者所能達到的最高意境之間有很明顯的距離。超越論所指的「內在我」是愛默生所說的「靈魂」或「永恆的一」，愛美利・狄瑾遜所謂的「海底的珍珠」，梭羅所說的「生命之永恆源泉」，或惠特曼所說的「稀罕的、宇宙的、藝術家心態的永恆之光」。超越論者強調直覺的深厚力量，只有在直覺領域中，「內在我」始能與「永恆的一」溝通，取得「海底的珍珠」，流入「生命之永恆源泉」，享浴「永恆之光」。這一點愛默生在〈自恃〉(“Self-Reliance”) 一文中說得很清楚，他說：

> 何謂普遍依據的原始的我？這個質問導致源泉——天才、道德、生命的真髓——是我們所謂的自然或直覺。我們稱原始智慧為直覺……在那深厚的力量中，「分析」無用武之地，因為直覺是萬物的共同源泉。[29]

由此可知，「內在我」屬於直覺的世界，直覺有深厚的力量，使得人的智力無法深入剖析，以瞭解它。然而其力量無論多

---

[29]　同上，Vol. II, p.52。

深厚，直覺世界仍屬於「意識我」的一種心態作用而已。「意識我」是短暫而無常的。停留於直覺世界中，吾人便無法細加觀察「意識我」中的意識完全被淨化之後的景色；尋找「意識我」外的領域成為不可能。直覺導致靈魂接納天靈之光，於是我們的「內在我」成為所有智慧與善良所居住的寺廟之門面，進不得寺廟中，只躲藏於「意識我」的深谷底，易受自我的殘屑纏繞，被驅回「意識我」的表面上。如愛默生所承認：

> 最單純的人誠實地崇拜著神，成為神；但是這較好而普遍的「我」永遠是新的，尋找不得的……靈魂便是光，是我們所依靠的支柱，不能被我們所擁有。從裏面，從後面，這道光照過我們，照在萬物上，讓我們瞭解，我們沒有什麼，而此光才是一切。人好比所有智慧與善良所居住的寺廟之門面。❸

　　吾人如從禪的觀點來看，超越主義者的神秘經驗能證入如此最高境界的確難得，但其與禪修所能達到的最高境界之間確有一段距離。超越論者所能經驗到的那種最高境界在禪裏稱為「清霄裏」、「明白裏」或「打成一片」，是一種淨化的超越心態，的確很深奧。達到此境界，人可成為如愛默生在《自然篇》(Nature)中所說的「透明的眼球」❸，或在〈補償〉("Compensation")一文中所說的「透明的流質膜」❸，能

---

❸　同上，Vol. II, p.222。

❸　同上，Vol. I, p.25。

看到煥然一新的世界，與一般人所看到的假象世界迥然有異。
但是，此種心境無論有多透明，人仍被框在個體性自我的架
構中，無法滲透去細察意識外的世界，因為如愛默生所說，
人不能擁有靈魂，而成為靈魂之光。超越論者所經驗到的最
高境界，毫無疑問地，已將「小我」提升為「大我」，讓人
產生所謂的「博愛精神」，主動愛自己亦愛鄰居，但心靈始終
無法進入類似禪學所謂的「無我」的境界中，獲得完全解脫。
超越論者的心裏深處仍纏繞著自我意識的殘屑，有時會氣怒，
有時會嫉妒別人，有時感到寂寞、慌張、憂悶、貪心等。依
靠著外來的靈魂之光或神光，心裏仍有黑暗處，光線未能照
到。只有此黑暗處完全消失，而整個心成為光本身，如日光，
人始能達到禪者所謂真正「無心」的境界。

　　此境界亦即是當年釋迦牟尼涅槃前親口告訴阿難的六個
字：「自燈明，法燈明。」❸當釋迦牟尼八十高壽彌留病榻時，
阿難這位最有學問，始終在身邊照顧釋迦牟尼生活的弟子問
道：「如果您老人家過世後，我們將依靠誰而生活？」釋迦牟
尼回答道：「自燈明，法燈明。」他的意思是各人依靠自己在
心靈深處發出的光融入普照的法光生存下去。如果吾人能真
正感覺自內心深處發光，亦能真正感覺佛光普照在我們的心
中與整個宇宙中；內心發出的光與佛光融為一體。上述的「自
燈」與「法燈」熔合在一起，法喜充滿。遍布榮光，到處光
亮，毫無阻礙，此光便是無量光。換句話說，禪促成「自燈」
與「法燈」熔合為無量光普照自己以及眾生。習禪者的最高

---

❸　同上，Vol. II, p.100。

❸　《佛教聖典》（東京：佛教傳道協會，二版，1980），頁18。

意境在於自覺此光發自內心深處，心中毫無黑暗處，因為此時已明了心、見了性，此光自然與佛光融合為一。這正是「般若波羅蜜多」的結果。如此天台宗所謂的般若禪所導致的最高境界裏，「小我」不僅僅已變成「大我」，有容乃大，而進入「無我」與「無心」的至高至上的超然心態中，產生比「博愛精神」更高一層次的「大慈大悲心」。「無我」與「無心」便是「不生心」，它超越了「自我」的框架，潛入「般若空觀」，證入所謂的「大悟大覺」。這正是美國超越論者望塵莫及之處；此亦即是基督教的「博愛精神」與佛教的「慈悲心」之間的距離。

愛默生的神秘經驗中能在心裏深處與「天靈」或「永恆的一」接觸，感覺沐浴於神光之中，「輕鬆愉快如飛鳥與神同在」，成為「透明的眼球」重新觀看這美好世界，然而神光只是「外燈明」，來自心外，因此愛默生自知「內在我」之光來自神，並不是發自內心者。他的「內在我」僅僅是神光的接納體，如月亮反射太陽光一般，無法「自燈明」。於是愛默生始終無法證入「無我」或「無心」的境界，而只能停留於「大我」的階段，自覺仍在「自我」的框架中，無法獲得心靈上的完全自由，有如仍被關在監獄之中。他有如下二段自白：

> 昨天在此地，和喬治與蘇菲亞‧瑞普利、瑪格麗‧弗拉，和阿爾克特等人討論「布路克農場」的計劃。
>
> 我不希望從我現在的監獄移至另一個更大的監獄。我希望我能打破所有的監獄。我現在尚未能征服我自己的居

處。它使我厭倦、懊悔。我要不要解脫此雞籠的包圍，徒勞進軍至巴比倫的假裝包圍中？如此做，有如躲避我已決定要解決的問題，而將自己在人群中的無能隱藏起來。**❸❹**

這是當愛默生應一些超越論者邀請加入籌備一個新的社會主義農場，以實驗超越主義的可行性時所說的深具意義的話，說明他拒絕加入的理由。對於愛默生而言，自己內心世界遠比新社區的建立重要。他迫切需要突破心中監獄，以獲得心靈上的完全自由。他未能滿足於「半死」的狀態中，而正設法「大死」一番。事實上，他在尋找進入禪機的門路。惜哉！愛默生終生不得其門而入，始終擺出「所有智慧與善良所居住的寺廟之門面」而已**❸❺**。

　　梭羅一直想要「活得從容而深刻，吸收所有生命的精髓」**❸❻**。他希望內視自己，瞭解自己心中尚未發現成千上萬的領域。換句話說，他迫切想竭盡自我意識，在心中深處尋

---

❸❹ Bliss Perry, *Emerson Today* (Princeton, N. J.: Princeton University Press, 1931), pp.156－157. ZAT, p.143.

❸❺ 愛默生寧可不做自視清高的隱士，而認同於孔子或儒家仁人君子，晚期走向人文主義。他從年輕時代提倡的超越主義到他後期發展的人文主義，兩者之間的重大轉變，其過程與意義，王建元的〈從超越論到人文主義──論中國對愛默生的影響〉討論甚詳，請參閱鄭樹森編，《中美文學因緣》（東大圖書公司，1985）頁5－40。

❸❻ Thoreau, *Walden*, p.79 ("Where I Lived").

找生命之根源。為了達此目的，他在華爾騰湖畔自建的小茅屋中，實驗簡樸、孤獨、自我反省的生活，然後有一天他要像公雞一般於清晨自誇大嗁以便叫醒鄰居。在森林裏，自我修練，淨化心境數週後的某一天，他經驗了頗為類似禪的「頓悟」。值得注意的是，梭羅如修禪者常常在小屋門口靜坐數小時，自覺像夜裏成長的玉蜀黍一般成長。有過一個芳香的夜晚，他覺得全身是一個感覺，身上每一個氣孔攝取著不可思議的喜悅。在大自然中感覺一種奇妙的自由，來去自如，成為大自然的一部分。在《湖濱散記》(*Walden: Life in the Woods*)一書中，有下面兩段文字說明上述神秘經驗：

> 第一個夏天，我並沒有看書；我種四季豆。不，我常常做更有意義的事。有時覺得現在這個活生生的時刻太寶貴，於是不願意花時間在用手腦的工作上。我要活得更寬闊的生命。有時，在夏天的清晨，洗完澡，從拂曉到中午，我靜坐在陽光照耀的門口，孤獨寧靜中，與松樹、山胡桃、野漆樹為伴，想得入神，聽著周圍的鳥叫聲，有的靜悄悄地飛過屋頂，直到斜陽自西邊窗戶溜進，遠處公路傳來的車馬聲提醒我時光的靜流。在那些季節裏，我成長得像夜裏成長的玉蜀黍，那些時刻遠比任何工作寶貴；它並沒有從我的生命中減去任何時間。相反地，增加了生命的意義。我瞭解東方人放棄工作靜坐沈思的意義。❸⑦
>
> 這是一個芬芳的夜晚，我全身是一個感覺，每一個氣孔

---

❸⑦ 同上，p.98 ("Sounds")。ZAT, p.148.

攝取著不可思議的喜悅。我在大自然中來去自如，融入其中。我穿著襯衣，沿著湖畔的石岸走著，清涼如白雲與微風。我沒有看到任何吸引我的景物；在我看來，所有景物都是相同的。❸

梭羅在華爾騰湖畔度過兩年兩個月又兩天的類似隱居生活，的確經驗了淨化心境，超越世俗的自由生活以及心靈與「生命之永恆源泉」融合成一體的境界。然而，事實上，他常感嘆他的理想與實際仍有一段距離。他在湖畔有了上述經驗之後，在日記裏承認此點：

> 我現在已是三十五歲的人了，但我的生命幾乎尚未展開。簡直尚在萌芽狀態！在很多場合，我的理想與實際之間有那麼大的距離，以致我可以說，我根本沒有出生。我有一種本能想加入社會，但做不到。為成功，生命似乎不夠長。再活三十四年，這個奇蹟恐亦不可能發生。我總覺得我的歲月過得比大自然還慢；我來得不適時。如果生命是等待，就讓它去等吧。我總不會在空虛的現實上遇難。❸

梭羅說了上述這段話的九年前，抱怨過自己的現況，他說：

> 我像在大氣中飄浮的羽毛；四周是深不可測的深淵⋯⋯

---

❸　同上，p.114 ("Solitude")。ZAT, p.148.

❸　Bradford Torrey & Allen, eds. (July 19, 1851), p.223. ZAT, p.148.

> 我活得並不好，因為太近視。由於視界太狹窄，我絆倒
> 自己，以致毫無進展……最近我的身心蹣跚，像暹邏雙
> 胞胎，互相勾腳，阻擾。❹

梭羅顯然像愛默生一般始終未能從自己心中的監獄解脫，以獲心靈上的真正自由。梭羅的世界以「生命的永恒源泉」為「內在我」最深處的意識基礎，它是純直覺的世界，但直覺仍屬自我意識的一部分，它無論多深、多純，必然是短暫而是無常的。它究竟不是禪學裏所謂的「無我」或「無心」，而仍在「大我」的意境內。為了獲得心靈上的完全自由，他必須超越「大我」，突破心中監獄之門，潛入意識外的「真我」或「無我」的境界。這正是梭羅和愛默生一般始終未能證入之處；這亦是美國超越論有其限度的又一例。

筆者在美國講學時，有一次學生問：「何謂真正幸福？我總覺得我不幸福，雖然我生在人人羨慕的民主自由富有的美國，我家有的是錢，住在豪華的高級住宅，有三部高級自用汽車，愛買什麼就買什麼，愛吃什麼就吃什麼，愛做什麼就做什麼，愛讀什麼學校就讀什麼學校，愛去哪裏就去那裏，自由得不能再自由了，但我總覺得我並不幸福，為什麼？我要怎樣始能感覺真正的幸福？」在美國文明史上追求幸福一直是人人想實現的「美國之夢」。當年「美國獨立宣言」的起草人，如傑佛生 (Thomas Jefferson)、法蘭克林 (Benjamin Franklin)、培恩 (Thomas Paine) 等，已將「追求幸福」列為人人享有的人權項目之一。美國人自他們的拓荒時期到今日的

❹　同上 (Feb. 21, 1842), p.98。ZAT, p.151.

所謂後高科技時期一直在追求這個美夢，希望能獲得真正的
幸福，但美國建國兩百二十多年來有多少人得到真正的幸福？
高科技的確帶來更方便、更舒服的生活，財富帶來更多更好
的物質享受，但是這些並不等於幸福，往往適得其反，帶來
「美國之夢」的破滅。難怪大部分美國人抱怨他們並不幸福，
為什麼？為了要瞭解什麼是幸福，筆者建議他們細讀梭羅的
《湖濱散記》或參加在美國已林立的禪中心或佛教道場的禪
七，尋求善知識的開示與引導。真正的幸福來自心靈上的完
全自由；心靈上的絕對自由來自內視自己，淨化「意識我」
或「外在我」，完全超越「我執」與各種慾望以及「分別心」，
根絕二元論的凡事對立思想。真正的幸福便跟著來。以上是
筆者給那位學生的回答。那位同學點了頭，好像聽懂了，因
為他沒有再問下去，但筆者現在仍懷疑他是否真的聽懂了。
當時筆者進一步告訴他，「美國之夢」基本上具有雙層意義，
其一為追求物質上的幸福，二為追求精神上的幸福；二者相
比，前者是短暫而無常的，當然後者才是真正的幸福。而唯
有美國超越主義所追求的才是後者所能賜給的真正幸福。其
實具有三百多年歷史的美國文學，除了超越主義文學與戰後
的美國禪文學以外，幾乎都是記載第一層意義的美國經驗，
尤其十九世紀末到二十世紀中葉的自然主義文學更為明顯，
它並將美國文化導至相當嚴重的危機。

　　美國超越論係自唯一神格論(Unitarianism)演變而來的基
督教哲理。它與其他派系不同的地方就是它否認三位一體論，
認為耶穌只是人，吾人能以他為榜樣成為神與人之間的橋樑，
更不需要牧師的媒介，因為我們自己便是牧師。它並且否認

原罪論，認為人只是「被糟蹋的神」(God in ruins) 而不是罪人；它的最可貴處在於認知人由「外在我」與「內在我」所構成。為了與神溝通，永浴神光，人必須超越「外在我」的一切意識，內視自己心底最深處，使「內在我」與「永恒的一」或「生命的永恒源泉」融合為一。如此神秘經驗正是超越論的真髓。以禪的觀點而言，超越論是最前進、最不迷信、最不玄、最合理的基督教哲理；其基本認知與修行的心路歷程，除了它是一神論以外與佛教的禪頗為雷同。尤其是愛默生所說的「人只是被糟蹋的神」與佛教的「人是尚未覺悟的佛；佛是已覺悟的人」，在認知人的本質上，頗為一致。只是超越論的「終極真實」是「永恒的一」，其最高心境介於「一」與「很多」之間的相對世界裏，尚未完全解脫二元世界。在這世界裏，暫時與永恒，有限與無限，人與神在人心谷底相接觸。靈魂是穩固的基礎支持著人，無可尋得，無可分析。結果人僅僅能成為神光的接納體，本身無法發光；超越論的「自恃」還得依靠來自神的「外燈」始能「明」亮。

然而在禪學裏沒有超越論中的神或「永恒的一」；它教人完全依靠自己發自內心的「自燈明」，回歸自己，證入「無心」的境界；它的「終極真實」超越「永恒的一」與神觀，與「諸法空相」相通，與「道」為伍。中國禪宗三祖僧璨在他的《信心銘》❹ 中說：當我們被光線照耀時，無法見到「真實」。所以禪者不僅僅要內視自己心底最深處的自性，並且還要突破它，進入無限的時空，「無心」發光，見到「終極

❹ 錄於卡普樂著，《禪：西方的黎明》，徐進夫譯 (臺北：志文出版社，1985)。

真實」。 這便是「明心見性成佛」的道理。在此悟境中，沒有任何事物值得禪者留戀，包括超越論的「神」與「永恒的一」在內。「無心」即「不生心」；「不生心」即「悟空」；這便是「諸法空相，不生不滅」的般若空觀，亦即是天台宗「般若禪」的真髓所在。❷

---

❷ 本章曾發表於《中華民國第二屆英美文學研討會論文集》， 1987年11月，國立成功大學外文系主編。內容稍做了修改。

第二章　美國超越主義的普遍性

　　禪與超越主義之間的雷同處應該是兩者之間的寶貴因緣，值得重視。如此稀罕的因緣，或多或少提供了溫床，促成第二次世界大戰後在美國國土上禪文學的蓬勃發達與佛教道場林立的事實；在道場裏美國人相信能安頓浮盪不定的身心。有趣的是，美國超越主義經愛默生、梭羅、惠特曼等作家的大力倡導，曾盛極一時，但這些哲人相繼逝世不久，美國超越主義表面上看似銷跡無蹤，然而超越主義的草根性已深植於愛默生同時期與後來的許多美國文學家心中。他們無意中在作品裏流露出象徵超越主義之「草」的意象，說明超越主義在美國文學中的普遍性至今仍隱約可見。

一、霍桑與梅爾維爾

　　與愛默生大約同時代的霍桑 (Nathaniel Hawthorne) 和梅爾維爾 (Herman Melville)，在表面上看似屬於悲觀派浪漫主義者，他們的小說中始終承受著沈重的清教主義，尤其是原罪論壓力，所關心的不外乎人性善惡對立的問題，結果他們的故事雖然善必然戰勝惡的傳統結局，但承認罪惡與魔鬼不可抹滅的勢力帶來濃厚的悲觀色彩。其實處理善惡對立的問題不

外就是人心問題。讀者應記得霍桑是美國浪漫主義作家中率先注意到不可捉摸的人心問題。他在〈大地之焚毀〉("Earth's Holocaust")中藉陌生客的嘴指出除非有人把心也燒掉並找到淨化那如齷齪洞窟的人心的方法，新大陸將依舊是舊大陸，甚至更壞。這是警告也是啟示淨化人心之迫切需要，於是霍桑又寫了一篇短故事〈伊山布朗〉("Ethan Brand")，讓故事主角布朗到處去尋覓「最不可饒恕的罪」，結果找到的答案卻始終在自己心中，於是自焚於石灰窰中，人死了，心也燒了，只留下一顆心臟型的石頭，象徵「最不可饒恕的罪」，那便是已變成冷酷無情像石頭般的心，但霍桑未能提出淨心之法。不過這兩篇故事已說明在霍桑心中已萌芽著超越主義思想❶。

在他的長篇小說《紅字》(The Scarlet Letter)中女主角赫司特(Hester Prynne)，基本上是超越主義者，因為她不屈服於當時清教主義社會的種種教義、規範與偏見，和愛默生一般完全自立起來，孤軍為自己的信念奮鬥，教導自己的女兒長大成人；她始終不承認自己犯了通姦罪是錯誤的，她超越世俗的法律與群眾的傳統價值觀，讓掛在胸前的「紅字A」，從意指「通姦」(Adultery)演變成為象徵「能幹」(Ability)和「欽佩」(Admiration)，贏得全鎮男女老幼的尊敬與佩服，使得赫司特的美名流傳於千古。其實，塑造赫司特的作者霍桑的心中早已萌芽著超越主義的「草」，讓此草長在赫司特的身上，意味著霍桑的心中禪機即將沸騰，以便在沈悶的悲觀中放出

---

❶ 霍桑在《紅字》(The Scarlet Letter)中的超越主義，尤其認為女主角Hester為超越主義者的看法是值得探討的課題。

樂觀而光明的色彩。

　　同時期的梅爾維爾，雖然年輕時寫過血氣方剛，充滿忿怒、復仇與狂暴的《大白鯨》(*Moby-Dick*)，但心中深處超越主義的「草」根正萌著芽，在惠特曼尚未發表《草葉集》(*Leaves of Grass*)之前已有一股衝動想寫些類似《草葉集》的詩作，歌頌他的超越主義,這一股衝動起因於某一夏晨的神秘經驗，於是他寫出下面一段話給霍桑：

> 　　這種「全身投入」的感覺，必有些真理在其中。你一定
> 常常經驗到，當你在暖和的夏日躺在草地上，你的雙腿
> 茁長進入大地中。你的頭髮像草葉般長在頭上。這便是
> 「全身投入」的感覺。❷

梅爾維爾深藏在心中的超越主義思想，雖然一直未能改變讀者對他的那種悲觀的浪漫主義形象，但心中的樂觀超越主義終其一生隱藏在他心中。例如他的一篇短故事〈抄寫員巴特比〉("Bartleby the Scribner")，雖然充滿著絕望色彩，但故事結尾巴特比死於存在主義式的絕望時，梅爾維爾指出：「那埃及式的石造建築以憂鬱壓在我身上。但一片被壓在水泥下的野草長在腳底下。那永恒金字塔的心，經某種魔力，將眾鳥丟下的草的種子，使之萌芽。」❸草芽如象形文字般，象徵著永恒的生命與希望。又如他晚年的遺作《比利・巴特水手》(*Billy Budd, Sailor*)中的那位年輕英俊水手比利被塑造成像超

---

❷　*Portable Melville* (New York: Viking Press, 1952), p.434.

❸　同上，p.511。

越主義者，令讀者不難看出他象徵耶穌。如此處理明顯透露梅爾維爾晚年的心聲。此時作者以二元對立與世為敵奮鬥一輩子已是心疲力倦，所需的是心平氣和的晚年。

二、德萊塞

很少人知道美國自然主義泰斗西奧多・德萊塞(Theodore Dreiser, 1871－1945)也會寫詩，而他的詩作往往是從超越主義思想醞釀出來的。他於1926年出版一本詩集，其中一首如下：

> 群鳥在空中飛過一條河，
>
> 孩子們在旁邊草地上玩耍，
>
> 河流轉動著古稀水輪
>
> 在大樹下。
>
> 而水中的牛群
>
> 在樹下。
>
> 陽光、樹蔭、
>
> 暖和、和草。
>
> 和我自己
>
> 和不是我自己，
>
> 躺在草地上做夢。❹

---

❹ Theodore Dreiser, "Proteus", *Moods Candensed and Declaimed* (New York: Boni & Liveright, 1926), p.7.

許多讀者因為看到詩中一些關鍵字，如「草」、「我自己」、「不是我自己」會錯以為是惠特曼的詩。除此之外，一向以自然主義觀點從事小說寫作的德萊塞，卻於晚年寫出具有汎神論意味的《堡壘》， 和洋溢著轉世輪迴的東方神秘主義的《堅忍之人》， 這是很奇妙的。雖然德氏一生與宗教無緣，吾人不免懷疑德氏晚年是否對於死亡的恐懼感有增無減。僅以《堅忍之人》中的貝麗耐絲的印度之旅與對神秘的瑜珈哲學的探求， 是不足以印證德氏晚年對於宗教的認同的；但是，在《堡壘》中，索倫竟然能在萬物中看到神的存在，進而領悟到博愛的真義與安息。這般自然而感人的描述，不難使人聯想到德氏晚年的心態。如此解說是有跡可尋的。尤其當德氏六十九歲時，曾被問及何者為西方文明的危機，德氏以〈黎明在東方〉("The Dawn Is in the East")一文作答，文中盛讚以中國及印度的宗教信仰為主體的古代東方文化深奧樂觀的人道精神❺。

剖析德氏超越主義最徹底的非阿西利諾(Roger Asselineau)莫屬❻。阿西利諾認為一般文學史家將德氏歸類為自

---

❺ Robert H. Elias, *Theodore Dreiser: Apostle of Nature* (New York: Alfred A. Knopf, 1948), p.273. 有關德氏晚年傾向東方神秘主義的這一段文字，筆者曾於拙作〈德萊塞與美國自然主義〉，《美國文學與思想研討會論文集》（中央研究院美國文化研究所，民國73年），頁210－211中發表。

❻ 阿西利諾所著《美國文學中不變的超越主義者》*The Transcendentalist Constant in American Literature* (New York and London: New York University Press, 1980) 收集他多年來所關注

然主義小說家是過於匆促的結論，其實德氏像月亮一般由兩個半球所構成；一個是從地球上看到的，亦即是他的自然主義，另一個是在黑暗中看不到的，亦即是他的超越主義。這兩面起初看似不相容，但是德氏能於調適此矛盾，他和真的超越主義者如惠特曼一樣，對於人生的矛盾處可以不去關心，對於邏輯亦可以不理。所以在他心中他能將不相容的許多事擺在一起。結果他在描寫心理與社會現象時一方面以唯物觀的執著可以看不到矛盾之處，因為他同時以返璞歸真的心情，如詩人或孩童一般，能面對神秘的人生，所以在他晚年時他同時是宗教家又是共產黨徒。在他心中他不斷地尋找超越物質背後的「終極真實」，這是任何一位超越主義者或禪者在他們的神秘經驗中所希望能證入的最高意境。德氏和愛默生一般不相信原罪論，所有他所塑造的人物，基本上，都是好人，只是他們被捲入生物與社會進化所形成的力量中，以致無法自拔❼。

三、馬克吐溫

　　介於美國浪漫主義時期與寫實主義時期中的馬克吐溫(Mark Twain)，在他的《頑童流浪記》(*Adventures of Huckleberry Finn*)中所塑造的兩個孩子湯姆(Tom)與哈克(Huck)，

___

　　於美國文學中自浪漫主義時期至今日所呈顯超越主義的普遍性的論文，以尖銳而客觀的眼光剖析被一般文學批評家所忽略的潛長於許多近代作家心中的超越主義。

❼　關於這一點，請參閱拙作〈德萊塞與美國自然主義〉。

前者以文明，後者以自然的性格對比中讓讀者能烘托出執著對於人所造成的負面影響，以及人在無執過程時其內在佛性及慈悲心之自然開展。筆者在早期論著❽中已指出湯姆與哈克如何代表作者的雙面人生觀，和德氏的人生觀所代表的兩個互不相容的半球一般；湯姆所代表的是浪漫主義的文明之子，哈克所代表的是寫實主義的自然之子，而哈克的寫實或忠實於自然的人生卻是超越主義的，他毫不受文明社會或世俗的影響，完全憑直覺去判斷一切周遭，去辨別一件事情的正誤，思考完全自立，他的獨立性格符合愛默生的自立哲學。以他那種自然之子而言，他不可能瞭解湯姆的觀念與他的所作所為，因為湯姆的所有知識、經驗、想法來自他所讀過的書本或是學校與家庭教育，這些在他的經驗中所累積的一切只增強他心中的執著，以致完全被框在當中，無法解脫。於是每次湯姆與哈克在一起玩耍時，例如書中的前數章以及結尾，雖然都是湯姆主導所有的冒險，但是因為故事透過哈克的觀點講出來，到處讓讀者看出哈克以他那種超越主義或自然之子的寫實主義立場批評湯姆的幼稚與無聊，恰如禪者看到在糾纏不清的世界中爭吵的人們的幼稚與無聊一樣。其實，哈克不僅僅批評湯姆，在故事情節發展中，他所看到的醜陋人生面面觀時，讓他不斷的嘆氣說：「啊！不可救藥的人性呀！」此嘆氣的背後是對於無知、「無明」、愚蠢凡人的慈悲關懷。如此看來，馬克吐溫亦是一位偉大的超越主義者

---

❽ 陳元音〈馬克吐溫的兩面人生觀〉("Tom Vs. Huck——Mark Twain's Doubleness")，《淡江學報》，第五期，1966，頁173－190。本文以英文發表。

無疑❾。

四、安德森

安德森(Sherwood Anderson, 1876－1941)是德萊塞之後，另一位美國自然主義作家。當他的《小城故事》(*Winesburg, Ohio*) 於 1919 年出版時，讀者僅僅看到寫實主義或自然主義。讀過德萊塞小說的書評家褒贊其為自然主義傑作，例如哈克特 (Francis Hackett) 稱安德森為「發出尖銳風笛的自然主義者」❿。他與其他書評家似乎都認為安德森的主要用意在於忠實與準確而毫無保留地呈現真實的人生，如此評論當然也是正確的，但不全是正確的，因為《小城故事》不僅僅記錄外表的事實而已。乍看之下，《小城故事》很成功地描畫出作者時代的中西區(Middle West)小城百姓的生活，無論是背景或人物都交代得相當確實；顯然安德森以孩童時期的記憶

---

❾　筆者曾於民國 81 年間指導過淡江西研所的柯量元撰寫有關這一方面的碩士論文。請參閱柯量元著〈文明與自然之子：馬克吐溫之《湯姆歷險記》及《頑童流浪記》之禪釋〉(Tom Vs. Huck: Son of Civilization Vs. Son of Mother Nature —— A Ch'an Reading of Mark Twain's *The Adventures of Tom Sawyer* and *Adventures of Huckleberry Finn*)，未出版。柯君以禪的觀點很精細地剖析了湯姆與哈克，是一篇難得一見的碩士論文。此論文曾榮獲中華佛學研究所的獎助。

❿　"A New Novelist", in *Horizons* (New York: Huebsch, 1918), pp. 50－56.

寫出,威恩斯堡 (Winesburg) 便是他的故鄉克萊德 (Clyde)❶。
他甚至使用原來的街名與零售商人的名字。透過喬治・威拉
得(George Willard)的觀點,他的寫實是客觀而中性漠然的,
他恰似站在照相機鏡片後面默默地、冷漠地觀察故事中的小
城人物,在描寫人物的行為與尖叫時,他從不加入自己的看
法與判斷。

　　安德森雖然以不偏與正直描寫出人生的表相,但他所要
呈現的顯然不只這些。他將《小城故事》獻給他母親寫道:
「謹獻給記憶中的母親愛瑪・史密斯・安德森,她對於人生
之銳利觀察力提醒我渴望見到人生表相裏的真相。」他將此
渴望透過他所塑造的中心人物喬治・威拉得描畫出來。對於
安德森而言,寫實主義是他的踏板,由此建立他的怪誕
(grotesques)稀奇古怪的故事,換句話說,事實只是安德森想
像力的跳板。他所看到的事實僅僅是超越主義者愛默生所說
的「外在我」錯綜複雜的所作所為,其實這些只是假的表相,
其真相應該隱藏於「內在我」中。《小城故事》中每篇故事
的重點不在於以寫實手法描畫出的表相,而在於白紙上寫的
黑字所暗示或故意不以語言文字表達的隱藏於「內在我」的
部分。安德森在〈孤獨〉("Loneliness")一篇中描寫此手法如
下:

　　當他（故事中主角,愛諾克・羅賓遜）的畫被討論時,

---

❶ 參閱 William L. Phillips, "How Sherwood Anderson Wrote
Winesburg, Ohio", *American Literature*, Vol. 23 (March 1951),
pp. 7–30。

他恨不得大聲說，「你們沒看懂」，他想要解釋的是，「你們所看到的畫不含你們所看見的或你們所解說的。裏面有些你們看不見的，你們不想看見的。請看這一幅……路邊的那一個黑點，你們也許根本沒有注意到，但它是一切的起點。那裏有一群老人，其中間有什麼東西隱藏著。那是一位婦人。她從馬背上摔下來，馬已跑掉了……是一位婦人……是一位婦人，噯！她有多可愛。她受了傷，忍著疼，但她沒有哀叫……她靜靜地躺在那裏，白白的，靜靜的，而美感從她那裏流出傳至各處……當然我沒有刻意畫她。她太美了，以致不能畫呀。」❷

這一段話點出安德森的美學。《小城故事》的主題不在喬治‧威拉得或村中的怪誕們的所作所為，而在於隱藏於他們心中的愛，隱藏於表相內的真相。這些書中的怪誕不僅僅是看似如此，其實威恩斯堡村裏沒有一樣表裏一致的。恰如〈孤獨〉中那一幅畫，在畫面中留下很多空白，《小城故事》中亦留下以人類語言文字的符號無法表達的空白。這種手法與禪詩和禪畫頗為相似。在禪詩和禪畫裏，詩人或畫家常以點到為止的手法，刻意不以太多文字或線條去描畫出根本無法表達的部分，以便留下空白，為讀者便以觀照其中的無限禪意。在《小城故事》中隱藏於文字背後所透露的訊息便是超越主義神秘經驗中的「終極真實」，亦是禪學中文字般若背後的實相。能否瞭解此種解讀，要看讀者能否以觀照般若之法去探討漂流不定的文字涵義以及字裏行間肉眼看不到的訊息，

---

❷ *Winesburg, Ohio*, op. cit., pp.169−170.

或所留下的空白所逸出的禪趣或事實真相。

　　有些批評家認為安德森酷似繼承了超越主義傳統❸。一本安德森傳記重新認定安德森塑造怪誕人物的想法屬於愛默生和惠特曼的傳統；安德森慫恿同鄉不要執著於社會為他們設定的標準與人生目標，而以自己的語言重新創造自己，或拒絕承認語言之限度去超越自己❹。因此為了得救，這些怪誕必須捨棄那些瘋狂奪取的真理去依靠自己心靈中的神性。根據安德森對於怪誕的定義：一個人執著於某一真理，認定它便是自己的真理，於是依此為自己的生活準則，因而變成怪誕，而他所擁抱的真理變成虛妄❺。其實，真理無常，如抓住它不放，當然會變成怪誕。在《小城故事》中的人物全都是這樣的人。

---

❸　參閱 Horace Gregory, "Introduction", *The Portable Sherwood Anderson* (New York: The Viking Press, 1949), pp.2 － 5; Brom Weber, *Sherwood Anderson* (Minneapolis: U. of Minnesota P., 1964), pp.6 － 7; Charles Child Walcutt, "Sherwood Anderson: Impressionism and the Buried Life", *American Literary Naturalism: A Divided Stream* (Minneapolis: U. of Minnesota P., 1956), pp.31 － 36; Alfred Kazin, "The New Realism: Sherwood Anderson and Sinclair Lewis", in *On Native Grounds* (New York: Reynal and Hitchcock, 1942), p.215.

❹　Kim Townsend, *Sherwood Anderson* (Boston: Houghton, 1987), pp.110－111.

❺　Sherwood Anderson, *Winesburg, Ohio* (New York: The Modern Library, 1919), p.5.

安德森認為藝術和生活是一體的，不可分開。他創作的焦點在於如何瞭解自己的問題上。鼓勵他兒子約翰成為畫家的信中，他寫道，「藝術的目的……在於拯救自己。我認為這是要失去自己的力量。自己本身是一個嚴重疾病。我們都要設法去除掉它。」❻ 依禪學觀點，「自己」指的是自我意識或「我執」，「我執」又是從「無明」而起，因此去除了「我執」始能「明心見性」瞭解真正的自己，怪誕始能變成正常人。老子《道德經》中說「為學日益，為道日損，損之又損……」。此句中的「損」字便是安德森所要說的「要失去自己」。 只有不斷地失去自己已累積的各種錯綜複雜的自我意識，始能瞭解真我的本來面目。這也是梭羅在《湖濱散記》中說的所謂生活「簡單化」(Simplify)的用意，禪學所教我們的「淨心」之道。只有「淨心」始能去除「我執」。 所以基本上安德森是超越主義的，與修禪者頗為雷同。

五、海明威

深受安德森影響的是比他年輕二十多歲的海明威(Ernest Hemingway, 1899－1961)。海明威的所謂「冷漠文體」(Hard-boiled Style)以及他的「冰山理論」(Iceberg Theory)是多少受到安德森影響的結果。約三十年前筆者研究海明威時主要探討以上兩點❼，那時筆者尚未發現海明威印證「冰山理論」

---

❻ Sherwood Anderson, *Letters of Sherwood Anderson*, ed., Howard Mumford Jones and Walter B. Rideout (Boston: Little Brown, 1953), pp.166－167.

最成功的作品中亦有明顯的超越主義，其神秘經驗酷似禪者修行的心路歷程。只是海明威的超越主義不必因隱居於山裏而證得，亦不必如禪者以打坐定心，更不像梭羅短期獨居於華爾騰湖濱與大自然打成一片，以親身體驗超越主義的生活方式，瞭解人生的意義；相反的，他依照愛默生〈美國學者〉("The American Scholar")中所說影響一個人最深遠的三個因素：大自然、前人的智慧（寫於書中者），以及活躍的行動去做為一個真正的男子漢；對海明威而言，大自然是他必須時時刻刻、不限場所面對的。他自孩童至少年時期在密西根北部度過的暑假裏，自由自在地如小野蠻釣魚、打獵、游泳，是他最快樂的回憶，也就是他所以能在長大後主動被捲入戰爭的漩渦裏應付自如，在死亡威脅中能自力求生的主要原因。那段度過的密西根北部鄉下是他的「大學」，後來自願投入的歐洲戰場亦是他的「大學」，第一次大戰後「失落一代」(The Lost Generation)的「荒野」(The Wasteland)亦是他的「大學」；他不斷地從中學習，及時行樂，當他能如此直接從這些「大學」裏累積第一手人生經驗時，他不必看古人所留下的書籍，因為他的那種第一手人生經驗太寶貴了，如同愛默生在〈美國學者〉中所說，「書是為學者悠閒時所閱讀。當他能直接解讀神時，時間太寶貴以致不想浪費在別人依據他們的閱讀而寫出來的抄本。但是當偶爾黑暗來臨時，而一定會來臨，

---

⑰　研究結果請參閱拙作 "Hemingway's Short Stories: A Reconsideration"，《淡江學報》區域研究部分（民國60年出版）以及 *The World of Hemingway's Short Stories*（淡江大學夜歌出版社，1980）。

當心靈看不見，當太陽被遮住，星星不再發亮時，我們依賴油燈引導我們的腳步走向黎明的東方。」[18]油燈便是為啟發而閱讀的書籍。海明威不斷地從這些第一手人生體驗中吸收生命的真髓，恰如梭羅在《湖濱散記》中所說要「活得從容而深刻，吸收所有生命的精髓。」[19]

海明威是一位親自體驗了愛默生在〈美國學者〉中所指出的第三個因素影響一位學者的成長：「行動對於學者而言是附屬的，但，是絕對必要的。沒有它，他還不是人，沒有它，思想不能成熟為真理……不行動是怯懦，但沒有學者不具備英雄氣概……心現在想，接著行動，兩者互動下去。當一個藝術家用盡題材，當他的幻想不能幫他畫畫……他總有生活資源……一個偉大的人會堅強活下去、思考下去。」[20]海明威自願以新聞記者身份進出歐洲戰場，又以救護車司機身份在前線向死亡挑戰而受傷；戰後不久又主動回去巴黎，開始他的見習寫作生涯，時時刻刻不忘思考與實際行動的互動，並從巴黎街上畫家的繪畫技巧，學習「五度次元」(Fifth Dimension) 以「精簡手法」(understatement) 寫他的小說以印證他的「冰山理論」， 他自1920年代起陸陸續續發表他的小說，先是短篇，接著長篇，一邊不斷行動，不斷思考，兩者

---

[18]　Ralph Waldo Emerson, "The American Scholar", *The American Tradition in Literature*, Shorter Edition (New York: McGraw-Hill Publishing Company, 1990), pp.488－489.

[19]　Henry David Thoreau, *Walden, The American Tradition in Literature* (1990), p.626.

[20]　Emerson, "The American Scholar", Ibid., pp.490－491.

互動下，累積了不下六十篇短故事，十多篇長篇小說，終於在1954年榮獲諾貝爾文學獎。如果當年海明威不自願赴歐洲戰場，戰後又不回去巴黎或西班牙等地或到非洲打獵等，以實際行動參與戰後「失落一代」人的生活體驗，那些一篇接一篇的傑作哪能創作得出來。如果說梭羅是以實際行動去華爾騰湖濱過著愛默生超越理論的實驗家，海明威則以實際行動參與歐洲戰場與戰後的失落荒野中，體驗生死人生精髓以做為寫作題材，證明他是愛默生〈美國學者〉心目中最佳實驗家與最佳學者。

海明威的超越主義，除了吻合愛默生心目中超越的學者條件外，尚見於能印證海明威自己的「五度次元」與「冰山理論」的小說中。例如，〈大二心河〉（"Big Two-Hearted River"）中，海明威描寫故事中人物的行動時較注意印象而故事情節成為不重要；人物心內的意識流動蓋過心外之事物；行動只出現於主角意識中；作者所關心的是精神面而不是肉體上的經驗。〈大二心河〉中主角尼克帶著對於生病的世界的回憶在密西根北部釣魚，他離開一年前被火燒盡的西尼鎮來到這裏釣鱒魚。當他在炎熱陽光下揹著很重的背包，他覺得很快樂，因為此時他已將每樣事情拋擲腦後，不必思考，不必寫作，什麼也不必；這些都是已過去的事。由於海明威在此故意不提戰爭，也不提尼克的過去，因而逸出莫名的孤獨感與沈重的時間慢慢流動。傍晚時尼克在河邊搭起帳篷，爬進去時他感覺好快樂。在此沒有任何事情打擾他，他很安心地躺下來，馬上就睡著了。他高興終於又回到這條河來。第二天尼克整天釣魚，上午釣上一條，下午又釣上一條，他充滿喜悅。讀

者從尼克的細膩動作可看出他對釣上來的鱒魚的深厚感情。此時又回來久違的河流前，尼克已是在戰場上受了四重傷：肉體的、心理的、倫理的和精神的。讀者看到的尼克是一個逃出了讓他如此傷痕的地方的一幅畫；尼克當然知道到底是怎麼一回事，他知道現在該怎麼做——他要讓自己的肉體忙碌，盡量不去想過去，在當下以求心靈上的安寧。讀者看到尼克在設法療養病了的心靈，置身於大自然中，什麼也不想，只是無心地鉤鉤魚飼、釣釣魚、燒燒飯。是一幅多麼莊嚴的畫面呀！周圍的松樹、小樹林、帳篷給予的安全感、潺潺而過的河流，這些使這個地方變成尼克的「清潔而閃亮的地方」(clean, well-lighted place)。從西尼鎮所象徵的戰爭破壞和沼澤區所象徵的人生罪惡與殘酷，讀者不難看出尼克在此療養肉體與心靈之傷，調適體力，以便走更遠的路，面對將要來臨的挑戰。通篇，海明威以精簡手法為讀者留下很多空間，好讓讀者從字裏行間挖掘沈在海底的八分之七冰山，以便瞭解其深度內涵。

海明威的超越主義亦見於他懷念孩童時期之天真無邪的故事中。例如，《老人與海》(The Old Man and the Sea)中的老人。雖然尼克·亞當斯跟著一篇接著一篇的故事成長，他在《老人與海》中以年輕人馬諾林之名出現在老人聖地亞哥的旁邊，而老人自己心底還是小孩子，常夢見獅子在非洲海灘上玩得像小貓，那裏不必為生存而殺生。此夢明顯表示老人如何懷念小時候的天真無邪，如何想著返璞歸真；此心態本身便是超越主義的表態，盼望著要超越過去幾十年來所累積錯綜複雜的人生經驗，單獨在海洋中間沈思，他不顧別人

如何看他或批評他，他始終獨來獨往。他釣魚不是為賺錢，不是為生活，釣魚根本就是他的生涯，他生存的意義；對他而言，釣魚的過程遠比釣上了魚來得有意義；恰如爬山，目的不在山頂而在爬山中的每一步過程；又恰如修禪，目的不在開悟而在淨心中的每一階段。超越主義者的神秘經驗亦應如此，他潛入心內最深處，以求見神，但能否見神不比經驗中之心路歷程重要。

海明威所塑造的象徵人物尼克・亞當斯始自伊甸園的天真至漸漸累積的經驗隨著長大而啟蒙，形成所謂的「尼克・亞當斯的教育」，由尼克（可象徵魔鬼）亞當斯（可象徵天真）的雙重人格變為亨利(Frederick Henry)、巴恩(Jake Barnes)、莫根(Harry Morgan)、佐登(Robert Jordan)、康威中校(Colonel Cantwell)、而終於聖地亞哥(Santiago, the Old Man)與哈德遜(Thomas Hudson)個個，如作者自己所規劃，影射作者本人。這些象徵人物終於濃縮於聖地亞哥一人身上呈現於《老人與海》中，將海明威的文學精華集於一本；在《老人與海》中讀者可看到作者的精簡手法(understatement)很成功地導致印證自己的五度次元 (Fifth Dimension) 與冰山理論 (Iceberg Theory)。讀者閱讀《老人與海》時必須懂得如何潛入觀照沈在海底有八分之七的冰山部分；這必須在白紙黑字中去尋找，而其超越主義成分亦在其中尋得。

聖地亞哥此次出海比往日更遠（超越往常），幾乎到天邊可接近神的地方；在此遠離人間世俗、完全孤獨之處，老人已與大自然打成一片，飛來停在他小舟上的海鳥已是他的兄弟，終於勾住的大魚亦已是他的胞兄，跟牠奮鬥了三天三

夜，他已進入忘我的境界，不知他是魚還是魚是他；恰如莊子夢見蝴蝶時之意境相似。此時聖地亞哥超越了；他已體會到「天人合一」或「四海皆兄弟」的超然情操。當鯊魚出現猛咬這一條好不容易釣到的大魚時，讓老人唉了一聲，類似當年耶穌被釘在十字架上唉了一聲一般，其涵義非以五度次元去解讀不可。於是老人開始與象徵現實人生的鯊魚打鬥，結果拖回漁港的大魚已成骸骨一條，辛辛苦苦得來的收穫已成一場空，而聖地亞哥必須又面對現實殘酷的人生，此時馬諾林這位小孩是他唯一的安慰。其實此時老人的心態根本就是《舊約聖經》中的〈傳道書〉一節：「一切虛幻……一代過去一代又來，但是地球永存，太陽照舊上升……」❷❶ 所傳達的訊息。海明威的《朝陽照舊上升》(*The Sun Also Rises*)中的巴恩(Jake Barnes)與阿旭麗(Lady Brett Ashley)，以及其他人在人生舞臺上一會昂首闊步，一會煩躁走過短暫的一生，然後不再被聽見（借用馬克白(Macbeth)從迷惑中恍然大悟時所說的話）。又如他的〈一所乾淨雪亮的地方〉("A Clean Well-Lighted Place") 中的那位西班牙籍服務生令人省思的旁白：「他害怕的是什麼？……那是他太瞭解的虛無。一切都是虛無，人也是虛無。……他們所需要的就是光、某種程度的親情與秩序。有些人住於其中而無感覺，但他們知道那全是虛無。」接著這位服務生模仿主的祈禱（《新約聖經·馬太福音》6：9－13）以「虛無」(nada)一字取代裏面的所有關鍵字，以強調虛無的人生。海明威在此做文字遊戲意欲指出他自己的虛無感(nihilism)，如達達主義(Dadaism)的藝術家一般。

❷❶ Ecclesiastes I: 2, pp.4－5.

　　然而,海明威一向認同約翰・旦(John Donne)在教堂上講過的名言:「沒有人是單獨一個島全部,每一個人是大陸的一部分……所以不要問喪鐘為誰響;它為你而響……。」其實海明威從來不認為人自己擁有一個島,因為他未曾懷疑過所謂的博愛（大寫的Love）。當他在人人失落於混亂大環境中時,始終能堅持著自己的價值觀,於是博愛貫串所有他所塑造的人物中;以此愛,個個能在迷惑中反省,忘記虛無,超越有限的時間進入永恒,因為情慾屬於肉體的是短暫的,但博愛卻是屬於精神面的是永恒的。在海明威的文學世界裏,此種大愛具有理想並有神秘價值;在《老人與海》裏老人的愛已被神化,昇華為愛及眾生的佛教式大慈大悲心。約翰・亞特金氏(John Atkins)甚至稱讚這本中篇小說為一篇「海明威對人性徹悟的評論」(Essay on Human Understanding)❷。

六、戰後披頭時期詩人

　　在美國文學史中的披頭時期始於1950年代至1960年代共約二十年。這是戰後的一代;當時美國東岸與西岸的男女青年普遍患了一種誇大妄想症,在他們的教堂裏已找不到神,加上戰後接著而來的冷戰時期的二元論口號,如不是朋友便是敵人、你們與我們、聯軍與敵軍等二元對立的分別,以及氫彈與韓戰所帶來的恐懼感,導致這些青年失去心靈依靠,迷失方向,各自妄想誇大。於是有一批年輕文人走上自由之

---

❷　*The Art of Ernest Hemingway* (London: Spring Books, 1964), p.245.

路前往加州北海岸廣大山區，在無邊的西部天空下享受以佛教為基礎的美國品牌山中神秘主義，重溫愛默生、梭羅、惠特曼等的超越主義生活。他們被來自東方的禪吸引住，並普遍認為禪學是應時的苦口良藥，可治癒他們的誇大妄想症與氫彈和韓戰所帶來的恐懼感，並可鬆懈嚴重的二元對立的緊張想法，甚至可幫助他們改變念頭，認為這些讓人緊張的成分全是毫無意義之事。

這一批年輕文人在文學史上被稱為披頭族詩人 (the Beats)，有一部分來自美國東岸，另有一部分來自舊金山；前者曾形成東岸現象，以克路亞格 (Jack Kerouac)、金斯寶 (Allen Ginsberg)、普立馬 (Diane di Prima)、諾斯 (Harold Norse) 等詩人為代表，後者以史耐德 (Gary Snyder)、惠倫 (Philip Whalen)、凱格 (Joanne Kyger)、西上 (Albert Saijo)、威爾茲 (Lew Welch)、康德爾 (Lenore Kandel)、皮德遜 (Will Petersen)、可夫曼 (Bob Kaufman) 等為代表。這些作家或以詩或以散文表達他們的禪學造詣與神秘經驗或靈修心得。雖然他們的禪學大部分來自所閱讀的書本，但也有少數披頭詩人，如史耐德、惠倫、凱格等親自前往日本「取經」，接受正式的禪宗道場嚴格訓練，在諸多日本「善知識」的指導下學得正統禪，帶回美國傳授給披頭時期其他詩人，幫助提高披頭禪 (Beat Zen) 的本質。有關這些問題在本書第七、八、九章裏將有詳細而深入的介紹。

這一批戰後的披頭族詩人雖然深受禪學影響，寫的詩作充滿著禪趣，但是美國超越主義的草根性早已蔓延在每一位詩人心中。他們基本上都是在基督教家庭長大，相信一神論

者，但在教堂已找不到神的情況下，他們和超越主義者一般，反對正統基督教、三位一體論和原罪論，希望在無神無主的狀態下自立，一方面向愛默生學習自立哲學，但他們實際的自立哲學是無神而比較佛教式的「明心見性」，而成為真正自己的那種自立哲學。這是因為他們除了從美國超越主義者學到了自我超越的法寶，也從禪學裏尋著了自性的秘訣。

如果說超越主義者拒斥屍體似冷冰冰的唯一神格論(Unitarianism)，披頭族詩人們拒絕他們所看到的艾森豪時期冷酷如冰的美國，尤其當時的基督教、天主教，以及猶太教的那種只剩形式的信仰。披頭時期的批評家和超越主義的批評家一樣將此種拒絕看成是對於整個宗教的駁斥，而不是只拒絕認同五〇年代的各種宗教傳統；他們所駁斥的不僅僅是宗教，而且是戰後美國的生命意義。總而言之，他們反對文明，文明社會的種種，如結婚、機關行號、有組織的宗教、文學的典雅、高等教育、政治、法律、氫彈、現代電氣器材、分期付款制度等；他們要的是大自然、自由自在不受傳統、習俗、歷史、前人觀念影響的原始生活；他們是敢向社會說「不」的一群，如克路亞格的呼籲要「為十字架說話、為以色列之星說話、為最神聖的德國人巴哈說話、為穆罕默德說話、為佛陀說話、為老子和莊子說話。」(Tonkinson, ed., p.8)他們個個佩服超越主義者的倡導,聽從於愛默生的《自然篇》、梭羅的《湖濱散記》、惠特曼的《草葉集》中超越主義的訊息；戰後美國各大學英文系美國文學的課程裏已不再忽視超越主義文學，宗教課程不可不列超越主義的宗教思想；圖書館與書店裏有關超越主義、東方哲理、禪學、東方經典（儒

道釋各方面）， 禪與美國超越主義之類的書籍充斥；總而言之，超越主義者對於亞洲宗教傳統的興趣曾為披頭時期詩人鋪路走上無邊情懷，同情佛教，參與禪修；因而證入悲智雙運的人生道路，而這條道路是多麼地寬闊，多麼地無礙，多麼地清淨，多麼地安祥。披頭族詩人以如此的意境唱出他們的詩歌，贏得各界人士的掌聲。

從以上的說明，吾人不難看出美國超越主義確是有一股堅韌的草根性與它的普遍性；自愛默生、梭羅、惠特曼起超越主義之「草」生了根，在美國國土上蔓延，生生不息，其生命，經浪漫主義時期、寫實時期，而自然主義時期與披頭時期，至二十世紀尾的今日，繼起不斷，而在十九世紀末佛教傳入美國後，由於理念雷同超越主義，迅速為佛教鋪路，順利地在當代美國文人心目中也燃起對於佛教的同情心，因而禪修中心林立，習禪人口大增。為印證此看法，筆者特於本書第八、九、十章中深入探討當代美國禪者的生平與著作，以供讀者參考。

第三章 愛默生《自然篇》之禪釋

一、引 言

愛默生 (Ralph Waldo Emerson, 1803 – 1882) 是近一百多年來影響力最大的散文家之一，也被公認為美國超越主義潮流中的核心人物。他對於超越論的闡述，比同時代的任何作家更為詳盡，他的作品《大自然》或《自然篇》和〈美國哲人〉，可以說是超越主義在文學中最重要的表達。他強調人與自然的和諧，認為人類在對心靈作直覺的探求時，應該摒棄正統、傳統與過去的思想。人類唯一的責任是對自己真實。一個人所有的內省不但不會使他陷於孤立，而且會領他進入一個偉大的、有一共同真理的活動領域。他深信每一個人都是偉大的，每一個人都應該有自己的思想。

一般學者探討東方文化對愛默生之影響都將重點置於印度哲學，例如哈里斯 (W. T. Harris)，或儒家思想，如卡本特 (Frederic Ives Carpenter, 1930)、克利斯弟 (Arthur Christy, 1963)、與王建元(1985)。他們在探源索本方面的工夫已相當徹底。尤其王建元檢視愛默生後期作品發現愛氏對於人文主義的信念與熱情於1869年始具備❶，其（超越主義）主張是

先要將自我革新,然後再往外伸延(儒家思想為主的人文主義)以求他人之福祉❷。

　　但,以目前臺灣而言,以禪學解讀愛默生應屬首創❸,將他的《自然篇》視為文字般若的一種,以觀照該篇字裏行間所隱藏的實相,讀者便能深一層體會愛默生對於人性尊嚴的終極關懷。愛默生雖然並不認識禪學,但在他的《自然篇》中所呈現人與自然之間的關係充分說明他的許多觀點與禪學頗為雷同。他是西方唯心論者,認為大自然只是在心靈中反映出來的現象,如此認識使筆者試以禪的觀點解讀《自然篇》可能。《自然篇》由八章所構成,特別引人注意的是每一章所論及的問題亦是禪學中的主要課題。本篇中之禪機足以扮演溝通基督教與佛教之間的橋樑,亦足以促進人類和諧。

---

❶　王建元〈從超越論到人文主義——論中國對愛默生的影響〉,《中美文學因緣》,鄭樹森編(東大圖書公司,1985),頁40。

❷　同上,頁37。

❸　有趣的是在美國早在1962年愛姆斯(Van Meter Ames)所寫的《禪與美國思想》(*Zen and American Thought*)一書中的第五章以「愛默生:美國菩薩」為題禪釋愛默生的超越論。愛氏以平行比較研究方法說明愛默生在一些論著中所呈現的類似菩薩精神,例如〈精神規律〉("Spiritual Laws")第一段的涵義與禪宗四祖道信的話相回應(p.67);又如,在〈美國哲人〉("The American Scholar")中提到讀書問題的基本態度正與禪宗不鼓勵依靠佛經而以「教外別傳」的方式修行不謀而合 (p.68)。愛默生尚未接觸東方文學或宗教哲學之前已有這些類似的看法。

二、自然──禪與超越論共同主題

「自然」是禪與超越論共同關心的主題之一。在原始佛教裏「自然」便是佛教教育的龐大教室。兩千六百年前釋迦牟尼時代的人都住在大自然中；釋迦牟尼自己便在大自然中的一棵菩提樹下坐禪修行證得正果，他下山佈道亦都在樹林中利用境教，以求效率。後來的佛教經論每每以比喻方式提及在人生中大自然的功用。今天印度的泰戈爾大學(Tagore University)的學生常在樹林中的自然教室上課。對於中國古代唐、宋，以至明朝的禪師而言，無論是四季、日昇日落、下雨或晴天、微風或颱風、一花、一草、一木均能成為一首禪詩。熟悉禪詩的人都會同意離開自然不可能有禪詩。多半以俳句寫成的日本禪詩亦以自然為靈感的來源❹。因此許多古時候的中國和日本禪師、詩人或畫家寧願隱居於山中。

美國超越論泰斗愛默生曾主張去森林中度過孤獨索居的生活，在那裏一個人能超越見　神，而梭羅曾在華爾騰湖濱索居兩年多以實驗超越主義方式的生活，結果寫成《湖濱散記》，他「要像黎明的公雞站在雞棚上引頸長鳴，冀圖喚醒我的鄰人」❺。愛氏與梭氏均認為住在大自然中觀察每一個大自然中的現象是瞭解真正的生命意義的最好途徑。梭氏懷疑他的鄰居們過著那種生活方式是否能瞭解此道理，故撰寫

---

❹　參照拙作"Zen Experience in Poetic Form"，《淡江學報》(民國77年5月)，頁307－329。

❺　《湖濱散記》書名下的副題，譯文抄自孟祥森中譯本。

了《湖濱散記》像公雞一般，引頸長鳴，深恐鄰人從「無明」中醒不過來。在愛氏與梭氏的自然觀中確有許多地方與禪的自然觀雷同，尤其見於愛氏的《自然篇》中對自然的細膩洞察力。其實，此洞察力便是美國超越論的精華所在，將大自然多層次所呈顯的現象溶解於心靈中。因此大自然只是現象，而其實相隱藏於心靈中，類似禪學中所謂的「萬象心造」，萬象只是表相或現象而已。

三、愛默生的自立哲學與禪的「教外別傳」

在《自然篇》中愛默生一開始便指出：

> 我們這個時代是懷舊的。它為祖先蓋墳墓。它寫傳記、歷史、批評。祖先們面對面見過神與大自然；我們卻需透過他們的眼睛。我們為什麼不也享有與宇宙原來的關係？我們為什麼不能有洞察力的詩歌與哲學而非傳統的，天啟的宗教，而不是他們的歷史傳於我們的？ ❻

依超越主義的觀點愛默生批評他那一時代的人均活在祖先影響下，自己不能面對面見到神與大自然，忘記自己和祖先一樣也能親眼見神與大自然，也能享有與宇宙的原始關係，也能寫自己的詩與哲學。此為愛默生熱忱呼籲的自立哲學，今

---

❻ George Perkins and Others, eds., *The American Tradition in Literature*, 7th Edition (McGraw-Hill International Editions, 1990), p.458.今後引自*Nature*的中譯文的頁數依此版本。

日的人應能親眼見神與大自然，而不必依靠前人所遺留的書本或經典為媒介，始能寫出自己的書。

愛默生的呼籲使我們想起濃縮禪的要義四句中的第一句：教外別傳，不立文字，直指人心，見性成佛。在修禪當中禪師不鼓勵過於依靠經典，甚至可以不知經典，在不受寫於經典中的傳統教義影響下，吾人較容易完全依靠自己的洞察力潛入內心深處尋覓自性。有了傳統教義之干預，吾人便執著於它，於是無法超越，以致無法見性。由於禪宗的如此特徵，當唐朝末年皇帝燒毀寺廟與經書後，禪宗反而更興隆。在沒有寺廟與經典的情況下，修禪者無論是和尚或尼姑或在家居士必須完全依靠自己的修行功夫，師徒以心傳心，終能證得見性開悟。此自立修行之法證明有效，於是禪宗不但仍能生存並比起其他宗派更為繁榮，所謂「教外別傳」之妙用也。今日之曹洞宗的「只管打坐」便是如此，它將禪學置於禪法之後。它將禪落實於生活，此便是學佛先於佛學之道理了。

愛默生的呼籲顯然可以與教外別傳的禪宗自立哲學相呼應，他在下段中又說：

擁抱著大自然的季節，讓其生命的汪洋大水流過我們的周圍；甚至滲透我們的身體，以它的力量打發我們與大自然互動，我們為什麼在古人的骨頭中摸索，而讓這一代的人穿著已褪色的衣著參加化裝舞會？今天太陽照昇啊！在田野上有更多的羊毛和亞麻。我們有新的土地，新的人，新的思想。讓我們要求我們自己的工作、法律

與信仰。(458)

這一段話說明愛默生的自立哲學，他不要我們整天在古人的骨灰中尋覓真理，而要去認識自己的潛力，完全依靠自己發揮自己的創意。這般自立哲學亦是禪的哲學。據說佛陀臨終時最後一句話是「各位法師，現在我要離開你們；所有生命的組織成份是無常的；自己認真努力去研究拯救之道。」❼由此可知禪的自立精神。主張自立的禪宗結果成為對於傳統主義以及權威主義的反動力量。關於此點鈴木大拙說：

> 當悟道的教理觸及佛教徒內心經驗時，而其要旨不必藉由概念為媒介便立即得以證得時，或在他精神生活中的唯一權威必須在自己心中尋覓時，傳統主義與僧團主義自然失去其約束力。❽

鈴木的這一段話吻合「教外別傳」的意義。當開悟得不經知性的媒介可證得時，傳統主義、權威主義或僧團主義自然失去其影響力。所謂「見性成佛」當然在個人心內完成，別人無法取而代之。下面一首禪詩說明這一點：

---

❼ Lucien Stryk, *Zen Poems of China and Japan: The Crane's Bill* (New York: Anchor P., 1973), p.99. 另一傳說為「自燈明，法燈明。」參照《佛教聖典》(東京：佛教傳道協會，二版，1980)，頁 18。

❽ D. T. Suzuki, *Essays in Zen Buddhism*, First Series (New York: Grove, 1961), pp.73—74.

一個人要站立，自己會站立，

一個人要倒下，自己會倒下。

秋天的露水，春天的微風——

沒有任何事可能干預得了。❾

四、神秘經驗的交集點

像大部分的修禪者，愛默生非常愛好大自然。他常常單獨離開吵雜的城市（指麻省康柯得Concord, Massachusett）到華爾騰森林區徘徊，為的是好讓自己清靜成為神的一部分。在《自然篇》中他說，「為要進入孤獨，人必須離開自己的房間以及社會。當我在閱讀與寫作時，雖然沒有人在一起，我不孤獨。但如果一個人要單獨，讓他看看天上的星星。」(458)他有時也和梭羅一起去康柯得山中溜達，談談文學、宗教、哲學等問題。他接著說，「來自天邊的光線會將他與俗事分開。」(458)這便是自然的功用。自然現象之一的星光會讓他忘卻世間事；他的心於是淨化，如修禪者一般，見到自己的本性。

愛默生進一步說，「自然未曾呈顯卑賤的外表。最聰慧的人未曾完全瞭解大自然的秘密，未曾失去發掘大自然全貌的好奇心……花、動物、山反映他最聰慧的時刻，其所帶來的喜悅不下於孩童時期的純潔。」(459)對愛默生而言，大自然引起他的好奇心，而花、樹、河川、山脈啟發他的創造力；

---

❾ 同上，p.12。

每一時刻、每一景色都能成為一首詩。例如，山中的杜鵑引發他寫了下面一首詩：

> 五月裏，當海風刺進吾人的孤獨，
>
> 我發現新開的杜鵑在林中，
>
> 在濕地上展開無葉花朵，
>
> 以取悅荒地與緩慢的溪流。
>
> 紫色花瓣，掉入池中，
>
> 使黑色的水變為美麗而快樂；
>
> 此刻紅鳥飛來乘涼，
>
> 懇懃此花，因為它藐視他的打扮。
>
> 杜鵑啊；如果聖人問你為什麼
>
> 你這個魅力荒廢在地球上與天空中，
>
> 告訴他們，親愛的，如果眼睛是為看而存在，
>
> 那麼，美便是它存在的藉口：
>
> 你為何在那裏，啊，薔薇的勁敵！
>
> 我未曾想過要問你，我未曾知道；
>
> 但在我單純的無知中，我知道
>
> 帶我來此的同一個力量也帶你來。("The Rhodora")

回歸大自然，愛默生變得精力旺盛；偶然長在路邊的一朵小花變成他的朋友與弟兄，終於成為一首詩。他在花中看到弟兄關係，因為同一個力量帶他們來到這個地球上。愛默生有時感覺自己與宇宙合而為一，於是他歌頌：

我吸進紫羅蘭的香氣；

在我周圍是橡樹和樅樹；

上面高聳著永恒的天空，

充滿著光和神性；

我又看到，我又聽到，

澎湃的河流，清晨的鳥——

美滲透我的五官；

我將自己溶入於整體中。("Each and All")

這首簡直就是一首禪詩。在禪裏，凡是存在的每一樣東西都是真理。花是紅的，葉是綠的，是不必使用語言表達的真理。花或鳥亦不用語言表達自己存在的經驗。當一個詩人看到它或摸到它，它同時變成一首詩。花靜靜的開，但對詩人而言，它好像在跟他講話。靜默會言語。禪教詩人去聽來自靜默的聲音，於是他懂得將他周圍的每一樣東西聽成真理之聲。禪與詩的密切關係曾讓中國詩人元好問(1190－1257)說，「詩為禪客添花錦，禪為詩家切玉刀。」聽到溪流聲，看到山的顏色，宋代名禪詩人蘇東坡說，「溪聲便是廣長舌，山色無非清淨身。」溪流聲聽似世尊在開示，山色讓他想起老和尚定入三昧。

如愛默生，唐朝的一位美國人很感好奇的詩人寒山曾溶入大自然整體中而歌頌：

欲得安身處，寒山可長保；

微風吹幽松，近聽聲愈好；

> 下有斑白人，喃喃說黃老；
>
> 十年忙不得，忘卻來時道。

寒山不只是山名亦是詩人名，它象徵一顆無憂無愁的心。當詩人近聽時，他已溶入風中和松樹中，此時聽者與被聽者，主觀與客觀已合而為一了。詩人已超越，感覺成空，自我完全消逝無蹤。愛默生有過類似經驗，他說：

> 在森林中，我們回歸理性與信仰。那裏我感覺沒有任何事情降臨在我生命中，——沒有恥辱，沒有災難……這些大自然無法修繕。站在無遮蔽的草地上，我的頭沐浴於愉快的空氣中，向上進入無限空間，——所有卑賤的自我完全消失。我變成透明的眼球。我變成空無一物。我什麼都看見。普遍超然的氣息流過我；我變成神的一部分或一粒子。最親近的朋友名字聽起來陌生而偶然。兄弟一場、熟人、主人和佣人關係變成一件小事和阻礙。我成為無法抑制而永恒之美的愛好者。在荒野中，比在街上或村中有更親愛更先天的東西。在寧靜的風景中，尤其在遙遠的地平線上，人可看見和自性同等優美的東西。(459－460)

森林是遠離文明的地方。在森林裏，所有卑賤的自我意識會消失，一個人會溶入大自然中。雖然寒山的情況，風仍然是風，松樹仍然是松樹，我仍是我，各為不同，但能否定自我與風和樹合而為一便是禪機將自己昇華。愛默生的上述神秘

經驗純屬宗教經驗，將心靈帶進近似禪定三昧中證入不二元論的法門中，心靈完全寧靜，自我消失，難怪親近朋友的名字變成陌生，人際關係變為小事一樁，此時他已無執著於人間世俗，經驗了某種程度的開悟。

在森林中，愛默生經驗了否定人生自我為中心的事實，結果他能超越了外在我，潛入內在我，清了心，見了神。每潛入心內一步，每靠近一步他的心靈，於是心靈指引他成了神的一部分，那便是神秘經驗的最終目標，最高境界。如此導致最高境界的心路歷程與老子《道德經》下面一段話頗為相似：「為學日益，為道日損，損之又損，以至無為，無為而無不為。」(48)「損」意指否定二元論、自我中心意識、知性的生活形態，這些觀念實為一切痛苦與煩惱的根源。當初佛教自印度傳入中國時，如無儒與道鋪路，它無法迅速在中國普及，尤其道家的「為道日損」與佛教的「明心見性」頗為雷同，其中的「無為」與「空觀」更有能交集之處。愛默生設法去除文明污染，超越所有罪惡，得以提升道德規律的心路歷程，使他成為美國超越主義潮流中的核心人物，其影響之深遠可從本書所論及之第二章：〈美國超越主義的普遍性〉中看出。

五、《自然篇》中的主要禪機

愛默生認為對人而言大自然有如下四個功能：商品、美、語言、紀律。他說：

天使發明了這些光輝燦爛的裝飾品、豐富的便利品、頭上海洋般的空氣、腳下海洋般的水、蒼天下的地球、光的黃道、掛在天上如帳篷般的雲、條紋線條似的氣候、四季；野獸、火、水、石頭、玉米，這些都在為他(人)服務。田野是他的地板、他的工作坊、他的運動場、他的花園，也是他的床。(460)

然後，他引用哈伯(George Herbert, 1593－1633)以「人」為題的一首詩：有更多的僕人服務著人／比他注意到的。商品是指為人服務的所有大自然中的現象。所以人應懂得感謝它們。所有現象不斷地變化不斷地再生，完全為了人的利益。愛默生說，「風播下種籽；太陽蒸發海水；風吹蒸氣到田野；地球另一邊的冰凝成雨水降下；雨水餵養植物；植物養肥動物；如此，無止境的神的慈悲養活人。」(460)

在佛教裏，這種無止境的滋潤循環的現象只是心造，而不是天使所造，它們是否為你服務，完全在你的心如何去想；不過這些現象為培養你的心是有益的，你會因而享有豐富而純淨的生命。優美而富有人性的自然文學會打開你的新人生觀。例如，在《妙法蓮華經》裏，佛陀的教誨被比喻為密雲，而讀者可看到下面一段優美的自然文學：

迦葉！譬如三千大千世界，山川谿谷土地，所生卉木叢林，及諸藥草，種類若干，名色各異。密雲彌布，徧覆三千大千世界，一時等澍，其澤普洽。卉木叢林，及諸藥草，小根小莖，小枝小葉；中根中莖，中枝中葉；大

根大莖，大枝大葉；諸樹大小，隨上中下，各有所受。
一雲所雨，稱其種性，而得生長，華果敷實。雖一地所
生，一雨所潤，而諸草木，各有差別。❿

以譬喻的手法，慈雲變成法雨潤澤全世界每一角落，普同霑
洽；無論植物或動物或其他萬物各得生長，各隨其量，受潤
不同，各盡其責，為人類服務；草木山川裝飾地球，藥草醫
治疾病，小鳥唱歌取悅詩人，詩人成為心靈代言人。

　　人生而愛美，而美來自大自然。大自然之美吾人用眼睛
來欣賞，但是眼睛要懂得怎麼看。愛默生說：

懂得看東西的眼睛能看出一年中的每一時刻都是美的，
每一時刻它可看到未曾見過的畫面，而這個畫面再也看
不到。蒼天時時刻刻在變，反映著下面地球上的光輝或
陰沈。每週農場上之農作物改變地面上的表情……小
鳥、昆蟲，以及植物準時出現，互相跟蹤，而一年可容
納所有這些……藝術無法與這些紫色與黃金色的壯觀
競爭。真的，溪流是一條永恒的盛裝，每個月增添新的
光彩。(462)

地球上的一切以及整個宇宙時時刻刻都在變，可是時空可包
容一切。每一時刻有它的美。懂得看東西的眼睛在任何時間
任何地方都能看到美。每天是嶄新的一天，而這世界每天呈
現新面貌。這種看法與古時中國禪師雲門❶的所謂「日日是

❿　普行法師著，《法華經易解》（普門文庫，民國69年），頁219。

好日」的說法不謀而合。在禪學裏，愛美來自無分別心，它將一切看成真善美。三祖僧璨在〈信心銘〉開宗明義說道：「至道無難，唯嫌揀擇。但莫憎愛，洞然明白。毫釐有差，天地懸隔。欲得現前，莫存順逆。違順相爭，是為心病。」 換言之，分別心是心病，心中有此心病，眼睛永遠看不到真善美。

愛默生所謂的大自然第三個功能是語言。大自然是人類思想的工具，思想以語言表達，語言更以符號代表自然現象。他說，「表達道德或知性之事實的每個字，如尋其根源，皆借自大自然中之物質表相。」 (465)每一個物質表相變成某種心態的表徵，而那種表徵只能以譬喻描述。例如，一個狡猾的人是狐狸，跳二拍快速叫跳狐步舞曲等。愛默生說，「這種直接依靠大自然表徵的語言，這種將表徵變為人生的表達未曾失去其影響我們的力量。」 (466)如無大自然，顯然，就沒有語言；每一個文字一定與自然的某一表徵有關。因此，愛默生接著說，「大自然便是翻譯者，透過它，人始能互相溝通。」(466)

換言之，愛默生指出大自然與語言的直接關係。語言是大自然服務人類的工具。但在禪學裏，語言有其限度，因此禪的教外別傳是不立文字的。禪認同文字是大自然表徵的符號，而大自然表徵是心造的象徵。但是禪更關心的是「意符」(Signifier) 與「意指」(Signified) 之間的關係。其實有關解構主義的這兩個專用語，在禪學裏一開始便注意到其間的微妙關係，因此始有所謂的「文字般若」與「觀照般若」之別。「觀照」在此便是「解構」也。只有經過「觀照」，「實相般

⓫ 原名為張雲峰，西元十世紀末創立雲門宗。

若」始能呈顯 ❷。如同「意符」與「意指」絕不可能相同，「文字般若」亦不可能與「實相般若」相同。兩者之間常有意想不到的距離。因此在禪學裏始終懷疑「文字」是否等於「實相」。例如「月」字指月，但此符號絕不是月亮本身。符號只是「意符」即指者，不是「意指」即被指者。因此被文字迷住，以為就是真相，是愚蠢的。吾人寧可沈思以符號指出的禪趣背後涵義以便深刻瞭解一句禪話，一首禪詩，或一幅禪畫所傳達的真正訊息以及終極關懷。佩西 (Philip Pacey) 曾說，「一位冷漠的禪師會很愉快地拿佛像或佛經燒來取暖，如被責備，他會指出佛性亦在飛舞的火焰與其熱度中啊！」❸佛像是符號，不是佛；你怎麼燒也燒不到佛呀！此處的「意符」與「意指」有多麼大的差別。

在佛教裏，大自然是佛教教育的龐大教室；而在美國超越論裏，大自然是紀律本身。愛默生說，「大自然是瞭解知識真理的紀律」(469)。他又說，

> 萬物是道德的；在其無限變化中，不斷地，與心靈發生關係，因此，大自然以它的形狀、顏色、動態而感到輝煌……從植物長成中之變化到熱帶森林……將給人暗示對與錯的規律，反映《聖經》中的十誡。因此大自然

---

❷　參照拙作"The Deconstructed Zen Buddhism from Derrida's Perspective"，《華梵人文思想專輯》，第一期於民國84年10月由華梵人文科技學院東方人文思想研究所出版。

❸　Philip Pacey, *A Sense of What It Is Real: The Arts and Existential Man* (London: Brentham Press, 1977), p.31.

> 是宗教的盟友，將所有它的壯觀與財富借給宗教情操。
> 預言者與牧師、大衛、以賽亞、耶穌均曾從這個根源深
> 深得到啟示。(470－471)

大自然中之萬象都有道德規律的，因此具有教訓意義的，足
為人類典範；萬象的形狀、顏色、行動均是光輝的。以日月
為例，它們的形狀與顏色是優美的，它們的行跡是準時而有
系統規律的。自然景物之變化，如花、樹、蟲、動物，在在
為人提示道德規律。自然本身具有倫理性格也是宗教之盟友。
古今中外的神秘主義者，如大衛、以賽亞、耶穌、穆罕默德、
釋迦牟尼等均曾從大自然得到莫大的啟示。中國的文學天地，
無論在詩詞歌賦，乃至藝術的創作，不少以大自然為描寫對
象並為啟示而生趣。人回歸大自然，生機活潑，生活範疇寬
曠，生命成為一篇文章、一幅好畫、一首詩篇。

　　佛經中的自然文字，佛陀說法的自然環境，在原始佛教，
上溯釋尊當日行化攝眾，與弟子禪行安養於竹園、祇園、大
林、靈鷲山等許多風景幽美、樹木青蒼之勝地，都是釋尊弟
子禪行生活的足跡。在佛經中敘述不少。例如：

> 一時佛住舍衛國祇樹給孤獨園，爾時尊者舍利弗，……
> 入林中晝日坐禪。時舍利弗從禪覺，詣世尊所，稽首禮
> 足，退坐一面，爾時佛告舍利弗，汝從何來，舍利弗答
> 言，世尊，從林中晝日坐禪來，佛告舍利弗，今入何等
> 禪住，舍利弗白佛言，世尊，我今於林中，入空三昧禪
> 住。(《雜阿含經》卷九，頁57)

這顯示佛陀以大自然為教室，往往弟子們在林間彼此趺坐聆聽佛陀說法。人花之培養需要環境配合，故佛教倡言回歸自然世界；自然世界讓我們有寬曠的環境，四時的景色影響吾人心境的新鮮感覺，故宋人程顥詩云：萬物靜觀皆自得，四時佳興與人同。顯然程顥亦受禪的影響而對大自然一切「靜觀皆自得」，而心靈的寶藏活用無窮。

當愛默生說，「看得見的東西是暫時的，看不見的是永恒的。(477)……透過思惟所看見的世界只是現象，而道德將現象附屬於心靈。(478)」此句深有禪趣，因為萬象心造而無常，真象是看不見的。在佛教裏稱之為「萬法唯識」。《六祖壇經・行由品》中有如下一段有趣的插曲：

> 一日思惟：「時當弘法，不可終遯。」遂出至廣州法性寺；值印宗法師講《涅槃經》。 時有風吹旛動，一僧曰「風動」，一僧曰「旛動」，議論不已。惠能進曰：「不是風動，不是旛動，仁者心動。」一眾駭然。

六祖說非風旛動是心動是奪境不奪人存心泯境，否定外境而納入宇宙萬法於己心。

對愛默生而言，「最快樂的人是從大自然學到信仰的」(479)，而對修禪者而言，最快樂的人是從大自然學到佛性的。有關物質從何而來，往何處去的問題，愛默生說了下面深具禪趣的一段話：

> 吾人學到最崇高的顯露於心靈中……萬物經心靈創造

而存在……故，大自然之現象因心靈而存在……大自然
不是被創造在吾人的周圍，而是滲透吾人的身心，如樹
木的生命透過樹幹逸出新枝新葉……誰又能限制人之
無限潛力？吸進一口空氣，得見公正與真理的絕對天理
時，吾人知道人得接近創造者（神）的全心，自覺在有
限的世界中自己便是創造者……因為自己能淨化心靈
以創造自己的世界。(479－480)

六、結　語

《自然篇》結論中，愛默生說了一句令人省思的話，他
說，「人是墮落的神」(482)。修禪者有一句共同的口頭禪，
「人是尚未覺悟的佛；佛是已經覺悟的人。」這兩句是多麼
的相似。在《六祖壇經・付囑品》中六祖說：「自性若悟，
眾生是佛；自性若迷，佛是眾生。自性平等，眾生是佛；自
性邪險，佛是眾生。汝等心若險曲，即佛在眾生中；一念平
直，即是眾生成佛。」愛默生又說，「人矮化自己。當他被心
靈充滿和溶解時，他以溢出的氣流裝滿大自然。」(482)同樣
地，當修禪者被無心溶入大自然與之合而為一時，感覺精神
充沛，法喜充滿，因為他見性成佛。

修禪者當會認同愛默生所說以拯救靈魂之法回歸永恒本
有之美(483)，如以自性或真我取代靈魂一詞。禪亦認為今日
世界已被糟蹋得不成體統，因為人本身已被支離破碎，如愛
默生所說(483)。因此修禪者更覺任重道遠，一心以救世利他

度眾生為己任。尤其於後高科技時代的今天更是如此。這就是為什麼曉雲法師於民國81年7月在臺北召開的第八屆國際佛教教育研討會中❹，以大會主席身份提出嚴肅的呼籲回歸大自然，她說：

> 讓我們回歸大自然；我們回歸自然世界。「自然」的廣義，宇宙人物、天地間一切有機體的生命，皆是自然生趣。人，回歸自然世界，人之生機活潑，生活範疇寬曠。「小鳥枝頭亦朋友」、「落花水面皆文章」（這是藝術家禪師的詩句），藕益大師謂生命文章。假如我們人能夠把生命看成是一篇文章、一幅好畫，也真是多麼豐富的題材。……
>
> 又再說「讓我們回歸自然世界」，回歸自然，不一定祇走向山林獨處。主要是提醒觀念心的自然，生活一切所需的自然，自然是天真樸質。若能了解回歸自然，心靈活力的新鮮，充滿生活的機趣。清新、愉悅的新人生觀，則目之所觸，心之所會，視覺聽覺皆有一片純和自在的感覺，使覺性更為敏銳。有識之士與教育學者，能發起共

❹ 國際佛教教育研討會至今已舉辦十次，均由華梵佛學研究所主辦，由曉雲法師擔任大會主席，由筆者擔任大會秘書長；以佛教教育為主題的國際學術會議，此為國內外創舉。此研討會英文全名為 The International Conference on Buddhist Education （簡稱 ICBE），每隔一年在臺北舉辦一次；參與學者每屆約一百二十人來自世界各地，對於現代佛教教育建樹有目共睹。第十屆為規模最大的一次，於華梵人文科技學院舉行。時間為民國85年7月。

同研究，讓下一代的青年認識人生，和生命的機趣。**⑮**

愛默生在《自然篇》結論中亦曾說過類似的呼籲，他說：

> 所以讓我們以嶄新的眼光重新看看這世界⋯⋯每一個
> 心靈建立自己的屋子；屋子那邊一個世界；這個世界那
> 邊一個天堂。要知道，這個世界為你而存在；為你而有
> 完整的現象。我們能見，故我們在。所有亞當曾擁有過，
> 所有凱撒大帝能做的，我們亦擁有，亦能做。亞當稱呼
> 他的屋子地球與天堂，凱撒稱呼他的房子羅馬；你可能
> 稱呼你自己的皮匠、一百畝的耕地或學者的閣樓。但，
> 每一線每一點，你的住所和他們一樣偉大，雖然名字沒
> 有那麼響亮。所以，蓋起自己的世界⋯⋯。(484)

雖然愛默生的呼籲含有濃厚的自立哲學，但，基本上，他所
說的嶄新的眼光和曉雲法師的眼光相呼應,勸人回歸大自然。
只有回歸大自然，心靈始能產生活力，認識自性，認識自己
的潛能不比任何古人差，從此充滿生命的機趣。愛默生的確
是一位罕見的美國哲人；他的神秘經驗與超越主義和禪的修
行歷程有那麼多交集點，故他的《自然篇》足以扮演佛教(尤
其禪宗）與基督教（尤其超越論）之間的溝通橋樑。**⑯**

---

⑮ 曉雲法師，〈佛陀環境教育新近自然世界觀〉，《第八屆國際佛教
教育研討會專輯》（華梵佛學研究所編印，民國83年），頁7－13。

⑯ 本章曾發表於《中外文學》，第25卷，第3期，1996年8月。內容
稍做了修改。

第四章 梭羅《湖濱散記》之禪釋

一、梭羅與中國因緣

桂冠圖書公司重新編選的《桂冠世界文學名著》一系列叢書中，有一本專門介紹梭羅《湖濱散記》中譯本，於1993年出版，特請中央研究院歐美研究所研究員單德興博士寫了一篇導讀。導讀首段談及梭羅與中國因緣極為扼要，可以代替本章之部分引言，特地抄錄如下：

在美國作家中，梭羅可能是與國人最投緣的一位。林語堂在其一九三七年的英文版《生活的藝術》(*The Importance of Living*)中說：「韜羅（即梭羅）對於人生的整個觀念，在一切的美國作家中，可說最富於中國人的色彩；因我是中國人，所以在精神上覺得很接近他。……如果我把韜羅的文章譯成中文，說是中國詩人所寫，一定不會有人疑心的。」朱立民一九六二年出版的《美國文學》中，梭羅位居一六〇七年至一八六〇年的美國八大文學家之列。在〈以身作則的梭羅〉一章中，朱立民對梭羅推崇備至，認為他「言行一致，敢做敢為」，雖然「鄉土

氣息……很重，但是這個鄉佬的學問、性格、行為、創作等卻是美國建國以來最高超的理想和最偉大的精神的理想代表。」朱炎在一九七五年〈梭羅看人類的新生〉一文推測，梭羅「特別重視精神生活而貶抑物慾的經濟原則，是受了儒家的影響」，並且把「心靈上的華爾頓湖」和中國田園詩人陶淵明的意境相比。而他於一九七八年發表的論文〈梭羅：最具中國風的美國作家〉（"Thoreau: The Most Chinese of All American Authors"），其題目根據的就是林語堂的前述引文。林耀福於一九七七年出版的《文學與文化：美國文學論集》，在提到梭羅再三強調的簡單樸實時，特地如此引申：「如果我們能把需求減少至最低的程度，就像顏回那樣，那麼我們一週當中便能有六個休息日，不只一個。」陳長房於一九九一年出版的《梭羅與中國》專書中，更是強調梭羅與中國文化的關係，詳列了他作品中引用或近似中國儒道兩家經典的地方，如《論語》、《孟子》、〈中庸〉、〈大學〉、《老子》、《莊子》，再度確認了梭羅與中華文化的代表性人物孔孟老莊的淵源及相似之處。

在上述單氏的引文中，吾人不難看出梭羅與中國的深厚因緣；因為有如此深厚因緣，現代中國與臺灣學者，自林語堂、朱立民至朱炎、林耀福，以及陳長房都曾撰文稱讚梭羅的偉大，尤其他與中國文化的關係。陳長房更引證說明重新確認梭羅與孔孟老莊的淵源。以上這些以中國人觀點的論者固然值得重視，但是沒有一位能從禪學的角度去欣賞梭羅精神面的造

詣與對人類的終極關懷；他們之所以沒有從禪學角度切入梭羅的心路歷程，主要有兩個原因：其一為從研究梭羅文獻中找不出任何證據足以說明梭羅與佛教或禪學的關係，其二，雖然儒道釋已是中國文化的三大主流不可分隔，尤其佛教於東漢末年傳入中國後於唐宋時期盛極一時，影響中國文化頗為深遠。儒、道與佛教文化之互動更是不可忽視的儒道釋溶於一爐的重要因素，以致儒中有釋，釋中有儒，道中有釋，釋中有道，尤其禪中之儒與道更是形成中國禪之重要因緣。因此今日要談中國文化，談禪必須也談儒，談儒必須也談佛，談禪必須也談老莊，談老莊必須涉及中國禪，但以上抄錄之引文中提及的作者中無一位與禪學有緣，能以平行比較研究方法討論梭羅的佛教般精神領域。

　　筆者因而認為有義務也有必要從禪學的角度深入探討梭羅與中國的因緣。既然儒道釋為不可分隔的中國文化三大主流，現如以釋（禪）的角度切入梭羅的精神領域，更能圓滿梭羅與中國的關係。當年愛默生和梭羅雖然有幸讀到不少有關東方哲理的書籍，其中亦包括一些印度哲學，尤其印度思想中的「大梵天」(Brahman)影響愛默生的所謂「超靈」(oversoul)的超越論基本依據，但他們始終無緣讀到任何有關佛教或禪學的譯作，故而他們只能憑藉一點點有關孔孟老莊的英譯或法譯資料大談他們的超越主義（尤其愛默生的人文主義）；學者們亦依據這些文獻大談梭羅與中國的關係。只可惜，當年愛氏與梭氏無緣讀到任何有關佛學或禪學的經典或文獻，不然他們兩位一定會深受其影響，而在他們的作品中大量引用禪學文獻以取代經過英譯的儒與道經論。筆者在

此作以上斷言，主要是因為筆者深信梭羅的精神領域與神秘經驗比儒與道更接近禪修的心路歷程，而中國修禪者的依據必然是中國禪，而中國禪早已溶入中國文化中，成為儒道佛三主流不可分隔的部分。所以本章特以禪的角度切入探討梭羅，必然可以彌補上述近代中國的學者們所忽略的領域，期使吾人解讀梭羅更為圓滿。

二、 梭羅的神秘經驗

約於1992年間有兩位淡江大學西洋語文學研究所的研究生來我的研究室找我，他們都曾上過筆者的「禪與文學」一個學期的課。因為兩位都是很虔誠的修禪者，對於佛教頗具同情心，異口同聲地問筆者以禪學的角度探討梭羅《湖濱散記》撰寫一本碩士論文之可行性。筆者當時告訴他們當然可以，雖然他們明知梭羅與禪學毫無文獻上的因緣，而且一般學者多半以儒與道的角度切入研究，以他們的論著提供了浩浩蕩蕩的研究成果（此以陳長房為最）。 但，以禪學切入梭羅的精神領域，明顯不得以影響研究方法，而必須以平行研究方法進行；兩者均屬比較文學的研究範疇，有否不可；只是平行研究對於要比較的不同文化領域，在此是指禪學與梭羅的超越論，均需瞭若指掌，為能指出兩者之間的交集點或相似處，必須能舉出足夠的例子與理論根據說服讀者認同。這一點比影響研究來得艱難，所以難怪至今無人以平行研究嘗試禪與梭羅這個課題，但這個嘗試仍然屬於比較文學研究範圍內，值得一試。於是這兩位研究生經筆者鼓勵，著手往

此方向收集資料，擬定大綱，終於在1995年1月大功告成，順利以高分通過碩士論文口試，榮獲碩士學位。當時應邀擔任口試委員的有臺大文學院院長林耀福博士、淡江的傅杰斯(J. C. Fleming)博士、中央大學的陳東榮博士以及黃淑均教授等均稱讚這兩篇碩士論文之創意與學術價值，係集平行比較方法完成之佳作❶。

　　當年梭羅獨自索居於華爾騰湖畔兩年多期間已陸續完成《河上一週遊》(*A Week on the Concord and Merrimack Rivers*)和《湖濱散記》(*Walden: Life in the Woods*)的手稿，經修改後分別於1849年與1854年出版。筆者曾於1984年細心研究過《河上一週遊》，並以英文發表論文一篇在學報上❷。當時筆者的論點集中於書中箴言與論述部分的價值，指出它們與描寫自然與風景之間實有其必然之關係，以期指明梭羅之河上一遊實為河流與作者意識流動之間相互交往深具象徵意義之航行。書中多篇箴言與論述確為精心之作。筆者著眼於梭羅於觀察自然中所生之冥想，以證明梭羅確是一位愛默生

---

❶　參閱聶志忠，〈吟遊於華爾騰湖畔：梭羅的佛教般的修行〉(*Wandering at Walden: Thoreau's Buddhist Like Practice*)（淡江大學西研所碩士論文，1995年1月）。袁哲生，〈生活的雕塑家：梭羅《湖濱散記》之禪釋〉(*The Sculptor of Living: A Ch'an Reading of Henry David Thoreau's Walden*)（淡江大學西研所碩士論文，1995年1月）。

❷　拙作 "Thoreau's *A Week on the Concord and Merrimack Rivers*: The Nature of Digressions"《淡江學報》第二十二期，民國74年3月出版），頁317－334。

心目中的「美國哲人」。

十三年之後的今天，筆者以「觀照般若」之法重新以禪學的角度閱讀《河上一週遊》，真有「柳暗花明又一村」之感。梭羅已不僅僅是愛默生心目中的「美國哲人」而已。他與河流之間的流動不只是意識流而是與修禪者修行中之心靈之旅相呼應。他的意識流成為超越哲學的神秘經驗，是深具宗教意義的層面。《河上一週遊》共分八章，第一章介紹康柯得河之地理，後七章敘述星期六至星期五整整一週之心路歷程。主要內容原為梭羅日記剪裁而成，書內哲理濃厚的箴言與富抒情的描寫雜陳，其結構頗為早期文評家所詬病，但讀者可不必太留意於首章與整本的結構，而專注於梭羅之應景冥想，觀照其終極關懷。

應景冥想便是此書之特色；對於梭羅而言，河流不只是意識之流，它亦象徵人生經驗之連續，其意義與海洋對於梅爾維爾的象徵意義相同，是唯一探索心靈領域的地方，亦是使神秘經驗可能的景色。《河上一週遊》在結構上是梭羅與其胞兄約翰在河上二週遊之濃縮，但在應景冥想上是梭羅超越主義的最佳表達。梭羅的冥想，雖然取自於他自己的日記，以散記方式記載，但其中許多冥想「均為值得專題研究的小珠寶」❸。為更深一層瞭解梭羅的心路歷程，以禪學的角度解讀這些所謂的「小珠寶」成為必要的課題。一週遊散記，實際上是基於對大自然的愛好描述細膩的觀察，將之記錄下

---

❸ Walter Harding, ed., *A Week on the Concord and Merrimack Rivers* (New York: Holt, Rinehart and Winston, Inc., 1963), p. xvii.

來，同時從觀察到的大自然現象中引出道德與心靈上之啟發與智慧。梭羅和愛默生一般將自然現象看成精神事實的象徵。對梭羅而言，自然是心造的精神象徵，如佛教，萬象是心造的，萬法是唯識的說法相呼應。這是超越主義的重要涵義。因此，康柯得河常為梭羅啟發更多的冥想。梭羅能以詩人的眼光欣賞優美的現象與活生生的大自然，以此眼光，梭羅之一週遊其實就是他的心靈之旅。

　　基本上，《河上一週遊》由兩個世界所構成：自然世界與內心世界，前者係解說與描述的，後者係冥思的。前者構成本書的基本架構解說河上一週之遊，後者包括一系列的沈思。兩個世界成為密不可分的關係，因為前者是應景，後者是冥想容納超越主義思想的空間。和愛默生與惠特曼一般，梭羅相信自然現象為應景，真實地將之記載出來的詩歌必然是最稀罕的詩作。梭羅描述大自然現象的技巧係採其獨自審美的手段以利冥想。他的內心世界所冥思的有哲學評論、歷史、插曲、詩評、宗教等均以評論文方式插入自然世界描述中成為整本書的枝節。有關應景冥想的手法，梭羅說：

> 當我們在風中航行，船尾捲起潺潺的水聲，秋色安穩地鼓起心中的意識，於是我們忽略了航行而過的景色，專注於該季節所提醒的無時間性聯想與印象在時間的流動中。❹

當他在觀察大自然時，大自然刺激他聯想進入冥思。他也講

❹ *A Week*, p.295.

起「掠過的生命遠景與部分經驗原來在大自然中⋯⋯超越時間永遠年輕，四季不斷的神聖；這些在永不死的風與水之中看到。」❺《河上一週遊》充滿了優美的語句，均是應景冥思的結果，例如：

> 當我們之中的一個登岸在離此島不遠之處去附近看得到屋頂的農家搜尋糧食，因小舟上準備的食物已吃完，另一個坐在已靠岸的船上，獨自沈思。
>
> 如果地面上沒有新鮮的東西，航行者總能在天空中擁有無限的寶藏。天空不斷地翻開新的一頁在你面前，而微風不停地在此藍色的地方上添加新的面貌，讓探究者從中解讀新的真理。在那裏總寫著具有絕妙精巧色彩的詩行，比萊姆果汁更灰，避過白天的眼光，而只於夜晚的化學作用露出其面目。每一個人的白日蒼天在心中回應星光最燦亮的夜景。❻

在這兩段文字裏讀者不僅看到連接詞的最完整運用並且也讀到視覺觀察與冥思的巧妙融匯的最不平常成就；地面的風景反應於心靈中，成為寶貴的神秘經驗。〈星期三〉一章中有下面一首詩與一段文字，是梭羅看到壯觀的日昇應景冥思的結果：

> 心中的清晨

---

❺ 同上，p.4。

❻ 同上，p.304。

心中裝著所有的衣服
　是外面大自然所穿者，
依著時尚在每小時換裝中
　修飾了所有其他的現象。

我尋找著外面的變化，
　但找不出有何不同，
一直到自來的一絲和平之光
　點亮了我心最深處。

到底是什麼使樹與雲的光彩奪目，
　將蒼天畫得如此快樂，
不外就是那邊逼近的曙光
　以其永不變的射線？

瞧，當朝陽流過樹林，
　在冬天的清晨，
靜靜的光線射入之處
　黝暗的夜晚便溜走。

堅忍的松樹怎麼會知道
　清晨的微風會來臨，
或謙遜的花兒如何預料
　昆蟲的白日哼，──

直到新光帶來清晨的喝采
　　從遠處流過走道，
敏捷地告訴樹林
　　它張開著許許多多英哩？

在我心靈最深處我聽到
　　如此喜悅的清晨訊息，
在我心中的水平線上
　　已看見了東方的色彩。

恰如在黎明的微光中，
　　當最早醒來的鳥兒
在一些靜靜的樹林中唱歌，
　　牠們打斷了小樹枝。

或在東邊的天空中，
　　在太陽昇起之前，看見
夏天熱氣的先驅者
　　來自遙遠的地方。

數週數月的夏日在層層的霧與白雲中流過，終於在暖和的早晨，我偶然看見一片霧靄吹過溪流到沼池，而我隨著高高地漂浮過田野。我仍記得靜靜的夏日蚱蜢在毛蕊花中唱著歌，而此時有股勇氣浮在赤裸裸的記憶中變成甲冑嘲笑命運的任何打擊，因為在吾人一生中豎琴的旋

律有時伏起有時静息互動著，而死亡只不過是短暫的休
息等著疾風重新鼓起。❼

梭羅對於大自然的愛好與他細膩的觀察力，其應景冥思寫成
的散文與詩歌處處隱藏著禪趣，是神秘經驗所得之心靈之旅
所透露之訊息。他與胞兄雖在河上一同航行，但他的心靈已
是超越的，難怪哈丁(Walter Harding)說《河上一週遊》中之
超越主義多於梭羅以後的作品❽。

　　在第一章，梭羅將康柯得河和世界上偉大而具長久歷史
的河流，如桑達斯河(the Xanthus)、尼羅河(the Nile)、密西西
比河(the Mississippi)和恒河(the Ganges)聯在一起成為超越時
間的象徵存在，而站在康柯得河岸上，他注視著河水的流轉，
流轉象徵著世界的進步……終於他幾乎跳進其懷抱中與之合
流下去 ❾。在接下來的〈星期一〉一章中，梭羅進一步展現
河水之流轉與心靈中之意識流融匯在一起，他說：

　　我們偶而在楓樹或柳樹蔭下休息，拿出甜瓜嘗嘗，沈思
　　著河水流動與人生的關係，隨著河水被帶走之樹枝與葉
　　子，在眼前飄過，所有人生的瑣屑事不也這樣嗎？然而
　　遙遠的城市與吵雜的市場依舊忙碌著。在人的俗事中總
　　有一股潮流，如詩人所說，使退潮與滿潮平衡互動。所有
　　河流終究流入大海，而河岸依舊，比人能想像的長久。❿

❼　同上，pp.248－249。

❽　同上，p.xiv。

❾　同上，p.8。

在這一段詩般的散文中河流的意象帶來冥思使河水流轉與心中意識之流合而為一，在梭氏心中產生與所有生命與時代之連續認同的神秘感覺。這種感覺使梭羅超越時空，溶入無礙的世界中，證入心靈上之完全自由。在此讀者不難看出梭氏心中之禪機。

> 我們就這樣「隨著思想與喜悅航行」，如喬塞(Geoffrey Chaucer)所說，而世上萬物好像與我們同行；河岸和遠處之峭壁溶入未沖淡的空氣中。最硬的固體似也與液體一樣終究亦溶入在一起。樹木只是纖維之河流，總有一天與大氣流入大地中……頭上的蒼天中是星河和銀河。地球上有岩石之河，地下有礦物之河，而我們的思想始終流動著……讓我們任意徘徊，宇宙總在我們的周圍，我們仍然是其中心啊。⓫

這簡直就是「一切就是一，一就是一切」之天人合一的觀念，而我們是宇宙的中心，萬物依此中心而存在，認同萬物心造的佛教思想。

河流與意識流的融匯也強調純潔與更新之觀念，亦意味著自然與藝術之有機體聯繫，例如「康河水源係年輕與天真無邪的泉源使沙地的河岸肥沃，航行者可從這零污染的資源得以補足所需」⓬；而「如河流蒸發的水氣透過河岸，我們

⓾　同上，p.100。

⓫　同上，p.280。

⓬　同上，p.159。

的熱望偶然於春天回到身邊，生命得以爽快，心靈得以淨化。」❸ 於是作者從大自然啟示得以創造藝術。

〈星期一〉一章中有一篇長文提及甜瓜係東方之水果時，梭羅大談東方哲學，其中引自《薄伽梵歌》(*The Bhagavad-Geeta*) 便有十五頁之多 ❹。梭羅的思想「回溯到阿拉伯、波斯、和古印度等善於沈思的國度」❺。這一章是頗有價值的東西方哲學與宗教的比較研究。梭羅說，「美國讀者站在自己的土地上向東自大西洋看到歐洲阿爾卑斯山，向西自太平洋看到喜瑪拉雅山脈⋯⋯發覺歐洲文學是局部而氏族的⋯⋯而歐洲作者自以為他們為全世界發言，其實他們只是為他們所住的那一角落代言而已。」❻ 梭羅要說的是西方世界仍然年輕，它應該向歷史更悠久的東方學習。他說：

> 比起東方的哲學家，我們可以說現代歐洲尚未產生任何哲學家。如將我們的莎士比亞擺在《薄伽梵歌》巨大的開闊宇宙哲學的旁邊，他將是過於年輕。吾人只要讀幾句崇高的名言，比如迦勒底 (the Chaldaean)、左羅阿斯特 (Zoroaster) 的神諭經千次的變革與翻譯仍然生存至今，⋯⋯便懷疑西方世界尚未自東方引出所有的光輝。❼

---

❸　同上。

❹　同上，p.102 ff。

❺　同上，p.102。

❻　同上，p.115。

❼　同上，p.116。

　　本章最後的建議是將中國、印度、波斯、希伯來，還有其他古老國家的經典當作人類聖典編輯在一起。這將是一本書中的書可由佈道者帶至世界各地。梭氏的建議顯然導致惠特曼的共鳴倡導世界宗教。惠特曼希望包容世界上所有的信仰，他並列舉所有不同宗教的神祇與神話，例如，希伯來的耶和華、希臘的宙斯與哈丘里斯大力士、埃及的司陰府神、巴比倫的背拉斯、印度的波羅門、佛教的佛陀、美國印地安人的馬尼陀、伊斯蘭教的阿拉、古代北歐的歐丁等。梭羅的這些應景冥思而來的哲理必然是使他的神秘經驗更為容易而踏實。

　　《河上一週遊》的整本結構雖然不像《湖濱散記》，不很嚴謹，但確實是一本沈思默想的結晶，純屬文學領域。梭氏之大自然觀察與應景而來的神秘經驗記載了許多值得深入研究的寶藏，經禪釋得見心靈上的啟發與智慧。如此的啟發與智慧在《湖濱散記》中將更頻繁。

三、《湖濱散記》之禪釋

　　吾人姑且將《湖濱散記》看成為文字般若，在白紙黑字的符號上做表相部分的解釋，便不難引證說明梭羅與孔孟老莊的淵源⓲，亦可諒解萊蒙・凱第(Lyman V. Cady)為何在他的〈梭羅《華爾騰》裏的儒家經典〉⓳一文中追溯梭羅對東

⓲　如陳長房在他的《梭羅與中國》一書中所見。

⓳　見於鄭樹森編，《中美文學因緣》(東大圖書公司，民國74年10月初版)。頁41－58。

方哲學與文學興趣的滋生及成長，詳細引證儒家經典，並質疑為何梭氏「不引述與老子及其門徒有關的《道德經》所代表的中國古老文化的另一主流呢？凡讀過《華爾騰》和《道德經》的讀者都訝異於兩者間關係之密切：無論就觀點、自然神秘主義、對單純和原始的熱愛、厭棄世俗的成規和政府的騷擾，以及似是而非用語的重複使用等各方面來說都極為相似。這點本身就是一特殊比較研究的豐富園地。」❷於是凱第認為「梭羅似乎不諳中國這方面的古老文化遺產……梭羅未能接觸老子或莊子的著作是他個人同時也是我們的損失。如果梭羅能從整體上說來和他並無深切關係的儒家典籍尋得資料以闡述其觀念；要是他認識老莊著作的話，他將會如何愉悅且自由自在地從這些中國『自然主義』礦脈中掘取豐富的礦藏！」❷

　　凱第的如此論述表示他觀照《湖濱散記》，從文字符號的表相背後看此梭羅雖然從儒家經典引句協助解說他的超越主義，但實際上儒家思想與他的觀念並無直接關係，只是當時苦於沒有更接近他的觀念的中國經典，如《道德經》在手邊可參考，所以只好勉強利用儒家經典闡釋他的觀念；其實凱第明白看出，基本上梭氏的觀念是比較接近中國老莊思想的。這應該是凱第觀照文字表相背後的結果。但是吾人如再深一層的觀照《湖濱散記》的表相，應不難看出梭羅的超越主義觀念更接近修禪者的心路歷程。無論是他索居華爾騰的理由、生活方式與觀念、神秘經驗、厭棄世俗的「無明」、熱

❷　同上，頁56－57。

❷　同上，頁57－58。

愛大自然與簡單樸素的生活等均較為接近禪佛教的課題。梭羅所以在《湖濱散記》中未能引自佛教經典或禪學文獻，其理由亦是因為他無緣接觸任何佛教文學藉以參考，幫助闡明他的超越論。筆者在此願意借用凱第的語氣說，「要是他認識『禪』的話，他將會如何愉悅且自由自在地從這些『中國禪』礦脈中掘取豐富的礦藏！」吾人如能從這個角度解讀《湖濱散記》，將不難觀照其實相。

從一些有關梭羅生平的瑣屑記載，吾人得知他一生未婚、不抽煙不喝酒、不殺生、吃長齋、無物質慾望、專心追求精神生活、強烈的個人主義與人道主義等，哪一項不與佛教徒相似？他天生俱來的善根與慧眼是無庸置疑的。雖然佛教徒的個人主義往往由於悲智雙運的結果，不如梭羅強烈，但梭羅的人道主義與佛教的慈悲為懷的普渡眾生精神頗為接近。吾人只要在《湖濱散記》中所看到他如何與大自然打成一片並與湖濱的生物，無論是植物、動物、鳥、昆蟲、魚等眾生，日夜為伍，生活在一起，將自己溶入於大自然中，證入天人合一，無心無我的境界，不就是悲智雙運了嗎？從一般美國人的觀點來看，梭羅可能是一位怪癖的人，但從修禪者的觀點來看，他是同修無誤。梭羅為了實驗超越主義的精神生活索居於華爾騰，其理由以及索居的成就，在許多方面與修禪者的修行頗為相似。

首先，吾人比較一下出家人之所以要出家索居於大自然中與梭羅離開康鎮索居於華爾騰的理由。特拉(Narada Maha Thera) 在他的《佛陀與其教義》(*The Buddha and His Teaching*)❷說及當年悉達多(Siddhārtha)為什麼出家：「瞭解世間所

珍貴的感官愉樂為毫無價值，厭棄世俗而出家以尋求真理與永恆的樂園為無上價值，他單獨地，身無分文，離開皇宮，出家尋覓真理與和平。」❷❸梭羅說他去索居樹林中，「因為他希望生活得深刻，只面對生命實質上的事實，看看能否學到如此生活所給與的教訓，而臨死時會不會發現我根本就沒有真的活過。」(W172)❷❹前者係佛陀的傳說軼聞，後者係梭羅對於生活新形態的信念；兩者用字雖不同，其實是同一個信念的兩面：要過新生命的決心。

　　從出生到出家，悉達多在父王無微不至、無虞匱乏的照顧下，表面上生活得很快樂，父王為他蓋三所華麗的皇宮，日夜聘請樂師與舞女款待他，三餐山珍海味，穿的是最佳衣料，宮內裝飾來自世界各地的珍品古董，如此豪華，天堂都不如。但對於一心尋覓平靜與真理的人而言，以上的物質誘惑是羈絆不了他的。當敏銳的眼睛看到不平常的光景時，他的智慧之火已點燃！有一次他出宮進城，他看到一位老人，質疑為什麼這個人背部變彎曲，為什麼他的臉不再光滑，為什麼那麼蒼白，那麼皺？生命的神秘第一棒喝打在悉達多心中。出遊當中王子又看到了一個病人與死人屍體又被棒喝兩下，於是他陷入沈思：

---

❷❷　(Singapore: Singapore Buddhist Meditation Center, n. d.)

❷❸　同上，頁4－5。

❷❹　Henry David Thoreau, *Walden and Other Writings by Henry David Thoreau*, ed., Joseph Wood Krutch (New York: Bantam Books, 1989), 本章引文均出自此版本，筆者自譯，頁數冠W字。

> 宮殿中的豪華、健康的身體、快樂的青春，這些對我有何意義？有一天我們都會生病，我們都會變老，我們都逃不過死亡。年輕的驕傲、健康的驕傲、生存的驕傲，到時都得放棄。人要活下去畢竟要尋覓某種價值，尋覓有正與誤兩個方法。錯誤的方法是明知不能避免老、病、死，仍要尋求長生不老不病不死。正確的方法是悟出上述的錯誤去尋求超越老病死，解脫人間苦海之道。現在的我不是在尋覓錯誤的價值嗎？❷⑤

看準了物質享受的空虛，下定決心尋求永恒的清靜，悉達多終於出家了。他上了山悟道，下了山佈道始有今日的佛教；佛陀所教的影響了無數人改變想法，也出了家，完全改變了他們的觀念與生活方式。

同樣的，梭羅也看準了物質享受的虛偽，肯定精神領域的永恒價值，而有感而發地說：「大部分的奢侈品與奢侈生活是為舒服而必要的，但對於人類品質的提昇肯定是一種阻礙。最聰慧的人活得比貧窮人還要簡單而瘦弱。」(W115)梭羅是說很多舒服的生活阻礙心靈的提昇。一個聰慧的人，雖然過著簡單而瘦弱的生活，但他精神上活得更豐富而愉快。對金錢的看法，他說人人總是設法賺錢，但為追求精神生活金錢是不需要的(W330)。金錢也許可滿足物質需要，但人的慾望是無止境的。太多的財富或太專心賺錢只會帶來浪費和更多的束縛。他說，「甚至在比較自由的國家如美國，大部分的人

---

❷⑤ *The Teaching of Buddha* (Tokyo: Bukkyo Dendo Kyokai, 1966), p.8.

因無知而錯誤，每天忙著過捏造的煩惱與過分的粗糙勞工生活，摘取不到更好的果實。」(W109)對於梭羅而言，他的日常必需品只有四種：食物、窩棚、衣服和燃料；其他的必需品盡量減少，以能維持自由心靈之寧靜安祥。為了抗拒很多可能會對心靈修持的阻礙，他選擇了簡單而自然的生活。

從佛教的觀點而言，知識固然很好，但對於必須潛入心內的修行是不重要也沒什麼用的。一個學富五車的人仍有很多心靈上的問題無法解決，而往往學問愈多愈不懂人生的意義；他的學問成為提昇心靈的絆腳石，如泰國禪師阿占察法師(Ven. Ajahn Chah)所說：「受過很少教育而學識不多的人修行較為容易。可是有豐富知識的人好像一個很大的房子，清掃難。」❷⑥ 他又說：「佛陀本身只能指出一條路為我們走，他不能替我們走，因為真理是修行中親自體會而不是以語言帶路的。」❷⑦ 從書本中學來的學問與心靈之旅或神秘經驗是毫無關係的。修行不是用講的而是身體力行的。尤其在禪學裏要觀照實相以求真理是不立文字的，直指人心深處始可得，而不是靠文字般若或讀很多書，聽很多善知識的勸言。

梭羅是很有學問的人，他在哈佛很用功，讀了很多文學名著，他懂希臘文、拉丁文與法文。他可說是一位很有學識的人。他對人文的見解有時還超過愛默生。有一次他和愛默生在麻省劍橋的一家酒店喝酒聊天，愛默生說，「哈佛什麼科系都有了。」梭羅喝了一口威士忌接著一大口啤酒，帶著苦臉

❷⑥ Ajahn Chah, *A Tree in a Forest*, comp. and ed., Dharma Garden (Taiwan: Yuan-Kuang Publishing House, 1994), p.41.

❷⑦ 同上，序文。

說，「是的，沒錯，但都是那些樹枝，而沒有樹根啊。」❷這是一百十多年前他們說的話。但，也是今天仍有很多關心教育的人很想說的話。

梭羅雖然有很豐富的學問，然而他不但沒有被這些學問綁住，反而更關心這些學問之根；他更關心身體力行的經驗，他常被自性所驅使將自己的哲理付於實施，將自己的理念落實於生活，恰如史比拉(Robert E. Spiller)所評，「他活過他所寫的……與任何其他美國人不同之處在於他的行為、意見、創作是一體的。」❷他又說，「這位年輕朋友不是他（愛默生）心目中的自由美國人——精通偉大的書、感應大自然，最適合行動與思想嗎?」❸梭羅自己也說，

成為一個哲學家不僅要有精巧的思想並要找到一個學派，但更要愛好智慧順其生活，一個簡單、獨立、有雅量與值得信賴的生活……是能在理論上與實際上解決生活上的問題的那種。(W116)

知而行是梭羅最突出的特徵。他在《湖濱散記》談及他要過新的生活的動機與決心。他要證明人有能力擁抱尚未深究的領域。依照事實探究的真理終止懷疑與愚蠢。他說，「要放棄我們永遠追隨傳統生活方式的偏見永不會太晚。古老的思

---

❷ *Newsweek on Campus* (March 1988), p.8.

❷ Robert E. Spiller, et al. eds., *Literary History of the United States* (New York: Macmillan, 1963), p.391.

❸ 同上，p.392。

想與行為非經證實是不可靠的。」(W111)至於人的能力，梭羅說，「人的能力未曾被測量過；我們無法以前人的作為判斷一個人的能力……。」(W112) 他深信行為的重要性，表現他勇於面對不可預見的挑戰。他離開康柯得鎮索居於華爾騰決心尋覓大自然的神秘，以新鮮生活開始。

對於修禪者而言，接近大自然必以簡單的生活開始；簡單生活必須放下所有對世俗的物質誘惑與娛樂的執著以提昇心靈生活的品質。一般而言生活愈簡單愈能享有更多的自由空間。梭羅完全認同此看法，因為他說，「人的富貴與他能放下的執著多少成正比。」(W166)嚴厲的簡單生活導致精神的開放，因此他說，「生活愈簡單宇宙規律愈不複雜，而孤獨不再是孤獨，貧窮不再是貧窮，軟弱不再是軟弱了。」(W177)和修禪者一樣，梭羅愛好大自然，終其一生，他渴望著簡單而自然的生活，他重視心靈上的充滿，在他眼裏大自然、心靈和簡單生活是一體的；三者同時存在，不可分割，所以他說,「我在自己裏面找到一種本能驅使我走向更高層次的心靈之旅，和另一種本能走向原始般的野蠻生活，我都尊敬。我愛好野蠻不下於善良。」(W226)他的自白不外就是表明他要在大自然裏過簡單生活以求心靈上的快樂。

為要度過簡單生活必須盡量減少日常必需品，在食物、衣著和窩棚三方面佛陀與梭羅都有相當程度的成就，將之減少到普通人無法忍受的程度。例如，當年佛陀一天只吃一頓飯，至今仍有很多佛教徒跟著也吃一頓飯，尤其南傳的小乘佛教更規定和尚和尼姑一天只准吃一頓飯。一天一頓飯看似嚴酷的修行，尤其過午至翌晨不進食是很難的，但對於苦行

僧而言，這樣過午不食的修行絕不傷身體，相反地，對健康有益。有次佛陀告訴徒弟們說，「各位比丘，我過午不食……但我很健康，身體輕快、有力，而活得舒服。你們不妨也試試，你們一定能保持健康。」❸ 如此簡單的飲食規定有另一個理由，它能壓住物質慾望。佛陀誡說，「為了控制貪食，飲食要適度，吃飯時要專心吃，不要為好吃而吃，也不要為英俊魅力而吃，而為維持健康而吃，以便過有益於宗教生活。」❸過午不食對於修行者而言再適當不過，它可減低體重的負擔，它可避免因暴食而來的睡意、遲鈍與懶惰。

　　與佛陀一樣，梭羅的飲食抑制為每天一頓，他呼籲說，「簡單化，簡單化。如所需，一天吃一頓便可，不必吃三頓；五道菜以取代一百道菜，其他東西可比照減少。」(W173)梭羅吃得很少，不知何故，他和佛教徒一樣吃長齋❸。他所吃的都是一些沒有什麼營養與美味的東西，例如，玉米、小麥、馬鈴薯、菜豆、胡蘿蔔之類。至於他為什麼只吃這些東西，亞當斯說得好，他說，「他在湖邊吃那麼簡單的素食是他要簡單化生活的部分計劃，減少他為食物所花的時間與精力，他可進行他的主要目的。」❸ 他不吃肉、不喝酒、不抽煙❸。

---

❸　Mohan Wijayaratna, *Buddhist Monastic Life*, Trans. Claude & Steven Collins (Cambridge: Cambridge U. P., 1990), p.68.

❸　同上，p.73。

❸　有關梭羅不吃肉一事，其理由仍有爭論。請參照 Stephen Adams and Barbara Adams, "Thoreau's Diet at Walden", *Studies in the American Renaissance*, ed., Joel Myerson (Charlottesville: U. P. of Virginia, 1990), pp.243－260。

在佛教修行中，衣服也是要盡量簡單的。小乘佛教嚴屬的規定和尚必須穿粗布製作的袈裟 (Kasāya)，象徵不執著和謙遜。基本上一個和尚只需備有三件袈裟可換洗便夠了。「就如鳥，飛翔時帶著翅膀，和尚穿上袈裟，穿得自在。」**❸❻** 同樣的，梭羅主張簡單的衣著，他更重視穿在身上的衣服內的心。他說，「一個人最好穿得簡單，在黑暗中可將自己的手放在自己的裸體上。」 (W123)如此簡單的生活可加強一個人的意志，以便經得起嚴屬的苦修生活。對於那些習慣於舒適、奢侈、懶散、不檢點的人而言是不能想像的。但是對於一心想追求真理的人而言是相當適合的。

大自然提供心靈之旅最恰當的氣氛與環境，它幫助人遠離現代文明的攪亂，心靈免於受到外界之影響與污染。大自然沒有人為的誇耀與虛偽，而是活生生呈現真實在眼前。大自然的現象時時刻刻在變化；早晨的微風以新鮮的芳香吻過面頰，颱風來時風聲令人畏懼，大樹的壯偉啟發生命的泉源；大自然的外表有時甜蜜、有時可愛、有時偉大、有時神秘、有時可怕、對人漠不關心，但大自然的精華是一致的，那便是萬變中有永不變的東西——現象背後的真相。修禪者喜歡在大自然中靜坐修行，做身心上之調適，其目的不外於經過大自然之考驗證得永恆的純潔。佛陀本身曾在大自然中嚴酷

---

❸❹ 同上，p.243。

❸❺ Ralph Waldo Emerson, "Thorau", *Selected Essays, Lectures, and Poems of Ralph Waldo Emerson* (New York: Washing Square, 1967), p.381.

❸❻ Wijayaratna, p.32.

修行靜坐六年，終於大覺大悟，其間「他暴露在炎熱的陽光下，在嚴冬的冷風中，活在森林與山洞中，以粗劣食物維生，忍受肉體上的痛苦過日子。」❸佛陀以如此嚴厲考驗的正果下了山佈道四十九年始有今天的佛教。

梭羅對於大自然的愛好不下於任何一個修禪者，他尤其喜歡大自然之美與寧靜，所以他說，「美的滋味是在野外體驗的，在那裏沒有房子也沒有管家。」(W133)「在大自然中生活沒有黑色的憂鬱，五官完全平靜。」(W202)在大自然中可擺開世俗腳鐐，享受心靈之自由，於是他說，「讓我們和大自然一樣過著從容的一天……。」(W177) 在《湖濱散記》梭羅提到為提昇心靈層次大自然魔術般的力量所扮演的角色之處不勝枚舉，充分說明他為什麼離開社會索居華爾騰。

於是於二十八歲，1845年的3月天，梭羅離開家鄉的康柯得鎮前往華爾騰湖濱索居。出發前他先考慮到能使他度過簡單生活的窩棚。他以最簡陋的建材自力蓋了窩棚，沒有任何裝飾，沒有油漆，不需要的一概免了，因為他「反對與實際需要不相稱的任何使生活複雜化的東西」❸。此窩棚雖然簡陋，但「它比任何康柯得鎮上的房子還要莊嚴與奢侈」(W142)。因為此茅屋是為高尚心靈所蓋的。

至於出家人的住所，它必然是愈簡陋愈好的，因為所有

---

❸ Jonathan Landaw, *The Story of Buddha* (New Delhi: Hemkunt, 1978), pp.72−73.

❸ F. O. Matthiessen, *American Renaissance: Art and Expression in the Age of Emerson and Whitman* (London: Oxford U. P., 1966), p.153.

物質上的奢侈品代表執著於五官的快樂，道場「必須限制他們所蓋的住所」❸。「僧團住所的安排以及共有所有權必須規劃得能避免與放下執著理念有所抵觸。」❹一個比丘必須捨棄任何對真理追求有阻礙的東西。「在任何情況下，一個比丘不能擁有自己的住所。」❹「這些小乘僧團的住所是暫時的，通常蓋在河邊的樹林中、山谷中或山麓。」❹梭羅不謀而合地也將他的茅屋蓋在華爾騰湖邊的樹林中，他以此茅屋為傲，但他未曾宣佈他擁有此屋，此屋是短暫的窩棚，結果他實際住了兩年兩個月又兩天便離開了它。與出家人一樣，梭羅選擇索居的地方遠離吵雜的鄉鎮以方便超越主義生活，易於超越世俗，與大自然打成一片，與神溝通。所不同者是出家人不尋求與神溝通，而與自己本性溝通，直入人心，以求見性。當年佛陀常住的地方是「一所離鄉鎮不很近也不很遠的地方，想拜訪請益的人來去方便，白天拜訪者未曾擁擠，夜間平靜，是一所頂適合宗教生活的地方。」❹梭羅索居的茅屋也一樣離鄉鎮不很近也不很遠的地方，其實他的心徘徊於大自然與鄉鎮之間，他在大自然中做心靈之旅，而經常會有訪客。他說，「在茅屋裏我有三把椅子，一把為孤獨，一把為友情，一把為社會。」(W211, 208)這句話說明梭羅的哲學並非逃避主義，而是提昇人的精神領域刷新的方法。

---

❸　Wijayaratna, p.24.

❹　同上，p.30。

❹　同上，p.26。

❹　同上，pp.20−21。

❹　同上，p.23。

　　《湖濱散記》裏最明顯的象徵當然是華爾騰湖，梭羅自己說，「我感謝這個湖又深又純妥為象徵」(W319)。梭羅在此度過七百六十餘天以探索神秘人生，此湖必具多層象徵意義。首先它象徵純潔與美導致心靈在大自然中之和諧。他說，「湖在所有風景中最美最具特色。」(W243)安德森(Charles R. Anderson)並且說，「華爾騰躺在純潔與和諧的象徵中，人人嚮往。」❹ 其次，華爾騰湖代表人心，如人心深不可測，不可預言。有一次來了一位訪客，他是一個劈材工，他對梭羅很有興趣，「因為梭氏如此平靜、孤獨，然而快樂，是幽默與自滿的泉源。」(W213)於是梭羅說，「這位劈材工說在最低層次的人生有種人永遠謙虛而文盲，卻有自己的觀點，絕不假裝，他和華爾騰湖一樣，深不可測。」(W216)華爾騰湖另一層象徵意義可從禪的「鏡喻一心」的佛教教化角度來解讀。華爾騰湖又乾淨又深奧有如真理的鏡子，它不可能被污染，它永遠反映真正的大自然顏色，又如鏡子隨時反映真正的人性。梭羅說，「華爾騰湖是大地之眼睛；看湖的人可測量自性之深度……它是一面鏡子連石頭都無法打破它……暴風雨、任何灰塵無法使它模糊，它維持永遠新鮮……在此鏡子裏所有不純的東西都得沈進去。」(W243)在禪裏不執著的人心以明鏡來象徵，此明鏡反映人的自性，無論有多少糾纏著人生的各種執著如灰塵照進去，這些一離開，此明鏡不留任何痕跡，它立刻恢復原來面目。梭羅所說的，「在此鏡子裏所有不純的東西都得沈進去」便是此意。對於梭羅而言，華爾騰

---

❹　*The Magic Circle of Walden* (New York: Holt Rinehart & Winston, 1968), p.18.

湖象徵精神上的穩靜、淨化、昇華。清晨他常浴於其中；溫暖的傍晚常坐在小舟上吹著笛子。(W234)在湖上一次又一次他細心測量著此湖的深度，恰如探索著自己心內的奧妙。此湖同時也是梭羅靈感與創造力的泉源，他說，「誰知道有多少被遺忘了的文學反映著此湖便是希臘神話中的琶那沙斯(Parnassus) 山的神泉？或者神話中的半神半人的美麗少女在黃金時代曾經統轄過?」(W238)最後，梭羅附於此湖宗教意涵。下面一首詩是他與華爾騰湖神會的一例：

　　　它不是我自己的夢

　　　去誇耀一詩行；

　　　我不能更靠近神與天堂

　　　比我住在華爾騰湖畔。

　　　我便是它的石頭湖岸，

　　　而吹過我手心的微風，

　　　是它的水，他的砂，

　　　在它最深處

　　　便是我高昂的思想。(W249)

　　大自然適合一個人做心靈之旅。梭羅在大自然中獲得很清楚的洞察力，於是他呼籲人應走出吵雜的人群，走進大自然。他說，「從壁爐到原野是很遠的距離。如果我們能在我們與天體之間毫無阻礙的情況度過更多的白天與晚上，那將是很好……鳥不在山洞裏唱歌，鴿子不會在鴿舍中珍惜牠的天真。」(W126)每天早晨給梭羅帶來新的動力。當太陽上昇，

天一亮，大地一醒，梭羅展開兩手臂歡迎他重生的心靈，他說，「每天早晨是爽快的邀請，使我的生命與大自然一樣簡單、天真、無邪。」(W171)對梭羅而言，早晨好像是一條道路通往清淨的生命；早晨之美、新鮮與創造的生命力便是來自生命尊嚴與神秘的源泉。人應能在早晨中得以解脫無知與迷惑而開悟。他說，

> 早晨是一天當中最令人難忘也是最清醒的時刻……我應該說，所有難忘事都在早晨時刻與氣氛中散發……詩歌、藝術、人的行為最難忘、最優美的部分都從早晨逸出……一個人豁達而旺盛的思想如能跟著太陽走，一天是永遠的早晨。(W171)

修禪者也特別珍惜清晨。參加打禪七期間他們於清晨四時半便得起床，受戒時更需如此，因為清晨時刻的確給人新鮮而旺盛的生命力，清醒的頭腦，啟發活潑的創造力。梭羅不謀而合地也有同樣的信念，而於早晨繼續他的「修行」，但是他的「修行」不限於早晨，他認為每一時刻都適合他「修行」，他說，「在任何天氣，日夜任何時間，我急著改善……始終站在兩個極端中間，那便是當下。」(W48)這簡直就是「活在當下」的禪學，是行也禪，坐也禪，臥也禪的禪行。當他讀書時，他要解讀白紙黑字背後的真正涵義。他說，「要讀好書，是要以真正的精神讀真正的書，那是高尚的腦部操作……書要慎重的讀，冷淡地讀……。」(W180) 讀書要細心，不管書是具體的或不易解的，「要讀出你的命運，看出你的前

面是什麼，走入你的未來。」(W187)顯然梭羅的讀書方法是
「觀照」「文字般若」，讀出「實相般若」。這是學過禪學的
人始能知道的解讀方法。他在休息時也在沈思。當他靜靜地
坐在火爐邊，他想「在火焰裏你可看到一個臉。當一個勞工
晚上看進去，他可淨化他白天累積的塵世碎屑的思想。」
(W293)

　　也許梭羅生而注定在大自然中反覆生活。他說，「在大
自然中，我來去格外自如。」(W200)「我醒悟於大自然與日
光已有答案的問題。」(W313)在他自性中他看到信仰、誠懇、
忍耐、自立，在大自然無所不在的滋養中這些一一生根、發
芽、開花成為智慧與覺悟的果實。而這些都是滋生於心，心
是一切的主宰，它是至高無上的，又是無價之寶。人心主宰
他的所有思想與行為，它一如房屋的主人，他擁有此屋，使
用此屋。梭羅說，「每一個人是一所名叫身體的寺廟的建築者
……我們都是彫刻家，也是畫家，我們的材料是自己的血肉
與骨頭。任何高尚心立刻能提煉出高雅的相貌，任何卑賤或
淫蕩無法弄髒它。」(W269)並且他說，「一個人對自己如何想，
這便決定了他自己的命運。」(W110)從禪的觀點而言，身體
只是將人由塵世渡往彼岸的「乘」坐工具，一渡彼岸，身體
便腐爛，但人心永存。身體又可比喻為一把刀，而心是它的
主人。如果主人是好的，刀無害可有用；如果主人是壞的，
刀可殺人，帶來災難。人是好或是壞完全由心操作而定。六
祖惠能曾說，「凡夫即佛，煩惱即菩提；前念迷即凡夫，後
念悟即佛；前念著境即煩惱，後念離境即菩提。」(《六祖壇
經‧般若品》)心要好或要壞完全在一念之間。人心創造自

己的宇宙。有人曾要阿占察法師 (Ajahn Chah) 建議讀那些佛書，他回答道，「只有一本。」然後他指著他的心。❹其實，世界上沒有比人心更重要的東西。但「治心」實在是知易難行啊！但我們都知道佛教教育主要工作在於「治心」。 同樣地，整本《湖濱散記》的最重要關懷也在於「治心」。「治心」之所以如此難，根據佛教說法其難度起緣於貪瞋痴三毒，人的本能陷入其中而無法自拔，於是人生百態呈現，人人迷失方向。因此如何「治心」成為很重要的課題。所有佛經主要在提供如何解此三毒的妙方。同理，整本《湖濱散記》亦在提供「治心」的妙方。

梭羅說，「值得注意的是我們不知不覺很容易陷入一條特殊的路，成為自己一生踏平的道路……地球表面是又鬆又軟的，容易留下人的足跡；人心跟著走。世界上的公路是如何受磨損，如何多灰塵，傳統與順應主義的痕跡有多深啊！」(W343) 人人被框在人生枷鎖裏而人心被框在其中無法解脫。人人成為習慣與重複的動物，無論是好人或壞人難於改變已成規的偏見或傾向。於是梭羅感嘆。他覺得總有醜惡的壞念頭在心中蠕動著，難於去除。他說，「我們知道我們之中有動物性，當我們崇高的本性睡著時，它便醒過來。它是爬蟲動物如蛇，淫蕩，不易趕走它；它如蛔蟲侵佔我們的肉體。」(W267) 所以人心必須時時刻刻提高警覺以防透過六根而來的外在干擾，掌握人心之調適；修行不可荒廢，因人體與五官始終暴露在感官誘惑與刺激中，人心易於失控而迷失。梭

---

❹ 參照 *A Tree in a Forest* ed., Dharma Garden (Taiwan: Yuan-Kuang Publishing House, 1994) 序文。

羅頗知此道理而說，「永遠提高警覺比任何修行都重要。歷史、哲學或詩歌能與訓練如何能始終看該看的東西比較嗎？」(W187)他又說，「我們必須學習時時刻刻保持清醒……我知道只要不斷地努力，提昇生命的能力是無庸置疑的，這比任何事實都來得有鼓勵作用。」(W172)梭羅是一位很高尚、有純潔思想與行為的人，他的道德意識極為高超。他雖然不是佛教徒，但他的道德與貞潔可和任何佛教徒比美的。他認為道德與貞潔是人性之根，他說，「貞潔是人花開放的現象；所謂的天才、英雄氣概、神聖等是跟著開放的結果。」(W267)他急著要找到一位聖人教他如何過清淨的人生，他說，「誰知道如果我們證得清淨，將是怎樣的人生？如果我知道有人能教我淨化生命，我將設法去找到他。」(W267)他一直在尋找「善知識」，結果很諷刺地，他只找到孔孟學說的一些英譯本，他連《道德經》都無緣找到，更不用說充滿「善知識」的佛教經論了。但《湖濱散記》從頭到尾，禪趣充斥，只是這些禪趣出於梭羅的思路，是他親身體驗的神秘經驗，此經驗與心得與佛教的禪不謀而合，這應該是古今中外可互相匯通的原始人性，尚未受到文明、科技、經濟導向、物質慾望等污染的本性，是沈默無聲的人之本來面目。梭羅很有自信地說，「能肯定自己心內的動物性一天一天地消失的人有福了，心中神性自然呈現。」(W267)這不是禪機嗎？這不是超越「纏」進入「禪」的心靈之旅嗎？其實，梭羅的超越論便是禪修論，只是名稱不同而已。

　　所謂「活在當下」的禪話，其涵義亦可在《湖濱散記》中處處可見。拉胡拉(Wapola Rahula)說，「他們（佛陀的弟子

們）不會後悔過去，也不會為未來沈思。他們活在當下，所以他們會發光。沈思未來，後悔過去的人如傻瓜又如綠色的野草在太陽底下要被割掉。」❹一般人雖然都在當下做些什麼事，但腦子始終想著過去與未來或別的事情，所以做當下之事無法專心，所謂「心不在焉」是常見之事，因此惹起無謂的煩惱與痛苦，無法快樂起來，總是不滿於現在。對於禪者而言，為什麼「活在當下」如此重要？答案很明顯在人生存於現在，他不活在過去亦不活在未來。「真正的生命是現在這個時刻，不是已死去的過去回憶，也不是還未來臨的未來之夢。」❹過去的已過去，不必去留戀，未來之事還沒有來，不必去想它。過去與未來和正在呼吸中的你毫無關係，所以你得「活在當下」。

在《湖濱散記》中，梭羅學會了自由自在地「活在當下」。他感受在「當下」滋養中成長的祝福，他能放下所有過去事，細心抓住現在這個時刻，他說，

> 如果我們能始終「活在當下」我們應該受到祝福，我們懂得利用每一降在我們身上之事，恰如草葉每每能感受葉子上的一點點露水給它的影響。千萬不要浪費時間去為過去沒有抓住的好機會贖罪。我們錯以為這種贖罪是我們的義務。(W336)

---

❹ *What the Buddha Taught* (Taipei: Torch of Wisdom, 1991), p.72. 這一段是當佛陀被問及為什麼他的弟子們過著又簡單又平靜的生活，一天只吃一頓飯，但人人發光時回答的話。

❹ 同上，p.72。

他能「活在當下」做他的心靈之旅，他的超越思想是如此而來，此思想富於禪趣。他說，

> 在永恆裏，的確有些真理與崇高的東西。而所有這些時間、地點、情況均在當下……我們只能透過永不斷地滲透與淋濕於圍繞著我們的真實來瞭解什麼是崇高的東西。(W177)

在梭羅的眼裏，永恆的真理與崇高的東西不可能在過去或未來裏來了解，而必須在當下去體會。在永不斷的當下中他可看到永不止境的新鮮而珍奇的生命，於是「我的生命成為永遠珍奇的樂事，它是永不結束的戲劇。」(W188)梭羅引自印度哲學的話做為箴言說，「對於印度立法者而言，無論如何違反現代經驗，任何事物沒有太瑣細的。他教我們如何吃、喝、與別人相處、大小便等，樣樣都得提升它的重要性而千萬不可原諒自己說這是小事一椿。」(W269)這不是所謂的「行亦禪，坐亦禪，語默動靜體安然」的禪趣嗎？

梭羅一面表達他對於人性的洞察，另一面苦於無法以語言具體地完全透露他的醒悟或所證得之啟示，感覺這些神秘經驗超越人類語言，於是有感而發說道：

> 我深恐我的表達揮霍無度，超過我的日常經驗的狹窄範圍，以致無法適度表徵我所自信的真理。(W344)

其實，梭羅的困境便是禪學裏的「不立文字」卻必須以「不

離文字」來勉強傳達真理之訊息，以語言所表達的永遠停留在「文字般若」的層面上，至於其實相必得依靠讀者的「觀照」來解讀了。佛法無所不在，它時時刻刻在我們生活中，但是只有在我們的心在清淨時，始懂得佛法在說什麼，因為佛法不用語言說法的。同樣地，《大乘起信論》也說，「一切言說，假名無實，但隨妄念，不可得故。」以「不離文字」寫出來的言語，只是符號，是「意符」(Signifier)，它所要「意指」(Signified)的是真相，但絕不是真理本身。它如手指指月，手指是手段，月亮是目的。當目的達到時，手段必須拋棄，於是大乘佛教有所謂「如來善巧方便，假以言說，示導眾生，其旨趣為，皆為離念，歸於真如。」❸梭羅亦說，「以我們的文字所表達的輕浮真理背叛真理……表達我們的信仰與忠誠不得體。」(W344)他又說，「人與人之間未曾溝通過最驚奇而最真實的事實。我的日常生活中的真正豐收，如同清晨與傍晚時之色彩，無法以語言描述。我們所描述的只是一點點星塵，一小片段彩虹。」(W265)梭羅的禪趣不只如此，有一次他說，「有何更偉大的奇蹟發生於人與人的眼睛互相注視的那一剎那？」(W112)此句讓我們聯想到當年「世尊昔在靈山會上，拈花示眾，是時眾皆默然，惟迦葉尊者破顏微笑。」(《無門關》)不經語言的頓悟透過眼與眼之相會而證得。有一次梭羅注視一隻蚊子而得於啟蒙，是清晨時候他坐在門口注意到一隻蚊子「在屋子裏做看不見而不可想像的漫遊」(W171)。此時他「受微弱的嗡嗡聲的影響不下於吹出聲響之

---

❸ Yoshito S. Hakeda, trans. *The Awakening of Faith* (New York: Columbia U. P., 1967), p.79.

歌的喇叭聲」(W171)。於是他道出他的啟蒙「在嗡嗡聲中聽到的是宇宙秩序……世界的活力與繁殖力」(W171)。一個開悟的心靈能在一粒砂中看到全世界，並且「我們應於一小時中活過所有時代」(W112)。「此山頭說明所有大自然運作之原則。地球創造者以一葉取得專利。」(W332)真是「一粒砂中看世界，一葉知千秋」之感慨。

在「無我」與「無所執」方面，梭羅的超越論與禪學亦有很多交集點。凡人生而具有自衛與自保的本能，人因而衣、食、住、行、工作、思想，接著來。這些全由自我意識產生，但是根據佛教這些只是幻想：

> 根據佛陀的教訓，自我意識是想像的，是虛假的信念與真實無關，它產生有害的思想，如下面的觀念，我、我的、自私慾望、渴求、執著、懷恨、惡意、自誇、自傲、自我，還有其他妄想、不純潔等問題。❹

同樣地，梭羅說，「只有南方人的觀念是不好的，只有北方人的更不好；但最不好的是你自己成為自己的奴隸監視人。」(W110)自我是人類罪惡之根源。消除自我意識是唯一根除惡業之道。在《湖濱散記》裏充斥著梭羅所提供的根除自我與我執之道。首先他以類似道場苦修之法度過極簡單的生活以免物質慾望，他說，「一個人的財富與他能放下的物質數量成正比。」(W166)他的意思是一個人愈能放下執著愈富有。他不執著於自己讀過的書本，也不執著於自己的思惟；他只有

---

❹　Rahula, p.51.

實現自己的信念與原則將自己當成大自然與人性的測量員，但他不希望別人模仿他的提升生命的生活方式，在他的眼裏仍有許多不同的方式適合於不同人：

> 我不希望任何一個人採取我的生活模式……我希望世界上有更多不同的人，而每一個人要很小心地找出自己該走的路。(W158)

有時梭羅在靜思中得於體會無我的境界，他說，「我幾乎溶入萬物之精華之中。」(W271)他溶入整體中說，「我不分享了地球之智慧嗎？我不是成為樹葉與蔬菜的一部分嗎？」(W207)這不是物我合一的禪趣嗎？此時的時空是無限的，甚至於整天關在自己屋子的一角，好像蜘蛛一般，他的心靈空間包容乃大無比，於是他提醒說道，「我們容易忘記陽光普照田野、荒野、森林，毫無分別。」(W227)而「夕陽從濟貧院反映出的光線和富翁的豪華庭院反映出的一樣光輝，地上的雪一樣在早春時溶化掉。」(W346)梭羅雖然不是一位修禪者，但是在在說明他簡直就是一位同修者。如果說愛默生是超越主義或神秘主義的理論家，梭羅是超越主義或神秘主義的實踐者，後者的禪趣遠多於前者。但兩者的神秘經驗均頗為類似禪者的心路歷程，值得我們東方學者注意。兩者作品的禪釋將使解讀美國的超越主義的涵義更為圓滿。

第五章　惠特曼的「草」

一、「草」的草根性與普遍性

　　惠特曼的〈自我歌頌〉("Song of Myself")第六節中有一個小孩手裏拿著一把草問詩人什麼是草，詩人怎能回答這個小孩呢？因為他和小孩一樣不知道什麼是草。於是詩人冥想沈思：

　　我猜它一定是標榜我氣質的旗子，出自充滿希望以綠色原料織成的東西。

　　或者我猜它是上帝的手帕，
　　一件芬香的禮物，故意掉下來的紀念品，
　　在某些角落擁有自己的名字，好讓我們能看到亦能注意到，而問是誰的？

　　或者我猜草本身便是小孩，草木的嬰兒。

　　或者我猜它是統一的象形文字，

意指無論在寬闊地區或在狹窄地區一樣萌芽，
在黑人住宅區或在白人住宅區照樣成長，
卡那克、搭卡何、國會議員、卡夫，我同樣給，同樣收。

而現在它像墳墓上未曾修剪過的美髮。

輕輕地我摸摸你——捲縮的草，
它可能從年輕人胸部蒸發而來的你，
它可能是一位如果我認識他我會愛上他，
它可能是老人的重生，或仍在母親膝蓋便去世的嬰兒，
而在這裏你便是母親的膝蓋。

這一片草葉很暗黑，來自老母的灰頭髮，
比起老人無色的鬍鬚還要黑，
黑得一定來自稀薄的紅色上顎。

啊，我終於看到那麼多發出聲音的舌頭，
而我看到它們不是無緣無故來自上顎。

但願我能翻譯已逝世的男男女女所暗示的是什麼？
還有已逝世的老人家與老母親，和自母親膝蓋被帶走的
死嬰兒。

你認為這些老老幼幼變成了什麼？
而你認為這些婦女與孩童變成了什麼？

他們在某些地方好好地活著呢，

一片最小的草葉證明真的沒有死亡，

如果有，它導致重生，而不必等到最後才去逮住它，

死亡那一剎那，新生命立刻繼起出現。

一切往前走，往外走，沒有一樣崩潰，

而死亡與一般人所想像的不一樣，而是更幸運的。

惠特曼這一節冥思，其實是他的《草葉集》最基本的主題。也是1855年版的《草葉集》序文中詩人所敘述的基本精神。

指出在美國文學裏「草」的草根性與普遍性的學者是阿西利諾(Roger Asselineau)。他在《美國文學中繼起不斷的超越主義者》(*The Transcendentalist Constant in American Literature*) ❶ 一書中以一半的篇幅（共六章）專論惠特曼，另外一半（共六章）舉證論及惠特曼前後作家，在他們心中亦萌芽著「草」的意象呈顯於他們的作品中。他主要指出遍及整個美國文學到處萌長著惠特曼的「草」。此草長在意想不到之處，例如梅爾維爾(Melville)給德萊塞的書信、狄瑾遜(Dickinson)的詩、德萊塞(Dreiser)的《情緒》(*Moods*)、倫敦(Jack London)的歷險記、琶梭(Dos Passo)的《美國》(*USA*)、奧尼爾(Ugene O'Neill)的神秘經驗、安德森(Sherwood Anderson)的《小城故事》(*Winesberg, Ohio*)、海明威(Hemingway)的冰山理論、威廉斯(Tennessee Williams)的愛情神秘力量，以及一般批評家所忽略的近代詩人羅恩菲爾斯(Walter Lowen-

---

❶ (New York: New York U. P., 1980).

fels) 中。阿西利諾深信在美國文學中無所不在的「草」不是偶然的。它符合美國文學的基本特徵與特殊容貌；它的超越主義特質是所有其他西洋文學所沒有的(Asselineau, 5)。他進而認為美國超越主義在現代文學史上不但沒有消失，而已成為一股施肥的暗流，自愛默生至今繼起不斷 (Asselineau, 5)。他說這些美國超越主義者，雖然大部分是小說家，但在骨子裏他們都是詩人；他們相信的是直覺而不是觀念，是洞察力而不是冷酷的理性；如福克納曾說自己是「失敗的詩人」，其實他們都是「失敗的詩人」(Asselineau, 5)。所謂骨子裏是詩人便是這一股施肥的暗流所使然。阿西利諾很果斷地說所有惠特曼以後的美國文學都在企圖以間接的或迂迴的方法回答〈自我歌頌〉裏那位好問的小孩所問的問題：什麼是草？(Asselineau, 6) 最後阿西利諾說我們必須感謝超越主義吹入美國文學一股對於具體真實的熱愛與暖和的興趣，對於萬物的敬愛所產生的活力、新鮮感，以及精力；這些在其他文學中難以見到(Asselineau, 14)。

阿西利諾在〈草中做夢〉("Dreaming in the Grass") 這一章，將美國超越主義的草根性與普遍性描寫得無微不至，令人欽佩，很適合補充本章的引言，但是筆者撰寫本章的主要用意是如何以禪學的觀點切入惠特曼的《草葉集》，將此詩集視為文字般若的一種，吾人可觀照其實相，以明瞭惠特曼對於人性的終極關懷。禪與超越主義之交集在此可見另一例，說明吹入美國文學的這一股永不斷的超越主義的暗流，由於其與禪的密切因緣，亦是醞釀禪學的溫床，難怪在今日美國各地「禪修中心」與禪文學能蓬勃發達。

二、惠特曼的自我意象

　　無庸置疑地今日惠特曼仍然是最偉大的現代美國詩人之一。派駐在世界各國的美國新聞處，包括美國在臺協會(AIT)的圖書館藏書中有關惠特曼的參考書量冠於其他美國作家，這表示以標榜文化宣傳為主要任務之美國新聞處官員心目中惠特曼的重要性與聲望高居不下，因為他最能代表美國、美國文化，以及美國民主思想。他的詩常被引用，也常引來誤解。任何研究他的人能以自己的方法解讀他的詩。愛好自由者、好戰者、社會主義或共產主義者、無政府主義者，以及民主主義者，為自己的理念之實現，稱讚他，引用他的詩句做為旁證。革命者在他們的營地裏稱他為同志。象徵派或印象派詩人認為他是該派的創始者而崇拜他。一般讀者將自由詩之發展與普及歸功於他。通常，惠特曼被認為是一位美國和美國民主主義詩人。他企圖不可能的任務──要擁抱整個美國。矛盾的是，他曾被稱為現代耶穌、性倒錯者，以及帶著面具的演員。事實上，他確是一位被討論得最熱烈，在美國文學史上最多彩多姿，爭議性最高者。

　　惠特曼的自由詩，由於善用編目法、豐富的字彙、片語，以及長句，以致常被誤以為是散文而稱它為散文詩，給讀者陌生而奇怪的感覺，雖然惠特曼主張寫詩是「為藝術而藝術、表達的光輝，以及文字之光在於簡單」❷，以整體而言，他的《草葉集》給讀者意想不到的親切感，因為惠特曼有一種

---

❷　Preface to the 1855 edition of *Leaves of Grass*.

特殊能力將自己認同於所有不同種類與條件的人。《草葉集》初版出於1855年當惠特曼三十六歲時。在惠特曼臨死前出了十版❸，而由於臨終版所收集的四百首詩並沒有按照撰寫年份安排，所以要研究他的思路的發展和接著來的意象之演變產生極大的困難。

但是，惠特曼准許矛盾現象。他在〈自我歌頌〉一首長詩的結尾說：「我自相矛盾嗎？／很好，那麼就自相矛盾吧，／（我很大，我能包容多數。）」所以讀者只要尋找貫串《草葉集》的基本精神與理念，注意不同意象之呈現便可。惠特曼充滿著宗教情懷與哲學理念，一生夢想成為演說家以散文宣揚他的理想，結果寫出來的卻是詩。他的主題不依邏輯也不依理論，而依意象之演變而發展。所以要充分瞭解《草葉集》與詩人的偉大，研究詩集中意象之演變是必要的。因為惠特曼希望留給讀者的是他親自於1892年簽名的臨終版，所以筆者在本文中之所有引證均依此版。1892年版所收集的詩無論如何安排，這些詩是一連串的生命之歌，令人想起朗費羅 (Henry Wadsworth Longfellow) 的〈生命之歌〉("Psalm of Life")：

> 不要信賴未來，無論它有多愉快！
> 讓已死的過去埋葬它！
> 動吧，——在活著的現在動起來！
> 心在內，神在頭上！

---

❸ 根據甘比 (Henry Seidel Canby) 的 *Walt Whitman: An American* (Boston, 1943)，《草葉集》出了十二版。

這首詩簡直就是禪詩，呼籲吾人把握現在「活在當下」。 禪者不懷念過去，不為過去煩惱，也不執著於未來，因為它還不存在，他只「活在當下」， 只是本性與佛性均在心內，不在頭上而已。朗費羅在歌頌這首詩時之境界多麼接近禪者啊！同樣地，當吾人欣賞惠特曼的詩集時亦可注意到類似的意境。

在為現代人與一般的普通人歌頌時，惠特曼以寫實的筆法處理無數的主題，例如自我、個人、普通一般人、靈魂、肉身、生命、死亡、男男女女、性、成長、好壞、時空、自由、平等、愛情、戰爭、美國、民主、新詩等，而由這些主題導致明顯的意象起了協調作用，編織了《草葉集》一本有組織的有機體，構成一首偉大的「生命之歌」。 而它好似意圖著回答那位好問的小孩所問的問題「什麼是草?」 惠特曼終於將此詩集取名為「草葉集」， 所以整本詩集便是「什麼是草?」 的答案。惠特曼從開始寫詩到臨終時一輩子在回答這個問題，結果他自己就是「草葉集」， 他自己便是草。在眾多的意象中，很明顯地惠特曼選擇了「自我」為主要意象，將之織成一首人類最偉大的詩在《草葉集》中。

惠特曼詩中的「我」和「我自己」是有爭議性的。當這些字指的是惠特曼自己時，讀者不難了解，但當這些字象徵化了之後就比較難以了解了。有時讀者難以辨別。〈自我歌頌〉中的「自我」便是難以解釋的一個字。當年惠特曼自己在決定此詩的題目時也一再地想到這個意象。在1855年版中此詩根本無題，翌年他用「一個美國人，惠特曼的詩」（"A Poem of 'Walt Whitman' an American"），而在1860年他改為「惠特曼」（"Walt Whitman"），終於在1881年他改為「自我

歌頌」（"Song of Myself"）。經此一改，讀者不再迷惑了，因詩人自己的名字從此消失，象徵意義壓倒了字面上的意義。

有趣的是，家喻戶曉的傳說中的釋迦牟尼，出生不久便向前走三步向後走三步而說道，「天上天下唯我獨尊」。此處的「唯我獨尊」的「我」，是什麼意思呢？是指釋迦牟尼自己呢？還是另有所指？此「我」顯然是雙關語。如果「我」指的是釋迦牟尼自己，那麼釋尊未免太驕傲太自私了；其實不然，「我」字指的是整個人類、每一個人，甚至整個眾生。因為他覺悟到人不分東西南北，以及所有眾生均具有佛性，每一個人或眾生都一樣重要、一樣偉大。有此智慧的人自然產生慈悲心，不僅僅關懷自己，還關懷所有其他的人與所有眾生，所以釋尊從小便是先知先覺的人，他的慧根將小我提升為大我而無我了。惠特曼也一樣，首先考慮到自己，進而在別人身上看到自己。他與他人身上的每一個細胞都是一樣，他在想什麼，別人也一樣想什麼，彼此之間毫無差別，身份無高貴卑賤之分，宇宙萬物亦無高低之分，每一樣有生命的生物無論大小都是一樣重要而偉大，有它存在的價值。如此將小我提升為大我時，惠特曼決定將原來無題的這一首長詩定名為「自我歌頌」；此「自我」當然已不是只指他自己了，而是每一個人，甚至每一個眾生了。惠特曼的如此思路，不是自我提升至類似釋迦牟尼當年的意境嗎？如此釋尊的終極關懷不也是惠特曼的終極關懷嗎？

在《草葉集》裏吾人可看出自我意象跟著詩人成長而演變。但無論如何演變，此自我不是字面上的自我便是象徵性的自我。當它是象徵性的，它指的是靈魂與肉身或靈魂本身，

它亦指每一個人或整個人類。當它指的是靈魂時，它的意義可分為個人的與所有人的，恰如愛默生所說的天靈 (Over-Soul)，它便是創造力、智慧之源泉、直覺與想像力。讀者有時難以分辨指的是字面意義或象徵，因詩人本身寫詩時不刻意去分別它。他的自我可能是單數的，也可能是複數的。費爾達 (Leslie A. Fielder) 指出惠特曼有時故意在帶面具的自我與真正的自我間製造混淆❹。吾人研究惠特曼時必須注意詩人自己所說的下面一句話，「我不知道為什麼，但是我在我自己裏看到我自己，也看到我的靈魂。」❺

由於自我意象跟著惠特曼的成長一直至死亡而演變，吾人可將此演變分為三階段：第一階段自1848年當惠特曼想起以新詩的方式撰寫有關美國民主思想的偉大詩歌至1861年南北戰爭爆發，第二階段自南北戰爭至1872年當他生了一場重病，第三階段自1872年至1892年他逝世止。然而，吾人分此三階段討論時，最好記得從1855年至1892年間惠特曼盡其所能培養想像力，將自己和他的詩融合成一體，如他在〈自我歌頌〉第四十節裏所說,「當我要給，我將我自己給了。」(When I give I give myself)第三版《草葉集》,〈再見〉("So Long")一首中，讀者可讀到下面三行：

把我抬起靠近你的臉直到我向你耳語,

---

❹　Leslie A. Filder, "Walt Whitman–Man and Ideas", *Encounter*, 16 (Jan. 1955).

❺　參照 Henry Seidel Canby, *Walt Whitman: An American* (Boston, 1943), p.89.

> 你現在手裏拿著的實際上不是書，也不是書的一部分，
>
> 那是一個人紅著臉，流滿了血——那便是我！

然而在《草葉集》中無論有多少自傳成分，它無庸置疑地究竟是一本偉大的藝術作品。

在第一階段，惠特曼將自己描寫成下列意象：遊手好閒的人、孤獨的歌唱者、宇宙與大自然、太陽與創始者、真正的自己與他人、導遊與教師、人民的朋友與詩人同志、草、漂流物與流星。〈從波馬諾克出發〉("Starting from Paumanok")提及詩人生於一個魚形的小島叫波馬諾克，「順利出生，被一位完美無缺的母親養育成人，開始徘徊。」然後在〈自我歌頌〉他一開始便唱：「我徘徊邀請我的靈魂，／我彎下腰去輕鬆地徘徊觀察著一片細長的夏日草葉。」給了我們一個遊手好閒的人的意象。惠特曼在報上曾說他從小就多麼喜歡到處遊蕩❻。他喜歡在鄉下和城市單獨遊蕩，在布路克林街上和工人、渡船船員或馬車夫聊天。遊蕩給予詩人機會吸收其中涵義與幻想，他給我們的印象是一位非常普通的人。他也是一位愛好大自然的孩兒，經常注意聽著來自大自然的教誨；他總是歪戴著一頂帽子，一副流浪漢的模樣。他從不去教堂做禮拜。他說，「我為什麼要禱告？我為什麼要拘泥於形式的崇拜？」("Song of Myself", #20)他愛好自由，他拒絕去上學，讓讀者聯想到馬克吐溫的哈克。他說，「這自然空氣很適合我的味覺」(#24)，而「關著窗戶的教室或學校無法與我溝通」(#47)。在〈向這世界致敬〉("Salut Au Monde!")一首詩中他

---

❻ Gay Wilson Allen, *The Solitary Singer* (New York, 1955), p.34.

向全世界敬禮而感覺自己「包容乃大」而感嘆：「在我心中緯度變寬了，經度變長了。」慢慢地詩人給讀者一個野蠻人的意象。他自問，「這位夠朋友的流浪漢，你到底是誰？」(#39)他當然是他自己。然後指著自己問，「誰在那裏？你渴望著什麼？肥壯的身體、神神秘秘、赤裸裸地；╱從我吃的牛肉我搾出力量，如何？」(#20)這位野蠻人一天到晚「擾嚷、肉慾、善感、不斷地吃、喝、生育！」(#24)

　　事實上，惠特曼看來並不野蠻。在愛默生、梭羅和亞爾卡特(Amos Bronson Alcott)眼中，惠特曼是一位很斯文很守規矩的人[7]。下面一首〈我在路易加拿看到一棵活橡樹〉("I Saw in Louisiana a Live-oak Growing")讀者看到詩人和橡樹很相似，給人的是孤獨的歌唱者意象：

> 我在路易加拿看到一棵活橡樹，
>
> 孤孤單單地站在那裏而從樹枝上垂下苔蘚，
>
> 沒有夥伴，它長在那裏茂盛著深綠色的葉子，
>
> 它的外表，粗陋、直直的、強壯，讓我想起我自己。

這位孤獨的歌唱者在〈從搖個不停的搖籃裏走出〉("Out of the Cradle Endlessly Rocking")回顧小時候唱出，「這位從阿拉巴馬來的孤獨客……╱啊！你，孤獨客，自己在那裏唱歌影射著我……╱啊！孤獨的我傾聽著，我不再停止使你永恒。」在此緊要關頭，惠特曼甚至想自殺[8]。克服了孤獨與自殺念

---

[7]　Canby, op. cit., p.196; Allen, p.212.

[8]　Allen, *Walt Whitman Handbook* (Chicago, 1946), p.68.

頭，他繼續唱：「愉快的孤獨散步，精神低了頭但感到驕傲，受苦而奮鬥？」("A Song of Joys")

〈自我歌頌〉中一開始詩人便唱，「我慶祝我自己，而為自己歌唱，／而我所想的你也想，／因為屬於我的每一個原子也屬於你。」在此詩人聲明他與其他人之間沒有什麼不同，他又在第二十節中以同樣的語氣說，「在所有人中我看到我自己，不多大麥一粒，也不少大麥一粒，／而當我說我自己的好壞時也說他們。」惠特曼的無差別心到底從何而來？「他在此出生自父母，他們亦生自其父母，其父母亦如是」(#1)的想法，讓他連帶說出，「為我（的出生）曾有過無法測量的準備，／忠實而親切的手臂曾幫助過我。」(#44)而發現「我被納入了片麻岩、煤炭、長絲苔、水果、穀物、食用樹根，／而我全身染成四腳獸與鳥。」(#31)因為詩人感覺宇宙萬物密切關聯。此便是道家的天人合一，佛教的物我合一，禪的一即一切，一切即一的境界。亦就是《華嚴經》中的「因陀羅網」。

在〈有個小孩走出去〉("There Was a Child Went Forth")一首中，惠特曼回憶自己小時候的心態說，「他看到第一件東西，他變成了它，／而這件東西當天或當天的一部分時間也變成了他。」將自己溶化於萬物中，物我合一，擴張自己成無我。惠特曼小時候便有如此意境是非常奇特的，不是他生而具有慧根，就是他前世可能是一位禪者無疑。在他另一首〈我們兩個，我們被愚弄了多久〉("We Two, How Long We Were Fool'd")中，惠特曼歌頌我們便是大自然、植物、石頭、雲、雨、生自大地；他與這些大自然中的一切認同與之合而

為一。在此惠特曼與道家不謀而合，他領悟到道家所謂的「道」。當愛默生說，「那超靈，也就是最高至上的神，沒有把自然創造在我們的周圍，而是將之滲透我們。」（愛默生《自然篇》）他與惠特曼同樣認同了「道」。這種「道」也是英國浪漫詩人華滋沃斯(William Wordsworth)所說的「混合地更深的東西，它滾動萬物。」❾惠特曼在領悟上是富有禪機的，而同時流著道家的血。難怪他對於一位完全陌生的人有如下面一首詩〈給一位陌生人〉(“To a Stranger”)所傳達的親密感：

> 路過的陌生人啊！你不知道我多麼憧憬你，
> 你一定是我一直在尋找的他或她，(在我夢中讓我看見;)
> 你跟我一起長大，是跟我玩在一起的男孩或女孩。
> 我跟你一起吃飯，一起睡覺，你的身體已經變成不只是你的，我的已經變成不只是我的……

感覺萬物在自己身內滾動，惠特曼感嘆而說道：

> 啊！惠特曼，抓住我的手，
> 那滑動的奇蹟！那光景和那聲音！
> 那永不脫節的鏈環，一環接著一環，
> 每一樣給你滿意的答案，每一樣分享著地球。
> (“Salut Au Monde！”#1)

---

❾　Philip Pacey, *A Sense of What Is Real: The Arts and Existential Man* (London: Brentham Press, 1977), p.27.

然後他自問，「惠特曼，到底是何物擴張了你？　／逸出什麼海浪，什麼泥土？」他此時感覺自己擴張得可包容整個世界，他於是說道，「在我裏面緯度寬了，經度長了，　／亞洲、非洲、歐洲在我東邊——美國在西邊，　／圍繞著地球圓周以赤道捲住，　／奇妙地跟著南北極旋轉……／在我裏面是地帶、海洋、瀑布、森林、火山、……／馬來西亞、波利尼西亞，還有西印度群島。」如此在惠特曼裏面形成精神鏈環連接宇宙萬物以及無限制的萬物緣起包含過去、現在與未來的因果律，這簡直就是《華嚴經》中「因陀羅網」故事的註解。有了此覺知，惠特曼大聲感嘆：

> 所有仍活著的與已死的，在過去、現在、未來裏，
> 此巨大的類似跨越它們而一直跨越它們，
> 永遠跨越它們，將之結合得又細密又密切。
> ("On the Beach at Night Alone")

　　惠特曼物我合一與一視同仁的觀念使編目法應用於詩中變為可能。〈自我歌頌〉第十五節是使用編目法的一例，以「純真的女低音歌手在風琴室唱歌，　／木匠潤飾著木板，粗鉋舌吹出不清晰的升高音」，開始歌頌約六十行業，隨便安排其次序表示每一行業無貴賤高低，一樣重要；甚至美國總統也沒有比妓女偉大。編目法的安排強調平等與一視同仁。然後在下一節，惠特曼為每一角色歌頌：

> 我為老幼、愚蠢與聰慧歌頌，

不論是誰，我永遠感激，

母親和父親，小孩和大人。

接著，詩人稱讚每一階層的人、宗教人士、農夫、機械師、藝術家、紳士、水手、貴格教信徒、囚犯、妄想人、好吵架的人、律師、醫師、牧師等，無所不包。惠特曼也包容好與壞、道德與不道德、神、聖靈、耶穌與撒旦。他在所有矛盾中看到統一而說道：「惠特曼，一個宇宙、曼哈旦的兒子。」（〈自我歌頌〉，#24，當初發表此詩時沒有具名作者是誰，只有那些有耐性的少數讀者讀到第二十四節始知這首詩是惠特曼寫的。）此詩行意指詩人自己與宇宙一樣次序井然包容乃大，雖然他只是一個紐約的兒子，常常自相矛盾。他為大道歌頌說，「要知道宇宙本身便是大道，中間有無數道路為旅行中的心靈所走。」("Song of the Open Road", #4)大道象徵異同中之統一，是宇宙本身。詩人心中的宇宙便是大道，此大道亦就是老子《道德經》中所說的「道」，亦是禪道中的「道」。

惠特曼也將自己比喻為太陽，因為它是宇宙中心而說，「我們昇華得又耀眼又驚人如太陽。」("Song of Myself", #25)將自己比喻為太陽，他自覺他是萬物之主宰 ("Me Imperterb")。他活得自在而說，「這樣就夠了。」("Song of Myself", #20)自己是自己的主人的想法讓他覺得他很完整很絕對，想去哪裏便去哪裏，自己制定自己的規律，好像天上行星繞著軌道在太空中行走。他精神充沛地說：

我知道我是不死的，

我知道我的軌道不可能被木匠的羅盤吹走，

……("Song of Myself", #20)

知道自己是如此莊嚴與永恆，他接著唱，「我的裏外都是神性的，而無論是我摸到或被摸到的都變為神聖……／這個腦袋比起教堂、《聖經》和所有教義還要神聖。」("Song of Myself", #32)相信「自己向前擴張，過去是，現在是，永遠是。」(#41)「不可衡量的超自然等著我成為至高無上的神」(#44)。他認為自己是創始者，因為「我盡量做好事與包容乃大的日子已來臨；／依我生命所寄託的肉身已能成為創始者！」(#5)

「我」、「我自己」、「我的靈魂」、「我們」等字一再出現於惠特曼的詩中。〈自我歌頌〉一開始便是「我遊蕩，我邀請我的靈魂同行。」 他的詩是我與我的靈魂的旅行。此處意象鮮明，他說，「我相信你，我的靈魂，另一個我不可以因為你而受辱。」(#5)這是回憶某一清晨，當他閒步於草葉間聆聽著靈魂向他耳語：

我想起我們曾在透明夏晨躺在一起，
妳將妳的頭放在我的臀部上輕輕地面向著我，
從我的胸部打開襯衫，伸出妳的舌頭舔我的脫光的心，
一直舔到妳感觸到我的鬍鬚，終於妳抓住了我的雙腳。
(#5)

當他聆聽著自己靈魂的聲音時，他突然覺得安祥與智慧在心頭。這種感覺超越所有人間的爭議。他唱道：

> 在我周圍突然升起安祥和智慧超越所有地球上的爭議，
>
> 而我知道神的手便是我自己的希望，
>
> 而我知道神的精神是我自己的兄弟，
>
> 而所有男人都是我的兄弟，所有女人是我的姊妹與情
> 人，
>
> 而我也知道創造的骨髓便是愛。(#5)

「我」已經可以離開肉身與肉眼，從此以靈魂的眼光看萬象。這樣的眼光便可觀照萬物的真相。惠特曼此刻的眼光酷似禪眼，它能看見的與眾不同。如此慧眼恰似與神同在，宇宙萬象在眼底啊！於是他的想像力鵬程萬里：

> 與又美麗又溫柔的神為伍走遍猶大伊亞的老古山嶺，
>
> 飛過太空，飛過天堂和星星，
>
> 飛過七個衛星和廣闊的波紋，跨過八萬英哩，
>
> 與拉著尾巴的流星飛翔，一如丟火球，
>
> 帶著如新月般的小孩,他抱著自己的如滿月般的母親，
>
> 暴風雨、享樂著、計劃著、談情說愛、細心地、
>
> 推著、充實著、忽現忽失，
>
> 日日夜夜我趕著這樣的路。("Song of Myself", #33)

如此想像力與幻想完全是心造的。人心是很奇妙的東西，它可讓人將物我合一、天人亦合一，將宇宙萬物放在眼底，因而令人能包容乃大，將人心比做海洋、太空，它可超越時空，鵬程萬里。惠特曼的靈魂便是他的心，它可飛過山脈、五大

洋、五大洲、天堂、星星，亦可滲透至世界上每一個角落，如小鎮、農場、花園、醫院、敵人陣地、任何行業，它無所不在。惠特曼在此發揮了所謂的「心性」的特質。

「心性」是禪的最重要課題。研究禪的人都必須先研究它並去體驗這心性，藉以處世、立行、安身，時而成為道德規範，宗教的歸宿，或藝術的泉源。在禪宗此「心性」是本來面目或正法眼藏。六祖大師謂之「本來無一物」，表現出卓然的風光，菩提自性本來清淨。「心性」原是形而上的問題，祇能表示出無相之相，即無固定相的無量相。日本禪宗祖師建仁寺榮西有下面一段話，如果惠特曼有緣讀到，他一定非常認同：

> 大哉心乎！天之高，不可極也，而心出乎天之上。地之厚，不可測也，而心出乎地之下。日月之光，不可踰也，而心出乎日月光明之表。大千沙界不可究，而心出乎大千沙界之外。其太虛乎，其元氣乎，心則包太虛孕元氣者也。天地待我而覆載，日月待我而運行，四時待我而變化，萬物待我而發生。大哉心乎！吾不得已強名之：是名第一義，亦名般若實相，亦名無上菩提，亦名楞嚴三昧，亦名正法眼藏，亦名涅槃妙心。（〈與禪護國論〉）❿

榮西以如此精確的描述說明心性便是無相之相，包含宇宙萬

---

❿ 抄錄於日種讓山原著，芝峰法師譯，《禪學講話》（東大圖書公司，1984），頁45－46。

物，其大無限，萬物依之始得存在。此便是「宇宙生命」、「心的莊嚴國土」。

以導師意象自居的惠特曼，他是一個普普通通的人，不標榜，不驕傲；他教誨人的不是傳教，也不是演講，也不是慈善行為，而是「當我要給，我把自己給了」("Song of Myself", #40)。教導人時他從不帶他們去教室聽他上課或帶他們去圖書館。他說：

> 我沒有教席、沒有教堂、沒有哲學，
> 我未曾帶人去餐桌、圖書館……
> 但你們每一位無論男女，我帶你們去小山上，
> 我的左手擁抱著你的腰部，
> 我的右手指著大陸風景與公路。
>
> ("Song of Myself", #46)

然後他告訴他們，「不是我，不是任何其他人能為你走這條路，／你必須自己去走。」(#46)每一個人必須走自己的路為自己尋找答案。他又說道，「你們膽小地抓著木板涉渡於岸上太久了，／現在我要你們成為勇敢的游泳者，／跳進大海中間，浮起來，向我點頭，呼喚，潑濕頭髮大笑。」(#46)惠特曼認為自己有義務喚醒別人的靈魂，如梭羅自喻公雞「引頸長鳴，冀圖喚醒我的鄰人」一般。他將迷失的靈魂比喻為一艘在海上迷失的船("What Ship Puzzled at Sea")，它所需的是一位很好的導航人。惠特曼的導師意象便是他的自立哲學。這是互映愛默生的自立哲學，亦是禪的自立哲學。當年看準

徒弟們仍事事依靠著師父，無法自立，釋尊臨終時留下一句語重心長的告誡：「各位法師，現在我要離開你們；所有生的組織成份是無常的；自己認真努力去研究拯救之道。」(Stryk 99)這便是禪的自立精神，和惠特曼的上述同樣語重心長的話多麼地相似。

　　將自我意象影射人民的朋友與詩人同志時，惠特曼已將自己的形象提升為民主詩人了。他說他自己是一位「最普通、最便宜、最親近、最容易接近的人」(#14)，任何人對他而言都是同等重要，無論他們是奴隸也好，農夫也好，清道夫也好，他都願意親親他們的右頰；他願意幫助病人，甚至健康人，「凡是經過的人……沒有一位被忽略。」(#43)然後又以編目法逐行依頭韻次序強調平等與一視同仁觀，而他經常感到快樂，因為

> 年輕的機械師最親近我，他很認識我，
> 樵夫拿著他的斧頭和水壺整天陪著我，
> 農夫的小孩耕著田聽到我的聲音而喜悅。(#47)

　　惠特曼之所以被稱為民主詩人主要是因為他將自己影射草的意象，並將全部的自己投入《草葉集》中。指著《草葉集》，他說，「同胞們，這絕不是一本書，／誰摸到它，摸到一個人。」("So Long")《草葉集》第三版有如下詩行：

> 將我拿起靠近你的臉一直到我向你耳語，
> 你拿著的實際上並不是一本書，亦不是書的一部分，

它是一個人，紅著臉，充滿著血──那便是我！

("So Long")

《草葉集》不是一本書而是一個人；當我們讀它時我們摸到一個人。此處很顯然地草象徵人；如果我們知道什麼是草，我們便知道什麼是人。在草中惠特曼看到永恒的自己，他永不死，因為

> 最小的一片草芽說明世上真的無死亡，
>
> 而如果有，它導致生命……
>
> 而停止的一刹那新生命繼起。
>
> ("Song of Myself", #6)

在自我意象演變的第二階段（南北戰爭至1872年），惠特曼的自我已經不像第一階段的自我那樣無所不在，並且其心性已不能鵬程萬里將整個宇宙置於眼下。在這階段的自我已經不是意象而只是一種觀念了。例如，當他回想南北戰爭時之傷兵，他說，「我彎下來看看垂死的孩子，他的眼睛睜開著，他給我半個微笑，／然後眼睛閉起來，往黑暗疾走。」("A March in the Rankes Hard-Prest, and the Road Unknown") 在戰爭中自我已很稀罕而不重要，一切以團體來考量，但惠特曼仍能記得自己的存在。在一首〈從波馬諾克我像一隻鳥起飛〉("From Paumanok Starting I Fly Like a Bird")的詩「我飛得像一隻鳥……／飛往北方唱北極歌，／飛往加拿大一直到將它吸收，飛往密西根，然後……」可是能飛的自己已不

是意象而只是觀念。在「讓我靜靜地往前滑翔」("The Last
Invocation")，「我」指的是我的靈魂，它想靜靜地往前滑翔
去加入天靈，所關心的是死亡的問題。〈當紫丁香上次在門
前盛開時〉("When Lilacs Last in the Dooryard Bloom'd")的下
面幾行：

> 在偏僻的沼澤中，
> 有一隻害羞而躲藏著的鳥唱著歌。
> 孤獨的鳥啊，
> 自我隱居起來，避開定下居所，
> 自己在那裏唱著歌。
> 從流著血的喉嚨唱出的歌，……(#4)

對於死亡的痛苦與對它的了解，以及我自己是什麼，都被這
一隻鳥所領會而將之唱出來了。在此讀者可隱隱約約看出自
我意象，但此意象淡薄，因為此詩主要傳達死亡的意義。在
第二階段讀者所看到的惠特曼是寫實的，因為詩人客觀地觀
察戰爭所帶來的死亡，無法發揮鵬程萬里的幻想與想像力以
致自我意象幾乎消失。

在第三階段（1872年至詩人逝世），惠特曼因生了一場大
病，年邁而體弱，大部分時間在冥想沈思。他常常從宗教與
哲學觀點談及生死的問題。此階段他所寫的詩多半只是記錄
零星發生的事，缺乏意象的呈現。如果有點自我意象，那只
是一個活在過去裏的老人的意象而已。他年輕時所建立的自
我意象完全消去。分三個階段的意象演變顯然受南北戰爭和

他生了一場大病的影響。以上的探討說明從意象演變切入惠特曼的《草葉集》，讀者可更深入了解詩人的終極關懷。(本節參考拙作 "The Image of Self in *Leaves of Gras*"，《淡江學報》第二十九期，1990，以中文改寫而成。)

三、禪與惠特曼

愛默生和佛教完全沒有因緣的說法是不正確的，因為他曾經說過佛教徒是超越主義者❶，他的意思是說佛教與一般宗教不一樣，它是一種哲學強調精神面超越物質與經驗哲學。禪者以「教外別傳，不立文字」之法，完全依靠自己的洞察力潛入心內深處尋覓自性，盼望能「明心見性而成佛」。而此佛必須在自己心內尋找，因為人人具有佛性。同樣地，愛默生在他的《自然篇》勸他的讀者不要想去成就什麼，而要去領會自己的世界；神性必須在自己的心內尋找而不在任何其他地方。這一點在惠特曼的詩中有所回應，他在〈自我歌頌〉中告訴讀者說，「不是我，不是任何其他人能為你走這條路，／你必須自己去走。」(#46)讀者如果不健忘，釋尊臨終時不是也講過類似的話說，「……自己認真努力去研究拯救之道」(Stryk 99)嗎？這便是惠特曼的自立哲學與禪的自立精神相通的地方。惠特曼的神與一般基督徒的神不一樣之處在於前者的神在心中，後者的在心外，因為他在〈通往印度之路〉

---

❶ Ralph Waldo Emerson, *The Complete Essays and Other Writings of Ralph Waldo Emerson*, ed., Brooks Atkinson (New York: Modern Library, 1940), pp.91－92.

("Passage to India")中所傳達的訊息是，神不再是世界上奇妙的存在，而是在一個人的心內帶領詩人與他的靈魂做印度之旅，甚至超過印度之旅的領航者，詩人盼望著永浴於神光中，好讓他與他的靈魂永遠與神同在又同行 (#8)。但是他的自立哲學似乎比愛默生還要依靠自己，而神的力量與影響未曾被強調過，因為雖然他說，「我在萬物中聽到神，也看到神，但一點都不了解神， ／ 我也不知道世上有比我自己更奇妙的東西。」("Song of Myself", #48)從這一點而言，為了尋求拯救之道或開悟，他可以不假藉神的力量而完全靠自己的直覺便可做到，因為他不了解神但覺得自己太奇妙了。惠特曼的這種心靈之旅比起愛默生更接近禪者的修行之道。他以〈一隻無聲賣力的蜘蛛〉("A Noiseless Patient Spider")為題的一首短詩頗具禪味：

　　一隻無聲賣力的蜘蛛，
　　我看到牠在一個小小角落孤孤單單地站著，
　　看到牠如何探查周圍的巨大空間，
　　牠從肚子裏吐出細絲，一絲絲地，
　　不斷地織，不屈不撓地趕。

　　而你，啊，我的靈魂，你所站的位置，
　　被無可測量的海洋般的空間包圍著，孤立在那裏，
　　不停地冥想、冒險、拋棄、尋覓可連結的地方，
　　一直到你所需要的橋樑建造好，一直到拉住了順從的錨，

一直到你擲出的蜘蛛絲抓到某處，啊，我的靈魂！

詩中的蜘蛛可象徵一個人的靈魂或心，牠完全靠自己的力量默默地、孤孤單單地冥想在無限大的空間中如何建立起橋樑，好度過去抓到某處。這個某處在基督教裏可能就是神所在的地方，在禪裏它是彼岸，是自己心內的佛性。這一隻蜘蛛可代表所有虔誠的超越主義者或禪者。細絲一絲絲地吐出便是一種修行過程或超越過程。結果能不能抓到某處不如一絲絲地吐來得重要，如爬山者爬山目的不在山頂，而在爬山一步步往上爬的過程，又如習禪者習禪目的不在開悟，而在於苦修的一步步過程一般。這首詩的禪味應該在此。

　　在分析神的神秘性當中，惠特曼似乎在強調一個人努力超越，這番努力獨立於神助，而要完全靠自己的力量甚至可以忘記神的存在。這種所謂的慧智派(gnosis school)信念與禪有明顯的交集點。像美國超越主義，禪教人一種與一般不同的生活方式，不受傳統觀念所約束與影響，潛入心內尋覓自性的本來面目。此自性便是佛性，便是超越主義者的神性。它存在於萬物中，亦存在於每一個人的心中。所不同的是在禪裏見性的人見佛在自己心中，也在大自然萬物中，所謂「心中有佛所見皆佛」的見解因此而可能，但在超越主義裏一個人不管有沒有超越見神，神永在，所以神的存在和一個人的心靈能否超越見神無關。當然和禪者一樣，超越主義者可有「心中有神所見皆神」的境界，但是縱然心中無神，超然的神還是存在啊！

　　西元十四世紀有一位日本禪者曾問他的師父，「要自我

提昇有更高的方法嗎?」師父答道,「不要停止。」因為弟子聽不懂,再問,「有沒有更高的地方可去?」師父答道,「就在你的腳下啊!」❷ 這位師父所說的「不要停止」,讓我們聯想到惠特曼的〈自我歌頌〉最後三行:「不了解我的話先繼續鼓勵,／如果在一處找不到我,在別處找啊,／我在某處停下來等著你呢。」或〈通往印度之路〉最後四行:「啊,勇敢的靈魂!／啊,往前航行!／啊,儘管去享受,它是安全的!四海不都是神嗎?／啊,往前往前航行呀!」惠特曼在〈自我歌頌〉中的最後勸告是「如果你還要我,在你的鞋底下找我。」這句不就是那位師父所說的「就在你的腳下啊!」

無論是惠特曼或禪者,他們的終極關懷是發現自己在整個宇宙中的定位。愛默生在一瞬間的喜悅中可看到自己變成「透明的眼球」溶入神光中,無所不見,是永恆與天人合一的意象。在〈通往印度之路〉中惠特曼指出了一元世界,世界是整體的,精神與物質是合一的,人與大自然亦是一體的。在〈搭乘布路克林渡船渡過〉("Crossing Brooklyn Ferry")中,他看到被時間與空間分開的人們在海鷗的意象中融匯在一起。溶入大自然與之成為一體和永恆的觀念,也是禪所強調的超越生死之不二元論之基礎。日本曹洞宗祖師道元(1200-1254)認為生死絕不是兩回事,而像一年四季那樣生生不息輪流個不停。惠特曼在〈當紫丁香在門前盛開時〉中認同如此看法,而哀悼林肯總統的死亡可變成一種慶祝,因為他在第一節便說道:

---

❷ Shoei Ando, *Zen and American Transcendentalism* (Tokyo: Hokusei Press, 1970), p.164.

當紫丁香在門前盛開時，

而偉大的一顆星在夜晚從西方天空掉下來，

我哀悼，但我將帶著即將來臨的春天哀悼。

即將來臨的春天代表著未來的希望與光輝，是對於死亡的樂觀看法；在第十四節詩人聽到小孩和女人的聲音，這又代表了新生命，生生不息，繼起不斷的生命，是未來之聲，是林肯之死帶來的現象，值得慶祝的。禪者也好，惠特曼也好，都否認將人與神、生與死分開考慮的二元論。禪者進而更有不二元論的看法，這是比所謂的一元論更高一層的人生觀。它將一元的一也否定了。

　　在愛默生的詩中讀者已經看到了不少類似禪的「語默動靜體安然」的安祥意象，例如山中杜鵑引發他的那一首「五月裏，當海風刺透吾人的孤獨」（"The Rhodora"）的那般寧靜以及另一首〈康柯得頌〉（"The Concord Hymn"）的寂靜給讀者死亡與永恒的意象。在惠特曼的詩中也不乏其例。哀悼林肯的那一首〈當紫丁香在門前盛開時〉中充斥著寧靜的詩句和緩和的音樂，詩人的歌與小鳥的歌交集得好比管弦樂曲的吟誦，將讀者的心導入永恒與安祥。在另一首〈夜晚的海灘上〉（"On the Beach at Night"）小孩對於巨大宇宙的畏懼被永不死與永恒的觀念所安撫。在〈一隻無聲賣力的蜘蛛〉（"A Noiseless Patient Spider"）中一隻無聲無響的小蜘蛛默默地、孤單地在那裏織著蜘蛛網，在安祥與永恒中設法抓到某處。

　　類似佛教輪迴觀可見於惠特曼的繼續不斷的生死循環觀念中。「草」的意象便是生死循環的永恒觀。〈從搖個不停的

搖籃裏走出〉("Out of the Cradle Endlessly Rocking") 中那位小孩在詩的結尾終於瞭解「生命」的意義，有生必有死的道理，也是有死必有生的道理。惠特曼相信「……我於五千年後還要回到地球上來」("Song of Myself", #43)，他對著自己的生命說：

> 至於你，我的生命，我評估
> 　　你是很多前世所遺留者
> （毫無疑問地我自己曾經死過一萬次。）
> ("Song of Myself", #49)

只是惠特曼未曾談到類似「六道輪迴」的信念。

「活在當下」的禪觀也在下面惠特曼的詩中有所回應：

> 我已聽到講者在講有關開始與結束之事，
> 但是我不講開始與結束之事。
>
> 除了現在（這個時刻），沒有所謂的肇端，
> 除了現在，沒有所謂的年輕或年老，
> 而除了現在，沒有更完整的東西，
> 除了現在，沒有所謂的天堂或地獄。

這簡直又是一首禪詩。在禪裏吾人不為過去煩惱，不為未來擔心，因為過去的已過去想它何用；未來尚未到來不值一想。同樣地，惠特曼不想也不講過去與未來，他的天堂遠在天邊

卻近在眼前，地獄亦是，如禪學裏的天堂在人間的想法一般。他和禪者一樣認為能「活在當下」最為重要。

有趣的是，惠特曼亦能與禪者一樣「悲智雙運」具有待人以慈悲為懷的態度，這是難能可貴之處。當他看到年邁體弱的人或病人，他感覺自己就是他，因為看到別人生病或受苦，他也生病或受苦("Song of Myself", #33)。這種慈悲心不就是維摩詰居士當年所說的「眾生有病我有病」的關懷嗎？難怪惠特曼於南北戰爭爆發時自願從軍擔任男護士照顧傷病軍人。在〈包紮傷口者〉("The Wound-Dresser")一詩中，他說，「如此，在靜默中如夢幻一般，／我穿插於各野戰醫院中，／輕輕地安慰著受傷者，／整個黑暗的夜晚我陪坐在慌張的心靈邊，／有些傷兵那麼年輕，／有些那麼痛苦，我回想甘苦交集的經驗……。」(#4)

在禪的藝術中無量與永恒常以老人的意象來表達。請來擺設禪寺的佛陀像通常都以老人姿態彫刻著。禪的佛陀看起來瘦弱，他的周邊荒地不毛，他的肉身、身上的破衣、老菩提樹、乾燥的樹林，在在表示他（它）們都已過了血氣方剛時期。這種將老人彫刻或畫成瘦弱，容易呈現他的心靈更能靈驗，恰如將老樹畫成樹皮與樹葉落地回歸大自然的源頭與精華。這種美學原理亦可見於惠特曼晚年的詩中。他所傳達的訊息是一個人隨著年齡成熟，增加累積人生的經驗與考驗。〈哥倫布的禱告文〉("Prayer of Columbus")的焦點置於一位偉大的老海軍上將，他的船觸礁於加麥卡的島上，影射惠特曼自己。他的手足麻痺，終於宣布「讓那些老木頭離開，我可不。」另一首〈拆除的船〉("The Dismantled Ship")是詩人

晚年的短詩。他瞥見「一艘老舊、已折斷桅桿的、灰色、遭砲擊的船，已生銹而腐朽。」 這艘已解體的戰艦沈於「某一已不使用的海灘上，在一個無名的海灣中／在流水緩慢寂寞的海上。」 這位老海軍上將與這艘戰艦經過長期的戰爭，已打過最美好的戰爭，完成他們的任務，他們的肉身與船身回歸大自然。如禪的藝術，惠特曼對於年老與成就的迷惑表達得又優雅又謙遜。這首五行詩和日本俳句（三行詩）有異曲同工之感。

惠特曼的超越主義和禪在人生教義上的確有不少交集點。兩者均教人尋覓寧靜的心和幸福的人生。惠特曼在〈自我歌頌〉中說一個人必須拒絕將男女、敵友、善惡分開的二元論；同樣地，禪教人不要有分別心，如此一個人始能活得輕鬆而幸福，人生始能求得真善美。禪者和惠特曼都認為人的責任究竟在自己身上。依禪的觀點，人如能順著大自然的規律，而不是人為的規範生活，他會更幸福。禪者與超越主義者都相信人有足夠的能力完全投入自己這一世的人生，此時此地「活在當下」而不是活在過去或未來裏。兩者所不同的是前者必須「大死一番」， 消滅自我與我執以求「無心」的意境，以便得以從俗世解脫，所以在禪裏一個人必須不僅消滅自我，而且消滅神、佛、耶穌、任何預言者與偶像，但是後者不至於消滅自我和他的神，因為自我與神是超越主義者自立哲學的依據，他永遠無法超越他的神。兩者雖有如上差距，但是他們的雷同因緣應受到吾人格外的重視。

第六章 狄瑾遜詩中的禪趣

一、狄瑾遜與超越主義

　　無庸置疑的超越主義是以神秘經驗為基礎的。所謂神秘經驗是一個人經過外在我潛入心內的內在我尋覓自己的心靈與神溝通，甚至成為神的一部分的心靈之旅。這種神秘經驗必然是一神論者的唯一管道通往超越世俗的超然意境，能永浴神光，否定二元論，將宇宙萬物置於眼底，觀照現象之假相，顯現其背後之真相，於是小我消失於無形，大我呈現，心中產生博愛精神，愛神如愛自己，關懷別人，愛及萬物，以致心中有神所見皆神的境界。

　　筆者在前面數章所介紹並討論過的美國超越主義者，如愛默生、梭羅、惠特曼等，證實均為神秘主義者，有過親身體驗的神秘經驗，透過心中的靈魂見神與神合而為一。愛默生呼籲人人是自己的牧師，耶穌只是導師，教堂只是人為形式，否認原罪論，贖罪靠自己，不必透過耶穌或牧師，結果愛默生為能成為一位更好的牧師辭去牧師職，梭羅和惠特曼根本不去教堂做禮拜是讀者不難理解之事。如此自立哲學成為超越主義的主要骨幹，影響之所及，超越主義以「草」的

意象與其草根性，普及於整個現代美國文學，成為異於英國與歐洲各國文學，使美國文學終於獨樹一幟真正獨立起來。

那麼，狄瑾遜(Emily Dickinson, 1830－1886)也是一位神秘主義者嗎？不同的批評家有過不同的看法。播根 (Louise Bogan)認為狄瑾遜天生具有詩人眼光與神秘洞察力的人，因為她在自己心靈中發現透過神秘經驗導致啟蒙之傾向，以及加速神來之筆以詩作傳達更深更豐富的詩意❶。換言之，她從現象的世界看其精華領域。馬克李斯 (Achibald MacLeish) 說：

> 在狄瑾遜詩中有許多寂靜與停止知覺的瞬間。冬天傾斜而來的陽光、下雨之前的風聲、夏天午時的寧靜等，當她述及這些時，吾人分享洞察力之衝擊，一連串事物之斷層，以及多數歸於一的突然轉換。❷

持相反意見者如修女幽迷李亞達 (Mary Humiliata) 懷疑狄瑾遜是否神秘主義者，其依據為神秘主義必須經過三個層次：淨化人心、沈思、與神融匯，但在狄瑾遜的詩中找不出標榜基督教神秘主義的這些特殊跡象❸。薩卡瑞 (Donald E.

---

❶ Achibald MacLeish, Louise Bogan, and Richard Wilbur, *Emily Dickinson: Three Views* (Amherst: Amherst College P., 1960), pp.28－29.

❷ 同上。

❸ Richard Rupp, ed., *Critics on Emily Dickinson* (Coral Cables: U. of Miami P., 1972), p.62.

Thackrey)也不同意狄瑾遜為神秘主義者，但他未能否認詩中的神秘主義態度❹。依據神秘主義權威之一的安德希爾(Evelyn Underhill)，神秘主義是「精神內省以超越次序指向完全的和諧的表達，無論以任何易懂的神學公式均可。」 ❺根據安氏的說法，此種精神內省傾向任何人都具備，所以狄瑾遜亦不例外。吾人因此尋覓狄瑾遜詩中的神秘主義應不是不可能。

　　讀者應記得愛默生的神秘經驗是由外在我潛入內在我，將個人的自我溶入於全知的神與之合而為一。同樣地，狄瑾遜下面這一首詩亦傳達類似的訊息：

> 一滴海水在海中扭鬥——
> 以致忘了它自己的所在——
> 好像我一走向你——
> 她知道自己像一炷香那麼小——
> 然而雖小——她嘆著氣——如果一便是一切——
> 它該有多大？ (284)❻

一滴海水當然指的是詩人自己，她消失了渺小的自我找到了

---

❹ *Emily Dickinson's Approach to Poetry* (Brooklyn: Haskell, 1976).

❺ *Mysticism: A Study in the Nature and Development of Man's Spiritual Consciousness*, 11th ed. (London: Methuen, 1926), p.x.

❻ 狄瑾遜的詩均引自Thomas H. Johnson所編的*The Poems of Emily Dickinson*, 3 vols. (Cambridge: Belknap P. of Harvard U. P., 1958)。括弧中詩的號碼依據此版，均由筆者中譯於本章中。

真正的自己，走向她心目中的神，然而她心目中的神與愛默
生和其他超越主義者的神有所不同。從她詩中讀者所看到的
神是：

> 祂是我的主人──祂是我的客人，
> 至今我未曾邀請過祂，
> 祂也未曾邀請過我。
>
> 我們之間的交談
> 是那麼地無限
> 是那麼地親密，真的，
> 分析好像軟木塞
> 之與種子的看守人。(1721)

詩人與祂的私下交談，雖然互相未曾邀請，是那麼永恆，那
麼親密，以致無法做合理分析。狄瑾遜心目中的神也可能是
她所撒嬌的對象，如下面一首所暗示：

> 我曾經迷失過兩次，
> 那是在草地上。
> 兩次我變成乞丐站在
> 神的門口！
>
> 天使──下凡了兩次
> 補償了我的倉庫──

夜賊！銀行家！神父！

我又變窮了！(49)

失去了神的關愛，詩人感覺自己變成乞丐，於是站在神的門口禱告。神可憐她，派天使下凡為她裝滿了神愛，但她馬上又變窮了。她一氣之下開始罵她的神是夜賊，因為祂掠奪了愛；罵祂是銀行家，因為祂卻指派天使給予她神的恩惠；她又尊稱祂為神父。她如此亂罵，因為她是多麼愛神，但神又讓她變窮了；只是她太不知足，太幼小以致敢向她最敬愛的神撒嬌起來。

和愛默生一樣，狄瑾遜的開悟或啟蒙是透過無法分析的直覺，如下面一首：

你會認識它當你知道那是中午——

由於光輝啊！如你知道那是太陽——

由於光輝啊！如你知道在天堂

知道神、天父與他的兒子！

透過直覺——最偉大的東西——

自己露出鋒芒，而不依文字。

「我是半夜」，半夜需要說嗎？

「我是日昇」，閣下需要說嗎？

全能的不需要舌頭：

祂那口齒不清的聲音便是閃電——和太陽——

祂的對話——與海洋的——

「你如何得知?」

請教你的眼睛!(420)

直覺導致開悟,如此啟蒙的意境無以言說,以人類的語言無法表達;全能的神不需要舌頭,經此證道者亦不需要舌頭,看看他的眼睛便是了。禪宗有「不立文字」的說法,因為禪確是無法以語言文字說明白的。超越主義的直覺的確有與禪的定入三昧的心路歷程有些交集之處。透過眼神來體會與禪的「以心傳心」亦有相通之處。只是禪的「以心傳心」是以師父的心傳給弟子的心;這是不用語言的。

另外一點可以說明狄瑾遜是超越主義者,是她對於此時此地的重視與敏銳的認知存在本身的意義。這是因為神秘主義是「一種心態超越時空,因此它是超越歷史。神秘經驗得來的人生視野的理想見解只是超越的現在而已。」❼嚴格講,一個神秘主義者絕不是做夢的人,他絕不要來自別人或歷史的二手經驗,而要自己對於此時此地的親自體驗。這不也是禪所主張的「活在當下」的心態嗎?安德希爾解釋這種心態是「超越時間的特質,永恆的現在的感覺,它是狂喜的意識所具有的特色。」❽下面一首狄瑾遜的詩說明「活在當下」的理念:

---

❼ W. Henry Wells, *Introduction to Emily Dickinson* (New York: Hendricks House, 1947), p.160.

❽ Evelyn Underhill, p.232.

永遠——是很多現在的組合——
它不是不同時間——
除了無限的時間——
和家的緯度——

從這裏——經驗了的現在——
移至許多日期——至這些——
讓月份溶入於更多的月份——
而年份發散更多的年份——(624)

這不是又一首禪詩嗎？這首詩的訊息是時間是永不間斷的，它是很多很多現在這個時刻的累積；生命也是永不間斷的，它是數不盡的現在這一剎那的累積，每一剎那都是生命，都是同樣的重要，千萬忽視不得。

個人主義是超越主義的另一個特色，因為所有神秘主義起源於一個人的生命。雖然狄瑾遜自認非常的渺小，但是她有她自己的主見絕不與眾合流。她認同愛默生、梭羅、梅爾維爾和惠特曼等超越主義者的個人主義。依據愛默生超越主義便是自立哲學，因為模仿別人簡直就是自殺行為。愛默生的個人主義見於下面這一首詩：

寓　言("Fable")

山與松鼠
吵了一架，
前者稱呼後者「小傢伙」；

> 小松鼠回答說，
> 「你毫無疑問地很大；
> 但是所有事物和天氣
> 必須算在一起
> 構成一年
> 和一個天體。
> 而我認為那並不丟臉
> 去佔有我的地方。
> 如果我不像你那麼大，
> 你也不像我那麼小，
> 你的敏捷不如我一半。
> 我不否認你造就了
> 非常漂亮的松鼠蹤跡；
> 天份各有不同；一切很好，安排得很精明；
> 如果我不能將森林搬在背後，
> 你也不能敲破一顆堅果。」

從山的觀點來看，松鼠的確很渺小；從松鼠的觀點來看，山的確很大，但各有其存在的權力與價值，各有其所長與所短，是不能互相比較的。神將這一切安排得很妥當而精明；每一個人活在這世界亦如此。這便是愛默生個人主義的基本觀念。松鼠也出現於狄瑾遜的下面一首詩中：

> 光線本身是足夠的——
> 如果別人想一睹

可在窗玻璃板上

一天當中的數小時。

但是，不可補償——

它以一樣大的光芒

在喜瑪拉雅山照耀松鼠

與照耀你絕對相同。(862)

無論你或者松鼠在那裡所接受的陽光是一樣的。這正是「一個月亮下」的禪趣啊！這不也是惟覺禪師所說的「三千界內吐芳馨，一輪明月照古今」的禪趣嗎？

　　狄瑾遜的自立哲學比起愛默生更為徹底。如果說愛氏的自立是以對神的信仰與心中的神性為基礎，狄瑾遜可沒那麼正統的。下面一首詩可說明這一點：

有些人去教堂做禮拜——

我呢，在家裡做——

食米鳥當唱詩班歌手——

果樹園就是教堂圓頂——

有的人穿白色袈裟守安息日——

我只穿我的翅膀——

為教堂代替敲鐘的是，

我們的小司事唱歌。

上帝傳教，一位著名的牧師——

> 而講道從來不長，
>
> 所以上不了天堂，終於
>
> 我往前走，沿路而走。(324)

這是她的個人主義，也是她的自立哲學；自己是自己的牧師，自己走自己的路。她一向在尋覓自性，潛入心內尋找珠寶，希望在心內深處發現「尚未發現的大陸」(832)。對狄瑾遜而言，不斷地創造自己和神創造萬物一樣；透過她自己的創造力呈現真正的自己，所以讀者在她的詩作中看到詩人。她感覺活著真好，她說：

> 活著——就是力量——
>
> 存在——本身——
>
> 不必有更多的作用——
>
> 全能——夠了。
>
> 活著——而且有意志！
>
> 那和神一樣能幹——
>
> 創造者——我們自己的——是什麼——
>
> 那樣是有限的！(677)

從上面所舉的小詩，吾人可明白看出狄瑾遜確是一位神秘主義者、個人主義者，當然也是超越主義者；她受愛默生的影響是很明顯的；格瑞費士 (Clark Griffith) 甚至於說她是「後愛默生的」❾，意指她的超越主義更為徹底。

二、狄瑾遜詩中暗藏的禪意

　　禪是一種生活，出自內心回歸自性的又自然、又簡樸、又寧靜的生活方式；禪者的眼光能觀照萬象的實相，以反璞歸真的意境觀賞世界，以平常心活在當下，把握此時此地，感覺，如百丈禪師所說的「日日是好日」。禪者雖然孤獨的時間多，但他並不寂寞；他是自立的，知足的；他和超越主義者一樣主張自立的重要。但禪者了解自性之道往往是靠否定的心路，也就是類似道家哲學的「損之又損，以至無為」的方法；這是要把過去累積的執著，一個一個否定掉或忘掉，學習看開或去除各種煩惱與痛苦。認識人生的一切都是短暫而無常的，所以不值得執著於財富、聲望、熱情、各種物質慾望、雜念等，而將這些回歸於永遠的「道」。一切聽其自然，一切隨緣；如此禪者很容易與周圍的一切和諧。戒定慧三學是他一生的修行過程，悲智相生是目的。讀者可依照以上所說明禪者的心路歷程為基礎來觀照與解讀狄瑾遜的詩，以深一層了解詩人的終極關懷。吾人可針對狄瑾遜詩中與禪學課題相符合的主題，逐項探討。

(一)滅苦之道

　　佛教的所謂「苦集滅道」四聖諦中的「苦」是人人生而必須承受的。當年悉達多王子就是因為發現「生老病死」為

---

❾ *The Long Shadow: Emily Dickinson's Tragic Poetry* (Princeton: Princeton U. P., 1964), p.10.

人生不可避免的苦，而離家尋覓解脫之道。由此可知「苦」
是一種原動力逼迫一個人去內省自性，換言之，「苦」強使
一個人去追求真理。「苦」有龐大的力量，沒有它就沒有生
命，沒有它就沒有詩歌了。

　　在狄瑾遜詩中讀者可感受到詩人對於「苦」的看法。詩
人勇於面對「苦」，甚至認為「苦」不但可忍受而且可評價的；
詩人不但不恨它，反而喜歡它，並且將它變成正面的力量。
她的下面兩首詩說明這一點：

　　　　我喜歡痛苦的樣子，

　　　　因為我知道那是真的；

　　　　人不會假裝痙攣

　　　　也不會假裝劇痛。(241)

　　　　一隻受傷的山鹿——跳得最高——

　　　　我聽獵人告訴我——

　　　　那只是死亡的狂喜——

　　　　然後突然靜下來！

　　　　被打破的岩石會噴出！

　　　　被踐踏的鋼鐵會反彈！

　　　　面頰總是更紅

　　　　就在結核病刺激的地方。(165)

在第一首中，詩人喜歡看痛苦的樣子，她不但不恨它，也不

避開它。她完全面對這個事實，因為她知道它是真的。這便是禪趣。日本曹洞宗祖師道元有如下一首詩：

> 這塊慢慢漂流的雲是可憐的；
> 它會變成夢遊者。
> 覺醒之後，我聽見一件真的事──
> 黑雨降在深草寺的屋頂上。❿

一般人像天上飄浮的雲，天天夢遊著。他們閉著眼睛走路看不到萬物的真象。禪者不會變魔術，他只是覺悟到奇妙的真實──雨滴之降下。一般人有耳朵而聽不見，有眼睛而看不見。但是狄瑾遜如禪者她聽得見也看得到真理。狄瑾遜上面第二首中，詩人不但喜歡痛苦，而且將痛苦轉換成正面的力量，這是對於死亡之狂喜所致。因為死亡帶來永恆，她又說：

> 因為我不能等死亡，
> 它為我親切地停下來；
> 馬車只載我們二人
> 而接著來的是永恆。(712)

所以人生而走向死亡，而死亡是進入永恆的跳板，因此死亡不是生命的結束而是轉機，吾人應勇敢地面對它。下面是另一首說明狄瑾遜對於死亡的看法：

---

❿　Lucien Stryk, *Zen Poems of China and Japan: The Crane's Bill* (New York: Anchor P., 1973), Preface xiv.

有關死亡我試著這樣想——

他們把我們放下的水井

只是像溪流那樣……

我記得小時候

和勇敢的玩伴走入

像海那樣的溪流

我們被轟隆聲留住

來自遠處一朵紫色的花

一直到勉強抓住著它

如果命運本身是其結果，

最勇敢的人跳起來，抓住了它。(1558)

細心的讀者不難發覺狄瑾遜喜愛紫色。詩中紫色的花代表理想在彼岸招手，它象徵死亡，只有勇敢的人能抓住它。從禪的觀點來看，一個人必得「大死一番」始能證得大悟變成一個新的人。所謂「大死一番」指的是將我執全部消滅渡過彼岸，明心見性的意思。大死的過程便是淨心的功夫。狄瑾遜下面這一首令人省思：

我為美而死——可是

剛被安葬於墳墓中

有一個為真而死的人

被埋在鄰接的房間裏——

他輕輕地問我「我怎麼死的?」

「為美。」我答道——

「而我——為真——它們是一體的——

我們是兄弟了。」他說——

如親戚一般，晚上相見——

我們隔著房間開始聊天——

一直到苔蘚爬到我們的嘴唇——

將我們的名字蓋起來——(449)

一個人為求得真善美必得「大死一番」，將一生累積的我執或雜念或煩惱或慾望全部淨化掉，所以真善美是一體的三面，是兄弟。下面兩首傳達的訊息更具禪趣：

剛失去，我就得救了!

覺得這世界跟往常一樣!

幫我準備往永恆出發，

當呼吸吹回，

在另一邊

我聽到失望的潮流退下去!

所以，當一個人回來了，我覺得

有奇妙的秘密可說!

有些水手經過了外國海岸——

有些蒼白的記者，從可怕的門口

面呈死相之前！

下一次，留下！
下一次，要看的東西
未曾以耳朵聽過，
未曾以眼睛細看過——

下一次，滯留下來，
當時代悄悄地走——
慢慢走過世紀，
而天體永轉！(160)

對某些人死亡的打擊便是生命的打擊
他們必得等到死亡始能真活——
他們活了一輩子，但當他們死了的時候
生命的活力才開始。(816)

第一首中的「剛失去，我就得救了」，失去了什麼？當然是
失去了我執，淨化了我心，如此一個人始能重生。得救以後
的日子還是跟平常一樣，這世界沒有什麼兩樣。「失望的潮
流」又是什麼呢？這是以凡人的觀點來看失去了那麼多我執
當然很失望。「當一個人回來了」，是說明心見性回到自己的
本來面目，當然有很多奇妙的秘密要說，例如，本地風光無
限好，但實際上是不能言語的，因為那是超越語言的神秘經
驗。第二首的禪味更鮮明。「死亡的打擊」是「大死一番」

之後的感受。生命的活力來自「大死一番」。對於狄瑾遜或
禪者而言，死亡是重生的轉機，生命意義之呈現。人生不可
避免的苦與死為尋覓真理的心靈之旅鋪路。

㈡「活在當下」的理念

　　禪是非常實際的東西。佛陀說了一則故事說明這一點。
故事中說有人被毒箭射中，他無意知道為什麼被射、箭的結
構或歷史，因為他都快死了。一個禪者會做的是馬上將這支
箭拔起來，當下醫治傷口。禪者對於形而上的思考或過去與
未來沒有興趣；他們寧要思考當下的問題。如有人問，「每
人都有出生地。你的出生地在哪裏？」禪師會回答說，「今天
清晨我吃了一碗稀飯。現在我又餓了。」❶禪幫助我們回歸我
們自己的本來面目，活在當下，看到本地風光無限好。禪是
平常心。無論終極真實是什麼，它畢竟會在當下呈現。禪者
的生命是數不盡的當下或現在的累積。禪者不做未來的計劃，
因為誰知道下一剎那會發生什麼事？一個人如果計劃太多，
他會失去當下每一剎那的新鮮感，所以禪者會很自然的抓住
每一時刻很充實地好好的活下去。

　　下面一首狄瑾遜的詩說明「活在當下」的理念：

> 天堂遠在天邊近在心裏
>
> 那便是溶解於心中——
>
> 它的位置——建築師——

---

❶　Alan W. Watts, *The Way of Zen* (New York: Panthern, 1963),
　　p.125.

> 無法再被證實——
>
> 它與我們的容納量一樣龐大——
> 與我們的想法一樣美好——
> 對祂而言是適當的欲望
> 它不比這裏更遠——(370)

一般人尤其基督徒認為天堂遠在天邊，不知道在哪裏；幸運的或懺悔的人死後才能去的地方，可是狄瑾遜卻認為天堂近在心中，它不比這裏更遠。這好比禪者認為淨土就在人間，就在自己心中一樣。天堂與地獄本來是心造，一個人一念之間可在天堂亦可在地獄。天堂與地獄就在此地，一個人要活在天堂或地獄全在一個念頭。下面這一首進一步說明狄瑾遜的天堂：

> 在下面找不到天堂的人——
> 在上面亦找不到啊——
> 因天使在我們的隔壁租了房子，
> 無論我們搬哪裏，祂們就跟著……(1544)

因為「事實是地球便是天堂——／不管天堂是否天堂」(1408)，而且反正「抓在手中的鳥／優於在叢林中的那一隻……」(1012)。詩人為何那麼信賴這個近在身邊的地球？那是因為她懷疑那遙遠的天堂，以致她不相信一般人所認為的天堂。她說：

天堂是醫生嗎?
他們說祂能治病——
可是死後的醫藥
是不可得的——(1270)

上天堂嗎?
我不知道在何時……

我很高興我不相信它
因為它會停止我的呼吸
而我還要多看看
那令人好奇的地球! (79)

所以，如果她能有所選擇，她寧願不當一隻盼望住在高處的「小歐鷦」，而當一隻百靈鳥，「牠不感害羞 / 將自己的簡樸茅屋 / 蓋在地上。」(143)如此禪的「沙婆世界便是涅槃」或「人間淨土」的觀念在狄瑾遜詩中一再地出現。

至於狄瑾遜將時間看成是永恆的現在是很特殊的。她的一封信中說，「在永恆中根本沒有所謂的第一或最後，它是中心，永遠在那裏。」⓬永恆是中心的延長，那就是現在。因此第一、最後、現在、未來、過去已不存在。它們均溶入永恆的現在中。下面這一首描寫一個夜晚：

⓬ Thomas H. Johnson, *The Letters of Emily Dickinson* (Cambridge: Belknap P. of Harvard U. P., 1958), no. 288.

> 一個夜晚──日子躺在中間──
> 前面的那一天
> 和後面的那一天──其實是一個──
> 而現在──那是夜晚──在此。
>
> 漫長的夜晚──被注視著經過──
> 好比岸上的穀物──
> 成長得太慢,以致覺察不到──
> 一直到不再是夜晚──(471)

此時「夜晚」是中心,前面的那一天和後面的那一天溶入一起在此一剎那。這一剎那便是詩人真正活著的那一剎那──現在。這不是禪的精華嗎?所謂的今晚或今天其實是一樣的,問題是她活在每一剎那中,時時刻刻睜開著眼睛看著個中的禪趣。對她而言,每一剎那都是新的、真的、美的、善的。這種眼光始能時時刻刻看到真善美。狄瑾遜的日子和禪者的一樣,「日日是好日」,如百丈禪師所說;她下面的詩行說,「我每天有無上的喜悅/我以半淡然地觀察/一直到感覺它震動/當我跟蹤它成長。」(1057)這種對於每天發生的事的驚嘆導致她能對每一件小事由衷鑑賞,如下面一首:

> 我綁住我的帽子──我披上我的圍巾──
> 生活中的小任務要做得──正確──
> 因為最小一件事
> 是無限的──對我而言──

　　我在草地上擺下新花朵——

　　然後除掉老的——

　　我從我的長袍推開花瓣

　　它粘在那裏——我看看

　　時間快到六點鐘了

　　我有太多的事情要做啊——

　　所以我們都在做生命的勞動——

　　雖然生命的報酬——已得——

　　以一絲不苟的準確性——

　　以維持我們的五官——(443)

事情無論大小，都一樣地重要，一樣要用心去做。這些都是由於無分別心所使然；無分別心來自「八正道」中的「正見」的眼睛，只有「正見」始能看到真善美。三祖僧璨在〈信心銘〉開宗明義說道：「至道無難，唯嫌揀擇。但莫憎愛，洞然明白。毫釐有差，天地懸隔。欲得現前，莫存順逆。違順相爭，是為心病。」換言之，分別心是心病，心中有此病，眼睛永遠看不到真善美。狄瑾遜和禪者一樣能在日常瑣屑事物中將無分別心呈現在行動中，而能感覺活得充實而愉快。其實，這只是「看山又是山，看水又是水」的道理。

　　所有開悟的禪者在開悟的那一剎那都會感嘆而道，「就是那麼簡單的事實！那樣的趣味！」他們發現他們本來就在其中，只是他們沒有真的睜開眼睛罷了。當狄瑾遜注意到活生生的事實，如「蟋蟀鳴叫／而太陽下山／然後工人一個個收

工……／草葉沾了露水／黃昏已降臨……」(1104)，她已在此個中趣味裏。這是她能「活在當下」的體會。她不是在那裏思考，而是在那裏看、感覺、經驗；當她完全溶入此禪趣時，她，如禪者，感嘆而歌頌：

> 蒲公英的蒼白色小軟管
> 驚動了草坪，
> 冬天立刻變成
> 無限的「啊呀!」
> 小軟管舉起訊息花蕾
> 然後花朵怒放，——
> 太陽上昇
> 畫面於是完成。(1519)

春天的來臨能讓詩人溶入於大自然中，全身投入，與之合而為一；在此無心的意境中，詩人能和草一樣感覺，和花朵一樣怒放，和太陽一樣昇起，畫出一幅禪畫。「活在當下」讓她消失自我，溶入整體中，恰如一滴水掉入海中變成海一般。

㈢無我、無心的境界

凡人常誤認身心為自己所有，因而產生自我的觀念，由此觀念而有我執，我執導致貪瞋痴三毒，個個起煩惱，陷入痛苦中成為小我，處處為自己的利益著想。這種人活得毫無意義可言。人要活得有意義必須先想想如何將小我提昇為大我；為了提昇小我吾人必須先正確認識自己的身心是什麼？

肉身本由風火水土四個要素所構成，但此四大要素都是無常，時時刻刻在變，是空的，所以才有四大皆空的說法。認為肉身屬於自己是天大的錯誤。心是最善變的東西，它不斷地在變。這樣的身心怎麼能說是自己的呢？因為裏面沒有一樣東西屬於「我」的；認為是「我的」顯然只是妄想。這種錯誤的認識導致人成為小我。在地球上滿地都是這種人，所以在俗世到處都是貪瞋痴三毒的氾濫，搶劫、殺人、貪污、欺騙、黑道、白道、色情等，應有盡有。

那麼，如何將「小我」提昇為「大我」呢？經上述的認識，先承認身心根本不是「我的」，為能做這樣的承認，吾人要「大死一番」，換言之，要殺掉「我執」的自我意識，始能處處為別人利益著想，如此「小我」已被提昇為「大我」了。在基督教裏「大我」自然產生博愛心，不但愛神、愛自己，還愛鄰居，不但為自己利益還為別人利益著想；但在禪學裏「大我」中仍有「我」在，只要有「我」在免不了仍會有一點我執與私心，所以在修禪時這一點「我執」也要殺掉，將「大我」提昇為「無我」，如此一來「我」完全不見了，進而證得「無心」的境界，一切歸於一的一也沒有了。這便是龍樹禪師所謂的空觀 (śūnyata)，在此妙空中所有分別心不見了。吾人如有此了解便不難理解六祖惠能當年如何因聽到《金剛經》中一句「應無所住而生其心」而大悟。心如「無所住」便是「無心」，如有所住就是有心了，有心產生我執，我執導致三毒氾濫，社會大亂，國家不安。「無心」中的「空觀」的「空」絕不是虛空而是妙空，它是正面的「空」給人生帶來巨大的生命力。一個人以戒、定、慧三學消滅了貪、瞋、

痴三毒之後體會空觀，悲智自然雙運，又有妙智慧(Prajña)又有慈悲心(Karuna)，渡了自己還要渡眾生了。這便是修禪的真正意義，也是大乘佛教的真髓所在。

　　讀者如能以上面的說明為基礎來解讀狄瑾遜詩中的「無我」與「無心」的類似境界便不難觀照詩人的終極關懷了。讀者不妨先看看下面這一首：

> 萼片、花瓣和花刺
> 在一個普普通通的夏天清晨──
> 一杯露水──一隻或兩隻蜜蜂──
> 加上微風──一隻小鳥在樹上──
> 而我就是一朵薔薇！ (19)

這簡直是一首禪詩，又好像是一幅禪畫。讀者不但可以看到各種植物與花，而且還可感覺到微風和溫暖的陽光，也知道時間是夏天清晨；讀者更能感受到詩人「活在當下」溶入於其中，自我消失，「無我」呈現於整體中，「而我就是一朵薔薇！」薔薇無我而無心啊。狄瑾遜還寫了很多首類似的詩，例如，「我自己中的我──消失無蹤。」(642)「只有『無』的無限──／能看到無限遠──／看看大家的臉──／看看自己的──」(458)。否定「自我」便是確認「真我的自性」，「隱藏於我們之中的我們」(670)，這個隱藏於心中深處的我們便是無我的自性也是我們的本來面目，也是父母生我們之前的我們，這也是所謂的「佛性」。這種「回家」的主題在狄瑾遜的詩中常見，如下面一首：

> 我的河流跑向你──
>
> 藍色的海啊！歡迎我嗎？
>
> 我的河流等著你的回答──
>
> 啊，海啊！看起來那麼優雅──
>
> 我將帶給你小溪流
>
> 從充滿污點的隱匿處──
>
> 你說啊！海！請接納我！(162)

將自己比做河水流入海洋，這是提昇「小我」為「大我」進而為「無我」的心路歷程，經此心靈之旅，詩人證得真正無我的自由。

難能可貴的是狄瑾遜能「大死一番」證入空觀，了解身心之無常；此種神秘經驗絕不下於禪者的心靈之旅。讀者可再看下面一首：

> 這個我──又走路又工作的──必須死，
>
> 在一些好天氣或暴風雨的日子裏，
>
> 它可能是災難
>
> 或是野蠻似的幸運。(1588)

她完全接受肉身的無常，以冷靜的態度面對死亡以求往生。這一首可與下面一首日本禪師所寫的禪詩共鳴其中禪趣：

> 今年就要六十四歲了，要素
>
> 快要在身內溶解──必經之路嘛！

奇蹟之奇蹟啊，然而

佛與祖師在哪裏？不必

再剃我的頭了，也不必洗了。

只要放放木柴燒燒——那就夠了。(*The Crane's Bill*, 23)

狄瑾遜能回應愛默生成為「透明的眼球，空無一物，但什麼
都看見」的神秘經驗。她是「空無一物（空觀）的支配者，
／但能發揮威力」(637)。像蜘蛛在無中往返(605)，自己變成
妙空而「無為」，無為而無不為，空而不空。這是因為詩人
能體會到像禪詩般的意境；此空便是生命活力的源泉。她說
明這種感覺如下：

以樸素的禮物和尷尬的文字

說明人心

是空無一物的——

但是此空卻是一種力量

刷新這個世界——(1563)

「空」的力量不但能刷新一個人，它亦可刷新全世界的人。
經刷新的世界必然是充分和諧的大同世界。在這空觀中已不
再有二元論或多元論的觀念；一切歸於「不二元論」了。如
愛默生〈波羅門〉("Brahma")中所說：

如果這位紅蕃殺人者認為他殺了人，

　或者如果被殺者認為他被殺了，

他們根本不知道絕妙之道

　我所堅持、經過、一再地重複者。

對我而言遠的或忘記的都是近的；

　蔭子和陽光是一樣的；

消失的神在我面前出現；

　其中之二是羞恥和聲望。

他們認為不好把我排除掉；

　當我飛向他們，我就是翅膀；

我是懷疑者也是懷疑本身，

　而我是波羅門所唱的聖詩。

強壯的神渴望我與祂們同居，

　然而七聖賢渴望無效，

但是你，懦弱的善事愛好者！

　來找我，轉回天堂吧。

詩中的「我」指的是波羅門的印度神，基本上祂的地位超然，不與凡人一般見識：祂根本沒有二元論的觀念，在祂的眼光中沒有殺人者也沒有被殺者，沒有勝利與失敗，祂是超越時空的；從祂的觀點來看，人間的俗世，各為自己利益吵吵鬧鬧多麼地無聊；為貪瞋痴惹來無謂煩惱與痛苦多麼地無意義。這便是愛默生的另一種超越論，狄瑾遜所能體會的。她說：「漣漪的戰爭已打了幾個季節了／戰爭中我們每一個人都是

勝利者／而我們每一個人都被殺死了。」(1529)十三世紀日本一位禪師有下面一首禪詩：「打贏者和打輸者：／只是一場遊戲中的演員／短暫得像一場夢。」⑬不同詩人唱出一樣的聲音，是多麼的巧合。人人心中的佛性應該是一樣的呀。這是我們的「本來面目」。狄瑾遜在下面一首又說：「這個面目我畢竟會帶走──／當我的時間已到時──」(336)，「這個面目將永遠是我的。」(336)

狄瑾遜心目中的面目指的是她的「內在我」，下面一首詩將此比做一顆珠寶，但要取得這一顆珠寶要付出生命的代價：

一顆珠寶──對我來講──是那麼一種暗示──
讓我想要立刻潛入──
雖然──我知道──要取得它──
要付出代價──整個生命的！

海是滿滿的──我知道！
但，它不會污髒我的珠寶！
它燃燒著──和所有划船不同──
完完整整的──在王冠裏！

生命是豐滿的──我知道！
但，沒有像人群那麼稠密──
但，元首們──是認得出的──

---

⑬ 參照⑩，115。

在最多灰塵的路的那一端！(270)

為要回歸自性而「大死一番」的功夫往往要花上一輩子的時間；狄瑾遜顯然也有同感。這個珠寶在第二節裏被比喻為明鏡不易被污髒；象徵自性的珠寶完完整整地永遠在心中最深處。第三節說明如此心靈之旅的路途艱難；灰塵指的是我執導致的三毒，要去除此三毒可沒有那麼容易。《六祖壇經》中的神秀作成的偈頌：「身是菩提樹，／心如明鏡臺，／時時勤拂拭，／勿使惹塵埃。」神秀將心比喻為明鏡必須時時勤拂拭，這是修行，使之不惹上塵埃；這是所有修行者必須認真做的首要工作；同樣地，狄瑾遜必須走最多灰塵的路，為了要取得那一顆珠寶。下面兩首東方的禪詩都以珠寶比喻為自性的意符：

我生而具有一顆神聖的珠寶，

許久以來已惹上灰塵。

今晨拂拭乾淨，它反映如明鏡

河流和山脈，永不止。(*The Crane's Bill*, 7)

一直到今天那寶貴的珠寶被埋著，

現在它從地球上發光。

心終於清淨。

坐禪，一炷香點亮整個宇宙。

我像菩提達摩一樣。(*The Crane's Bill*, 11)

自性的本來面目不受外界五慾六塵的影響,穩坐於心中深處,固若金湯。下面狄瑾遜的詩認同這一點:「把我綁起來 —— 我仍然能唱歌 —— /放逐我 —— 我的曼陀林/仍能彈出原音 ——」(1005),「命運刺了他,但他不會掉下;/她倒下了但他不會倒 ——」(1031)。狄瑾遜更認為自性是她的複本,是她的精神原動力,推動她走上心靈之旅,尋覓「思想某處 —— /住有另一生物/是天堂般的愛 —— 被遺忘 ——」(532)。一般人常忘記隱藏在心中的自己本來面目。狄瑾遜與眾不同,她經常銘記在心。她始終想「回家」, 心靈的家,於是以寫詩自勉:

> 所以啊,探查自己!
> 在那裏你自己會發現
> 「尚未被發現的大陸」 ——
> 沒有定居者曾有此心。(832)

自己的「家」本來在心中。有時她將此「家」比喻作海洋:「狂喜是 —— /內陸靈魂走向海洋。」(76) 海洋總是向她招手。禪者的想法更為自在:

> 一個人真的必須為
> 開悟而焦急嗎?
> 我無論走哪一條路,
> 我都在回家路上啊! (*The Crane's Bill*, 7)

條條大路都是他「回家」的路；修行不限走哪一條路啊。

㈣直覺——開悟之路

　　無論是東方的或者是西方的神秘經驗中，直覺是很緊要的關鍵導致一個人超越或開悟。但東西方對於直覺這個字的解釋不盡相同。哈普得(F. C. Happold)談及神秘主義時說了下面一段有關直覺的看法：

> 直覺的洞察力……常有被賦予的一種來自心外的某種東西的啟示。心常在被動的情形下，突然跳起來。以前模糊的事情突然明朗起來。❹

這當然是從基督教的觀點解釋的，但如從禪的觀點來看的話，啟示絕不是被賦予，絕不是來自心外的神。只是第二句的「心常在被動情形下，突然跳起來」與禪的頓悟有點類似。此時模糊的事突然會明朗起來。根據鈴木大拙的說法：

> ……直覺地洞察到事物的真象不能以分析或邏輯去了解它。實際上，開悟打開了新世界，此世界，因受過二元論訓練所帶來的混淆一直沒被發現。換言之，開悟後整個周圍呈現嶄新的面貌。無論是什麼樣的面貌，它與舊世界不再相同……❺

---

❹ *Mysticism: A Study and an Anthology* (New York: Penguin, 1963), p.28.

❺ *Zen Buddhism: Selected Writings of D. T. Suzuki*, ed., William

對於西方的詩人而言，無論他有無宗教信仰，均有天賦的直覺洞察力，但是在禪裏，無心或佛心必然是直覺的泉源。狄瑾遜的直覺比較接近禪的那一種，她說：

> 外在——從內在
> 引出其威嚴——
> 它是公爵或小矮人，要看
> 其中心情緒——
>
> 好端端，永不變的軸心
> 調節輪子——
> 雖然輻條轉動得——更顯眼
> 而不斷拋出灰塵。
>
> 內在的——油漆外在的——
> 不用手的刷子——
> 其畫呈現——準確地——
> 像內在的品牌。
>
> 在一幅好好的主畫布上——
> 一個面頰——偶然畫上眉毛——
> 星星的整個秘密——在湖中——
> 眼睛不是要來了解的。(451)

Barrett (New York: Doubleday, 1956), p.84.

詩中的中心情緒是內心的心靈力量的來源，如無心是我們的創造力與活動力的泉源一般。輪子的輻條顯然指外在意識，我們必須一直拂拭灰塵以保持心中的鏡子乾淨。第三節談及直覺，以不用手的刷子刷乾淨外在的意識以求內在的自性呈現，這種直覺的作用是不必用眼睛來了解的。所以詩人又說：

我未曾看過荒野——
我未曾看過海——
然而我知道石南屬的植物長成什麼樣子
而巨浪像什麼樣子。(1052)

狄瑾遜似乎是說「我沒有看過佛性，但當我遇到它，我會知道」，當然靠她的直覺，因為佛性在她心中。她下面一首更接近禪法：

聽白頭小鳥唱歌
也許是一件普通的事——
或那只是神性的。

不是同樣的鳥
唱同樣的歌，未經聽過，
如唱給群眾聽——

耳朵的造型
造成它能聽

　　無論在沙丘或趕集的地方——

　　所以無論是沙丘
　　或來自無處
　　全在心中。

　　那旋律來自樹上——
　　懷疑者——指給我看——
　　「不，先生！在你心中！」(526)

這首詩令人聯想到《六祖壇經》中的一則趣聞：

　　一日思惟：「時當弘法，不可終遯。」遂出至廣州法性寺；
　　值印宗法師講《涅槃經》。時有風吹旛動，一僧曰「風
　　動」，一僧曰「旛動」，議論不已。惠能進曰：「不是風
　　動，不是旛動，仁者心動。」一眾駭然。(〈行由品〉)

日本亦有一則類似的趣聞：

　　指著前面的海，師父告訴他的弟子：「你說心勝過物質
　　——，好，你能不能將那些船隻停下來？」不說一句話，
　　那位弟子走過去將紙壁關上。「哈，」師父笑了一下，「可
　　是你還得用你的手。」仍不說一句，弟子閉上了眼睛。
　　(The Crane's Bill, 120)

狄瑾遜另外幾首延伸了此意：「油燈燃燒──當然在心中──」
(233)，或「喜悅──在心中──／不可能有外來的酒／那麼
堂皇地陶醉／像那種更神性的品牌。」(383)這都是因為詩人
相信「莊嚴的東西在心靈中」(483)。這些想法都能導致直覺。

　　狄瑾遜自己對於直覺下了如下的定義：

　　　透過直覺，──最偉大的東西──
　　　自己露出鋒芒，而不依字眼──
　　　「我是半夜」，半夜需要說嗎？
　　　「我是日昇」，閣下需要說嗎？ (420)

這個定義透露兩則訊息：純理性的推論和直覺的不可說性。
有一首禪詩可做為上述定義的註解：

　　　我怎麼能夠告訴你我看到什麼？
　　　倒下去，站起來，一看便知。
　　　反穿我的僧衣，我
　　　照樣走舊路。還有新的。(*The Crane's Bill*, 50)

前兩行是純理性的看法，後兩行說明開悟之後的自由感，當
然是不可言說的。一個人領悟之後的不可說性可在狄瑾遜的
其他詩中看到，例如：

　　　蜜蜂的喃喃低語
　　　巫術──唬了我──

如果有人問我為什麼——

死比較容易——

比要我講出來。(155)

他解說「寬度」之事一直到它仍然狹窄

寬的太寬以致無法界說

至於「真理」終於宣告他說謊——

真理未曾炫耀一個符號。(1207)

肅靜是我們所害怕的

聲音有償金——

可是肅靜是永恆的。

它本身不是門面。(1251)

我知道他存在著。

在肅靜中——某處——

他將他稀罕的生命躲藏起來

從我們粗大的眼睛。(338)

上面每一首詩禪趣十足。空寂中寶藏無盡，但這些都是無以言說，超越人類語言範圍。這是禪「不立文字」的道理。但說明禪為何物，禪宗還得以「不離文字」之法詳細解說一番，同樣地，狄瑾遜明知這些意境不可言說，她還是寫了那麼多首詩來加以闡釋，深恐詩中傳達的訊息還不夠明白，她又以比喻的手法寫了如下幾首詩：「雄辯是當心中／沒有一個聲音

挪出。」(1268)「全能的神 ── 沒有舌頭 ──」(420)，這簡直就是維摩詰居士的「靜默如雷」，雖然靜默無聲，但其無聲之聲比打雷還大啊。雄辯不必靠語言文字；全能的神不必講話。如狄瑾遜的下面妙語也很傳神：「秘密一講出來／不再是秘密了 ── 那麼 ──／保守秘密 ──／可令人不寒而慄 ──」(381)。

　　談到直覺，詩人往往將此經驗以最少的字眼說明，點到為止，不加以解說；這一點，狄瑾遜寫詩的神來之筆很像日本的俳句。俳句在日本可說是字數最少的詩，每一首都是點到為止。這是禪詩的特色。直覺不乏來自聲音的例子。其實禪宗的棒喝也是聲音，它可以打醒半醒半睡中的心靈。日本俳句詩人芭蕉 (Basho) 的一首俳句中的青蛙跳入水中的聲音如何導致詩人開悟是家喻戶曉的趣聞。這首俳句譯成中文是這樣的：

> 古老一池塘，
> 青蛙跳入水中央，
> 撲通一聲響。

一般受過西方文學理論與批評的人會將此詩看成是一首富有象徵意義的詩。古老象徵超越時間，池塘是永恆，青蛙跳入水中可能象徵基督教式洗禮，水的聲音可能聽成神的聲音了。於是這一首俳句被賦予基督教神秘主義的意義。實際上，這首俳句是典型的東方禪詩，以點到為止的手法，說明詩人的直覺被聲音打動證入不生心而開悟的過程。此水聲確也有棒

喝的作用。一個正在修行中的禪者，本來隨時都可能開悟，可是因機緣未到，只期待著漸悟，此刻從屋頂上掉下來的一塊瓦或破竹的聲音可能導致他頓悟，突然證入自性。就好像一隻手不小心觸到電，突然縮回去的那一剎那，是不經大腦而經直覺的。其速度之快是出乎意料之外的。下面這首狄瑾遜的詩回應這一點：

> 心靈與永恆的
> 顯著聯繫
> 最易於顯露在危險
> 或突如其來的災難——
>
> 如風景中的閃電
> 照亮遍地——
> 來不及懷疑它是什麼——只是一閃——
> 卡搭一響——冷不防。(974)

下面這一首狄瑾遜的詩可以做為芭蕉那一首俳句的註解：

> 我聽到，好像我沒有耳朵
> 一直到一個致命的字
> 從生命傳到我這裏
> 那時，我才知道我聽到了。(1039)

這一個致命的字和那隻青蛙跳入水中的聲音觸到直覺導致無

心，詩人可是真聽到了。

　　神秘經驗能否將神秘主義者帶入最高意境完全要看因緣是否已成熟。狄瑾遜下面這一首也談到心靈之旅之是否順利，因緣要成熟：

> 心靈中嚴肅的東西
> 要感覺它是否成熟──
> 黃金般的窠門──一直往上爬──
> 造物者的階梯停止──
> 而在果園那一邊──
> 你聽到有個東西──掉下──(483)

因緣之成熟要靠長期的苦修。對於禪者而言，他不斷地坐禪一直到坐禪成為生活的一部分。坐禪時五官與外界斷絕，心裏只有平靜：

> 只有禪者知道什麼是平靜：
> 大地之火燃不及此山谷。
> 在蔭涼的枝幹下，
> 肉體之窗關得緊緊的，
> 我做夢，我醒來，我做夢。⓰

有趣的是，狄瑾遜也有一首具有類似的禪趣：

─────────────────

⓰ Lucien Stryk, *Zen Poems, Prayers, Sermons, Anecdotes, Interviews* (New York: Doubleday, 1965), p.15.

一個可憐的破碎心——一個粉碎的心——

它坐下來休息——

沒有注意到退潮的日子——

銀色流向西方——

也沒有注意到夜晚輕輕的來臨——

也沒有注意到星座燒了——

只專心注視著

未知的緯度。(78)

悟境是非知性的，不能以理性或邏輯或科學來推論的。所以吾人要靠感覺來領悟它。狄瑾遜有下面一首說明這一點：

光線存在於春天

一年當中只此一時

在任何其他季節——

當三月幾乎還沒有到

顏色遍布於

孤零零的荒野

科學不能追過它

只靠人性來感覺。

它等在草地上，

反映出遠遠的一棵樹

在最遠的斜坡上——你知道

它幾乎在向你講話。

然後如水平線般
或一個下午一個下午地報失
沒有聲音的公式
它只是經過而我們仍然留下——(812)

一個人開悟以後的人生觀是正面而積極的，他能以平常心看新的世界（看山又是山，看水又是水的世界）。狄瑾遜亦不例外，她說：

「自然」是我們所看到的——
山——下午——
松鼠——月蝕——蜜蜂的嗡嗡聲——
不——自然就是天堂——
自然是我們所聽到的——
食米鳥——海——
雷聲——蟋蟀——
不——自然是和諧——(668)

注意詩中的「不」出現兩次之後「自然」完全變成「看山又是山，看水又是水了」。

雖有濃厚的基督教背景，狄瑾遜的神秘經驗完全是自己心中直覺的經驗，內省的心得，不一定與神溝通有關，她說：

心靈有時也有逃脫的時刻——
當它從所有門口迸裂——
它跳得像炸彈，炸得遠遠的，
然後搖動個幾小時，

好比蜜蜂——興奮無比——
牢浸於薔薇中許久許久——
觸及自由——然後什麼也不知道了，
只有中午，和樂園——(512)

這是超越的狂喜，自己心靈的無限膨脹，完全開放的自由意識，解脫了世俗或傳統的束縛，於是狄瑾遜又歌頌：

我的頭腦——開始大笑——
我咀嚼得——像個傻瓜——
雖然那是幾年前的事——那天——
我的頭腦不斷地吃吃笑。

而有個奇妙的東西——在裏面——
我便是那個人——
而這個人——現在感覺不同——
這算是瘋狂嗎？——這——(410)

微風有時也可刺激詩人成為狂喜的比喻：

　　興奮是微風

　　它把我們從地上抬起

　　然後把我們放在別的地方

　　其陳述一向也找不著——(1118)

這種喜悅不可言說，所以其文字說明永遠也只是點到為止。
有一首日本禪詩正好可做回應：

　　終於我解開了一則公案！

　　出口處無所不在——東、西、南、北。

　　早晨任何時候，傍晚任何時刻；也不是主人

　　也不是客人。

　　我的每一個腳步激起微風。❼

微風是很恰當的意象傳達開悟的喜悅；禪詩如此，狄瑾遜的
小詩亦如此。以上所舉的狄瑾遜的詩給讀者的感覺是她的超
越經驗比較接近禪宗的頓悟的那一種。尤其是其突然性與短
暫性。這種超然的經驗以小詩點到為止是再恰當不過了。一
輩子有過豐富的片段式神秘經驗，難怪，她不寫散文，也不
寫小說。如果她以散文或小說闡述她的心靈經驗，她便無法
留下很大的空白，以傳達個中禪趣啊。禪詩與禪畫之所以要
留白，點到為止就是這個道理，所以如果稱狄瑾遜是禪師，
她應該當之無愧。只是她願意擔任禪師嗎？絕不，因為下面
這一首詩告訴我們為什麼：

---

❼　同上，p.5。

> 我是沒沒無聞的人！你是誰？
>
> 你——也是沒沒無聞的人——嗎？
>
> 那麼，我們兩個是一對？
>
> 不要告訴別人！他們會廣告——你知道嗎！
>
> 那是多麼可怕——要成為——有名的人！
>
> 多麼公開——像青蛙——
>
> 告訴自己的名字——整個六月裏——
>
> 給羨慕你的泥沼聽！——(288)

她寧願沒沒無聞，她和惠特曼一樣沒有教席，不希望有跟蹤她的人，她要孤獨走自己的路，她不要因寫詩而出名；她當然不會收徒弟像禪師一般。換言之，她比較像小乘的禪師以渡自己為一生的聖業。她想沒沒無聞的念頭令她成為比愛默生的個人主義還要徹底，比愛氏的自立哲學還要自立。這種自立的性格可從下面三首詩看出：

> 千萬不要為社會
>
> 他將尋覓不著——
>
> 他自己的認知
>
> 要靠自己培育——(746)

> 一個人——就是人口——
>
> 夠多了——
>
> 尋找令人喜悅的國度

那是你自己。(1354)

有客人在心靈中

很少出國——

更神性的人群在家呀——

刪除這個需要——(674)

下面的禪詩可歸納上面的小詩所傳達的自立哲學：

一個人要站起來，自己會站起來，

一個人要倒下來，自己會倒下來。

秋天的露水，春天的微風——

沒有一樣東西能干擾啊。(*The Crane's Bill*, 12)

狄瑾遜甚至將自己比做小石頭，自由自在，自滿自足：

小石頭多麼快樂

孤孤單單在路上逍遙，

而不管事業

在危急關頭從來不怕

穿著基本的棕色衣

經過的宇宙將它穿上，

而和太陽一樣獨立

獨自發光普照，

執行著絕對的天意

在隨時天真純樸中——(1510)

石頭般的孤獨絕不是寂寞,而是自滿的孤獨;這便是狄瑾遜
的自立哲學,也是禪宗教外別傳的自立精神❶。

---

❶ 撰寫本章,筆者特別感謝李美華博士提供的寶貴資料,包括她的
論著"A Zen Reading of Emily Dickinson's Poems"(淡江大學西
洋語文研究所碩士論文,1989)。 她是臺灣第一位筆者所指導以
禪的觀點探討狄瑾遜的研究生。她對禪的造詣和親身體驗成為她
研討狄瑾遜的切玉刀,使她的論著深具學術價值。

第七章 戰後美國的禪文學

一、披頭禪之本質

在美國文學史上所謂「披頭時期」(The Beat Generation)
的形成有很特殊的背景。此時期約於1944年第二次世界大戰
已近尾聲時始至1960年代初葉,前後約二十年。在這二十年
間所發生的事情給美國男女青年帶來相當大的打擊與影響,
首先是美軍以原子彈轟炸日本廣島,接著是氫彈(H-bomb)的
威脅、韓戰的爆發、戰後的冷戰等;在美國國內方面,戰後
的蓬勃復元,如購物以分期付款的盛行、科技產品之大量流
動、經濟掛帥、精神生活貧乏等,使美國青年們對於人生失
去希望,只求眼前快樂,迷失了人生方向,普遍感染了誇大
妄想症(paranoia),誇張其怪態、奇裝,盲目服從群眾而走。

此時,美國東西岸各有一批男女青年發現佛教是唯一能
對此病症提供解毒劑的宗教,因為他們認為佛教是一種具有
天空般巨大心懷的宗教,它,如西藏法師臨波克 (Chogyam
Trungpa Rinpoche)所說,是「一個無中心、無邊緣的意境」❶,

---

❶ Carole Tonkinson, ed., *Big Sky Mind: Buddhism and the Beat
Generation* (New York: Riverhead Books, 1995), vii. 本章中引自

在此意境中，無所謂主觀與客觀，宇宙萬象無常，均由因緣形成，全無固定的自我認同觀念；自我與其他全部溶解於無邊的天空中，排除任何二元論的認知與妄想。如此意境使冷戰中的一些宣傳口號，如我們、你們、盟邦、敵人等二元論調變成毫無意義的對立；尤其佛教的無常觀念令這些年輕人能勇敢地面對死亡與原子彈和氫彈以及韓戰所帶來的威脅與痛苦。

於是這些男女青年拋棄以廉價購買的房屋與物質的誘惑走上公路，飛向美國西部無邊的天空，去體會無邊的佛法。他們聚集於加州北海岸山區形成美國品牌的山中神秘主義者群。如此形成的山中神秘主義主要以佛教和美國超越主義為雛型；美國超越主義更以惠特曼與梭羅為導師；佛教方面依據克路亞格 (Jack Kerouac) 的暢銷書《達摩遊蕩者》(*The Dharma Bums*) 和法林格弟 (Lawrence Ferlinghetti) 所編介紹佛陀教義的詩集。披頭時期的作家分兩批青年詩人：第一批聚集於東岸區形成所謂的「東岸現象」(East Coast Phenomenon)，代表詩人有克路亞格、金斯寶 (Allen Ginsberg)、普立瑪 (Diane di Prima) 和諾斯 (Harold Norse)；第二批都是「舊金山文藝復興」的佛教詩人，如史耐德 (Gary Snyder)、惠倫 (Philip Whalen)、凱傑 (Joanne Kyger)、西上 (Albert Saijo)、維爾克 (Lew Welch)、甘德爾 (Lenore Kandel)、彼德遜 (Will Petersen) 和可弗曼 (Bob Kaufman) 等。另外，老一輩作家影響披頭族詩人的是王紅公 (Kenneth Rexroth)，深受披頭精神影響的有巴羅 (William Burroughs)、法林格弟、馬克路 (Michael McClure) 等。為了介紹披頭禪的本質，筆者在下面章節中將選擇其中

本版之處均以 (Tonkinson, ed., p.一) 表示。

較具代表性的詩人與詩作做深入的探討。

　　根據普羅特羅 (Stephen Prothero)，梭羅的《湖濱散記》導致克路亞格研讀印度經典；克氏對於東方哲理的興趣也包括孔子和老莊哲學；可見《湖濱散記》、印度經典和儒道哲學督促克氏寫成《達摩遊蕩者》；這一本暢銷書影響披頭時期的男女青年詩人產生對於禪的瘋狂興趣(Tonkinson, ed., p.2)。史耐德和惠倫早在四〇年代後期至五〇年代間已對於亞洲的人文哲理感到興趣，先後讀過潘德 (Ezra Pound) 和維利 (Arthur Waley) 英譯的中國古典文學與布萊斯 (R. H. Blyth) 英譯的四大冊日本俳句以及鈴木大拙的有關禪佛教的英文著作。

　　其實，佛教之傳入美國應從梭羅於1844年所出版的超越主義季刊《日晷》(*The Dial*)算起；該期登載從法文版由皮巴利(Elizabeth Palmer Peabody)譯成英文的《妙法蓮華經》。後來加達德(Dwight Goddard)於1934年創辦「追隨佛陀者協會」，接著於五〇年代克路亞格等作家的大力弘揚佛學，一直到今日有眾多美國佛教徒的事實等構成一系列的可尋蹤跡 (Tonkinson, ed., p.3)。另外，1893年在美國芝加哥舉行的「世界宗教會議」(World's Parliment of Religions)值得一提，因為會中，日本釋宗演點燃了禪宗在美國盛行的因緣❷。之後於1920年代鈴木大拙的一系列有關禪佛教的著作是促進禪佛教在美國蓬勃發達不可忽視的又一個因素。

　　有趣的是，在美國，佛教的教義或禪學幾乎都是透過書籍傳過來的，所以書籍是讀者的法師、禪師或長老，而圖書館或書店是收集佛教經論的寶藏；一直到今天也是如此。當

---

❷　鄭金德著，《歐美的佛教》(天華出版公司，1984)，頁105－114。

然，披頭時期也不例外，所以當時的所謂「披頭禪」有人笑稱為進口的二手貨，而不是經過「善知識」們親自傳授的正統禪。雖然如此，「披頭禪」可被視為早時期美國佛教和近代美國佛教之間的橋樑；由於「披頭禪」者的熱忱與瘋狂始有後來在美國各地禪中心如雨後春筍般的林立。據說當年史耐德在五○年代早期決定坐禪時，手邊只有一本書可做參考，後來他覺得有需要親自去日本尋覓「善知識」。當時，除了他，還有惠倫也去了日本「取經」；金斯寶比較幸運，他不必遠渡太平洋，在紐約街頭巧遇西藏法師，當地請益。「披頭禪」者當時除從書中學禪之外，還採納愛默生的自立哲學和梭羅的索居於大自然的超越主義生活方式，所以他們的修禪其實已超過他們在書中所學到的。他們影響當時與後來的美國人生活模式與品質是不可忽視的。

「披頭」(Beat)這個字原先是克路亞格所取的名詞，有「被打垮」的意味，它也是「至福」(Beatitude)與披頭族(Beatnik)二字的省略，代表他那年代的失落感與絕望感，意指戰後默默被祝福的男女青年又窮又落魄又懶惰，到處遊蕩，悲慘相，夜睡地下道上；後來也包括那些表現新態度新思想的新人類❸。這種新人類，個個都是對最新流行之事物敏感如天使般的人；他們呼應神祕的召喚走上公路，跳上貨車，臥在爵士窩，走向地獄❹。他們認為無知勝過知識，動念與分別心

---

❸ Jack Kerouac, "The Origins of the Beat Generation", *Playboy*, 6 (June, 1959), p.32.

❹ Dorothy Van Ghent, "Comment", *The Wagner Literary Review* (Spring, 1959), p.27.

是致命傷❺。梅拉(Norman Mailer)稱呼他們是「美國存在主義者」❻。他們善於內省，探討心內的真實，與宗教神秘主義者不謀而合；並且在無神狀態中深信個人生命的重要性，認為自己是自己只有一個，不是別人；如愛默生，拋棄傳統價值觀，穿著隨便，突顯自己，向正統、偽善、人為而不自然如教堂的價值觀等挑戰。他們重新檢討生命的意義。梭羅的態度與生活比起他們要變成小巫見大巫了。他們不上教堂做禮拜，「因為教堂是人為的機構，是一種以權威為基礎培育正式偽君子的地方；他們相信自己是神聖的，每天就是永恆，每人是天使。」❼最吸引他們的宗教與哲理是禪佛教，因為禪主張一切聽其自然，一切隨緣，眾生均有佛性；尤其三祖僧璨的《信心銘》的「至道無難，唯嫌揀擇。但莫憎愛，洞然明白。毫釐有差，天地懸隔。欲得現前，莫存順逆。違順相爭，是為心病」，否定二元論的警語特別引起披頭族的認同❽。他們深信禪能減輕善惡衝突所帶來的緊張，教他們與世界和諧，也教他們一切聽其自然，吃喝、解便、睡覺，一切行為自然便是。

---

❺　Norman Podhoretz, "The Know-nothing Bohemians", *Partism Review*, XXV (Spring, 1958), p.318.

❻　Norman Mailer, "The White Negro", *Dissent*, 11 (Summer, 1957), reprinted in *Protest*, ed., Gene Feldman and Max Gratenberg (London: Panther, 1960), p.289.

❼　Thomas F. Merrill, *Allen Ginsberg* (Boston: Twayne Publishers, Inc., 1969), p.28.

❽　參照同上，p.32。

　　瓦慈(Alan Watts)曾將禪分為三類型：披頭禪(Beat Zen)、正統禪(Square Zen)和純粹禪(Pure Zen)。純粹禪沒有正式的訓練方式，它沒有組織、教席、傳教模式、印證或系統，一切聽其自然，每一個人在日常生活中自己去尋覓開悟之道。正統禪是系統化的純粹禪，是禪宗歷代祖師遺留下來，正統派的禪，許多西方人所屬的是其中的臨濟和曹洞兩宗派。披頭禪是披頭族新人類所特別嚮往的那一種❾。披頭禪的特色有二：個人興致與衝動的神聖性和對於習禪不擇手段的瘋狂症❿。筆者認為披頭禪應該是為解救當時美國青年失落、腐敗心靈的應時解藥，因此它絕不是正統的禪，它甚至是贗品，只騙得過一時之需而已。

二、披頭族與超越主義者

　　美國超越主義者，如愛默生、梭羅、惠特曼或狄瑾遜，基本上都是背叛正統宗教者，他們不但拒絕傳統基督教也拒絕唯一神格論(Unitarianism)，認為唯一神格論的牧師如「屍體般的冰冷」，而唯一神格論中心的哈佛神學院如「冰庫」(Tonkinson, ed., p.6)。他們對於東方哲理與宗教的興趣是一致的。所以美國超越主義有濃厚的反正統基督教的色彩和東方神秘主義的明顯影響。他們在美國文學和宗教示範上都曾有過不可抹滅的貢獻。

　　許久以來美國披頭族亦享有類似的聲望，他們基本上也

---

❾　參照Alan Watts, *Beat Zen, Square Zen*, and *Zen*, Foreword。

❿　Merrill, p.35.

是反基督教的，尤其是他們心目中的神已不存在，一心嚮往東方的佛教；他們對於美國文學的貢獻由於許多詩人，如史耐德、金斯寶等曾榮獲普利茲獎或國家傑出書籍獎已證明其不動搖的立場，只是在美國宗教史上仍不被重視。根據克路亞格的說法，披頭時期，基本上是尋覓時期，在尋覓心靈的歸宿，所以應該是一個宗教時期(Tonkinson, ed., p.6)。有一天他們會和超越主義者一般在文學史上和在宗教示範上同樣被重視。他們在尋覓心靈歸宿中都認同超越主義者的心路歷程，也都承認他們深受超越主義的影響。

今日在美國大學的美國文學課程中，超越主義文學的分量已佔相當大的篇幅，甚至在美國宗教史上，愛默生和梭羅等的著作以及其他超越主義者的都已是必列的參考書目，而無論在圖書館或書店有關東方哲理與宗教的書籍充斥，在在影響年輕學生與學者的研究路線。在可預期的未來，研究超越主義和披頭時期文學的年輕學者會愈來愈多。這一方面的論文、著作、參考書亦會熱絡無疑。例如1995年才出版的《天空般的心：佛教與披頭時期》(*Big Sky Mind: Buddhism and the Beat Generation*)或稍早於1991年出版的《一個月亮下：近代美國詩中的佛教》(*Beneath a Single Moon: Buddhism in Contemporary American Poetry*)都可證明其趨勢。

愛默生等超越主義者所追求的「新意識」多半依據印度的聖典、孔孟學說以及波斯詩作，然而他們的著作富於禪味，這是筆者在前面章節中已詳細討論過的。但是一百餘年後的披頭族詩人所追求的「新意識」完全將焦點放在佛教上，這一點和超越主義者是完全不同的，雖然後者給前者的影響不

可抹滅。所以披頭族在宗教示範上大部分是佛教的，小部分是超越主義的。有些披頭族在宗教情操上有時相當矛盾，例如克路亞格的天主教情懷始終不變，金斯寶的猶太教背景一直在影響他寫作，史耐德一向很細心地研究自己國內的宗教與文化，雖然這些詩人都迷住了禪佛教到瘋狂的程度。這就好比美國超越主義者清一色的都是有基督教背景的一神論者，只是他們不認同一些教義，虔誠度有些差異而已，但是他們的著作中處處隱藏著禪趣，雖然毫無佛教影響可言。

所有超越主義者對於東方宗教的興趣與造詣都是來自他們所涉獵的經典譯作，但有些披頭族詩人不只閱讀東方經典，而且像克路亞格還將他的求知的好奇心變成實際的修行活動，例如每天打坐、誦《金剛經》，學比丘禁慾或獨身苦修的生活，他也曾從法文版英譯一些佛經和做一些佛學筆記，也曾撰寫《釋迦牟尼傳》(Wake Up)。所以克路亞格在眾披頭族中算是最精進的一位作家。超越主義文學的讀者也許會發覺梭羅對於亞洲宗教的興趣是比較濃厚的，而他的超越主義比愛默生更為徹底，因為愛默生後來走向儒家的人文主義，他結果比梭羅長壽，能以超越主義先自我革新後再往外伸延至儒家的人文主義以求他人之福祉。一個有趣的比喻是如果披頭族的克路亞格是超越主義的梭羅，披頭族的金斯寶就是超越主義的愛默生了。

總而言之，披頭族作家和超越主義者一樣不僅僅是文學改革者或社會批評家，他們也都是神秘主義者，以超越的意境尋覓心靈之歸宿。他們走上公路，因為他們在戰後的美國教會裏找不到神。他們所看到的是人人陷入人際與其他眾生

關係的網狀中。他們看到人心與大自然與宇宙生命之間的密切調和。和愛默生一樣，他們設法以不可言說的直覺與神聖的東西接觸，然後將其經驗以詩歌、散文或小說寫下來。他們學梭羅堅持過著清淨的原始日常生活，與人群隔離好與大自然打成一片。他們以四海皆兄弟的情懷共享經驗、財產、文學，並互相關懷，將物質與精神、人性與神性、神聖和世俗融匯在一起。和禪者一樣他們將「不立文字」的神秘經驗設法以「不離文字」的方式以文字寫成他們的詩歌和散文，所以寫出來的文學作品都是「文字般若」的一種，提供給有慧眼的讀者去觀照其背後的終極關懷。好比當年釋迦牟尼應該知道語言文字無法將他的開示正確地傳達給他的弟子；他們多少會誤解世尊所講的話，但他們仍然寫了很多很多經論加以闡釋，其中多少會傳達正確的教義，影響一個人的一生。了解這種現象，克路亞格曾說，「當你已了解一部經典時，將此經典丟去。我堅持你的自由。」(Tonkinson, ed., p.20)

三、披頭族的作家群

披頭族的作家群與筆者是同時代的人；他們的平均年齡在六十五與七十五歲之間，除三、四位外全部今日仍健在，所以筆者對他們倍感親切。1960年代初葉，筆者首次留美進修時，大部分披頭詩人在文壇上都已相當活躍。不久聽說克路亞格於1969年逝世享年才四十七，讓筆者想起梭羅，他也是四十五歲便去世了，真有痛惜英才早謝之感。

在此時期形成「東岸現象」的作家有克路亞格、金斯寶、

普立瑪、諾斯等；促成「舊金山文藝復興」的詩人有史耐德、惠倫、凱傑、西上、維爾克、甘德爾、彼德遜、可弗曼等。這些作家便是披頭時期的代表作家。王紅公是比較老一輩的詩人，他的詩作與譯作直接鼓起這一批披頭族對於禪佛教的熱忱與瘋狂。較年輕的沃德曼(Anne Waldman)是閱讀披頭族詩人的詩作長大的，她後來在那羅巴學院(Naropa Institute)創立「克路亞格派詩學學會」，專門研究披頭族文學與禪修，鼓勵年輕一代對於禪與披頭文學的興趣與研究。另外有三位作家，雖然屬於披頭族，但與佛教沒有直接關係，只是深受影響而深感同情者，他們是巴羅(William Burroughs)、法林格弟(Lawrence Ferlinghetti)、馬克路(Michael McClure)等。以上是整個披頭時期的作家群；雖然他們在當今美國大學所採用的美國文學教科書上被介紹得不多，但是他們在美國文學上的貢獻與定位已經非常明確，只是他們對於宗教示範方面在美國宗教史上尚未被重視與定位，但看在今日美國如雨後春筍般林立的禪修中心與披頭族的關係，其對宗教方面的貢獻是不可被忽視的，尤其在這末世頹風邪說橫流之悲憫時代中，他們所扮演的角色是促進人們的精神生活與幸福人生；這是絕不能否認的事實。

四、另一類禪文學

比披頭時期稍早，在美國有兩位小說家：一位是索爾・貝婁(Saul Bellow, 1915－)，一位是沙林傑(1919－)，也深受禪佛教的影響，在他們的小說中一再呈現類似禪修者的心路

歷程；前者曾於1976年榮獲諾貝爾文學獎，後者的《麥田捕手》至今一直暢銷不墜；他們二位都不屬於披頭族，而各自形成自己的山頭，塑立自己的形象，過著不凡的文學生涯。

貝婁在他的小說中曾分別提到中國、東方、佛陀、老子與孔子，這些伏筆著實凸顯了貝婁暗示向東方追尋人生問題答案的可行之道，同時也替西方世界開啟了一扇東方世界之門。他是一位關懷人性的美國作家，在現代文明的衝擊下，人類離大自然愈來愈遠，面臨的煩惱也愈來愈多；而貝婁這份關懷人類之情在此時此地也就顯得更加彌足珍貴，他警告世人，人性已日趨模糊不清；若想從眾多煩惱之中掙脫出來，人類需盡快找回自性。研究貝婁是龐大的工程，本書限於時間與篇幅，筆者暫予擱置，等將來視筆者健康狀況，決定是否撰寫專書，從禪學角度解讀他的小說。

沙林傑也是多年來引起筆者特別注意與興趣的一位當代美國作家。在美國近代文學界中他是雖然作品最少，然而讀者最多的一位小說家。筆者研讀了他已出版的四本小說，以及到1980年代為止的有關傳記與評論文獻，所獲得的初步印象是他對禪學有深厚的興趣與造詣，並且編輯於四本小說集的每一篇故事均或多或少與禪學有關。讀他的小說對筆者而言像是一種宗教經驗，尤其能體會到故事中的禪趣。筆者認為沙林傑與他的小說有深入探討的必要，所以擬於本書最後一章中詳加研討。

以上是「戰後美國的禪文學」的大概面貌，其與本書前半部的「禪與美國超越主義」合併起來成為《禪與美國文學》整本的結構與內容。

第八章　王紅公 —— 東西方智慧兼具之詩人

一、生平與著作

　　王紅公(Kenneth Rexroth, 1905－1982)是一位詩人、和平主義者、無政府主義者、批評家、翻譯家和舊金山文學界的資深導師；對於披頭時期的詩人而言，在認識禪學方面，他是最早一位輔導老師，也是一位啟蒙者。他因為創辦「星期五文學之夜」而有名；在此文學之夜他們所談的從美國西岸史到中國詩人杜甫的詩等無所不談。他歡迎年輕詩人參加座談，並經常鼓勵他們向東方看齊。在五〇年代裏他的門永遠為年輕詩人打開著。當時的年輕詩人有法林格弟、史耐德、金斯寶等是「文學之夜」的常客。他曾經擔任過「第六畫廊讀書會」(the Six Gallery Reading)的主席，但是他與披頭族的關係，由於某種原因，沒有維持很久，他始終設法與他們保持距離，雖然他還是被認為是披頭族之導師。史耐德特別感謝他，因為他給他信心向東方看齊，尤其將禪學的資料應用於他自己的詩作中。王紅公除了在自己的詩作中引用了很豐富的東方典故外，他有兩本非常重要的譯作：一本是《一百首日本詩》(*One Hundred Poems from the Japanese*, 1955)，一

本是《一百首中國詩》(*One Hundred Poems from the Chinese*, 1956)。很多披頭族詩人從這兩本譯作獲得意想不到的靈感。

王紅公雖然對於佛教深感同情，但有一則有趣的傳聞是他批評禪與日本軍國主義有關(Tonkinson, ed., p.322)，筆者以為他的這種批評可能是因為禪與武士道，如劍道，的確有密切關係。在劍道中兩人拔刀相對，雙方眼神進入無我之狀態，此境界頗具禪味，因為當一個人證入無我的那一剎那是悟境，是不可多得的寶貴經驗，所以王紅公的批評不無道理。不過這種武士道的精神不應該用來殺人而是用來修身養性，提高自己的宗教與道德情操才是。只是當時的日本人錯用了武士道引起了珍珠港偷襲事件成為第二次世界大戰之開端。

為了要瞭解王紅公的「內在我」與「外在我」的交互作用，以及他的宗教神秘經驗，讀者最好細讀他的《自傳小說》(*An Autobiographical Novel (1966): The Midwest, 1905 − 1927*)，此書描述詩人成長至二十一歲之心路歷程（以後引自本書時簡稱AN）。他認為他對於生命的感覺最接近他所喜愛的中國詩人杜甫。他欣賞杜甫的堅定不移的生活原則、寬宏大量的仁愛精神、寧靜與慈悲心(AN, 319)。當他才四、五歲的時候，看到一部裝滿新割下的乾草，他宣言那是「一種超時空覺察，福氣充滿了我」(AN, 338)。懂得「觀照」的讀者應能讀出超時空帶給他的福氣便是涅槃或天堂在人間的直覺。當他十一歲時母親逝世，他深覺「安祥而幸福，因為他自己也上了天堂……」(AN, 77)。當他因為感冒發高燒時，他告訴被嚇壞的父親說，「整個房間充滿了銀色的絲好像數千蜘蛛網發出的光，它們聚集在一起，其中有一處太亮，你不

能站著看。那便是另一個我在宇宙那一邊。」(AN, 91)十五歲時已開始所謂的「心靈之旅」(AN, 152)。由基督教的博愛，進而其他宗教，包括佛教在內，他將此神秘經驗陸陸續續在他詩中呈現，將超越智慧和慈悲融匯在一起，加上日月成為開悟的象徵。愛是他的詩或散文中的最具支配力的感情；他愛的是女人、鄰居、大自然、詩和其他藝術；他的愛是超越的，流過他與整個宇宙，包括所有眾生；他將這樣的生命變成詩歌。

在1950年代，王紅公的聲望戲劇性地升高，主要是因為引起整個世界注目的「舊金山文藝復興」以及披頭時期之形成；這兩件事都是王紅公在1955年的「舊金山第六畫廊讀書會」中大力推介金斯寶、史耐德，以及其他詩人之後。他直接幫助復興了，由於戰爭與冷戰所帶來的黑暗而變成死氣沈沈的文藝。他對於披頭運動的支持雖然沒有持久，但他始終稱讚金斯寶並與法林格弟、馬克路，以及史耐德成為最要好的朋友。他尤其欣賞史耐德的詩作，因為它最接近他的理念。

王紅公相信西方文明的瓦解是科技革命所引起，所以在1967年他開始走向從小一直在影響他的傳統亞洲文化。那一年他曾首次拜訪日本和亞洲其他國家，再次去了歐洲；在日本時他住在京都大德寺，寫了他的第五首長詩《心的花園，花園的心》(*The Heart's Garden, The Garden's Heart*)。那是一本佛教幻想曲，充滿日本佛教文學典故，詩中也述及開悟的經驗。王紅公和他的朋友天主教神父馬頓(Thomas Merton)一樣認為天主教與佛教的神秘經驗之間沒有什麼矛盾之處，尤其在神秘經驗所帶來的安祥意境超越人類語言文字方面。

他探討「八正道」和「戒定慧」三學所得的結果是高昂的道德情操，如菩薩願意捨棄涅槃除非所有眾生都進入❶。有趣的是，他不相信面向牆壁的那種曹洞宗的打坐方式以證得開悟。

與馬頓一樣，王紅公的精神生活從不躲避現實人間，於1970年間，因東南亞之戰事與美國國內反戰情緒，提高人類普遍受苦的警覺，他痛責這是如佛陀所說，人人執著的結果。他所熟悉的夢幻破滅的人類史加深他對於佛教式的解脫方法的興趣；他深信此法可取代純以政治方法解決事端。他繼續研究佛學，寫他的詩或譯作，於是他於1971年出版《二十世紀美國詩》(*American Poetry in the Twentieth Century*)，是他的一本最長的研究叢書；同年出版《天空、海、鳥、樹、大地、房屋、野獸、花》(*Sky Sea Birds Trees Earth House Beasts Flowers*)獻給亭卡(Carol Tinker)和史耐德。翌年與臺灣的鍾玲共譯《淡紫色的船：中國女詩人》(*The Orchid Boat: Women Poets of China*)，提高文學中之女性意識。於1974年，王紅公與女詩人亭卡結婚後一起居住於日本京都一間農場茅屋，有一年的時間到處朗誦他的詩或講學，繼續寫他的新詩與散文；同年他出版《另一百首日本詩》(*One Hundred More Poems from the Japanese*)和《新詩》(*New Poems*)。

王紅公與吉普森(Morgan Gibson)通信中曾提到他對於一

---

❶ Morgan Gibson, *Revolutionary Rexroth: Poet of East-West Wisdom* (Hamden, Connecticut: The Shoe String Press, Inc., 1986), p.24. 作者是研究王紅公的權威之一，他又是王氏的至友最瞭解他；王氏臨死時他仍在床邊看護著他。

般日本人比想像中單純而感到失望，他說：

> 在日本有些年輕人深受史耐德的佛學影響，它基本上是
> 鈴木所介紹的那一種……大部分的日本人完全不知道
> 佛教哲學的存在或未曾讀過《妙法蓮華經》或未曾聽過
> 《楞伽經》或《華嚴經》——有人甚至不知道佛與菩薩
> 的差別。(1 Feb. 1975)

王氏甚至批評禪是日本軍國主義、富翁和美國嬉痞的宗教，
這是眾所周知的事；但他一向崇拜小時候便認識的鈴木大拙
和欣賞日本俳句詩人芭蕉的成就。於1976年，他出版的《銀
色的天鵝》(*The Silver Swan*)與《花圈山》(*On Flower Wreath
Hill*)是受日本影響的佛教詩集。翌年他翻譯《燃燒的心：日
本的女詩人》(*The Burning Heart: Women Poets of Japan*)並編
輯了《拉法卡久‧漢的佛學著作》(*The Buddhist Writings of
Lafcario Hearn*)，其序文是史耐德所撰，簡介日本佛教。於
1978年王紅公又回日本順道周遊南韓、菲律賓、香港、新加
坡、泰國，一路批評美國的軍國主義和外交政策。他的最後
一本譯作（與鍾玲共譯）是《李清照：完整詩詞集》(*Li Ch'ing
Chao: Complete Poems*)於1979年出版。他於1982年6月6日往
生，享年七十七。蓋棺論定，他確是一位融匯貫通東西方智
慧的偉大詩人，也是最早一位將佛教帶入美國詩的詩人。

二、王紅公詩中的禪

月亮、霧、世界、人

只是疾馳的複合物

各具不同的力量，而

力量只是能看透

空無一物——是唯一的

思想照明人心，

心中明鏡掛在空中。（錄於Tonkinoon, ed., p.321）

這一首王紅公的詩富於禪趣，他和超越主義者或禪者一樣最關心的問題是人心，在空觀中的心，它能觀照宇宙萬物是無常的，始終在變，始終在疾馳；這種心本來如明鏡能洞察一切便是空，空便是一切；正是《心經》中所說的「五蘊皆空」，「色即是空，空即是色」的道理了。這一首七行小詩可以說是王紅公的佛學造詣的濃縮，如《心經》以短短的二百六十字凝縮了整個佛教的精髓。

王氏自三十四歲出版第一本著作至他往生前三年出版的最後一本譯作為止，共約三十三年的寫作生涯中其詩作與譯作以及其他作品的產量驚人；他「耳順」之年是明顯的轉捩點，在那時他放棄西方文明走向東方，他在佛教傳統裡發現慈悲為懷的定心法寶。1960年代初訪日本是他日本經驗的開始，從此經驗發展出來的佛學造詣一再呈現於他的詩作中，

不但影響了披頭時期的年輕詩人群並促進東西方智慧相遇。
三十三年寫作生涯中王氏將寫過的比較重要的詩收集於下面
詩集：《短詩集》(*The Collected Shorter Poems*, 1966)，簡稱
為CSP、《長詩集》(*The Collected Longer Poems*, 1968)，簡稱
為CLP、《新詩》(*New Poems*, 1974)，以及《晨星》(*The Morning Star*, 1979)，最後兩本詩集幾乎是依據日本經驗寫出者。

　　《短詩集》中有些自由詩，如〈愛爾奉的旅行者〉("Travelers in Erewhon", CSP, 6)以爵士音樂韻律撰寫，詩人自己也喜歡將這些背誦起來唱成爵士樂；這是披頭族的最愛。後來的詩，如〈時間是一連串的包攝如馬克塔加特所說〉("Time Is an Inclusion Series Said McTaggart", CSP, 12 － 13) 描述詩人自己悲歡離合的人生經驗，光、熱、雪、霧、水包圍著他而他所愛的人一個個溶入大自然(CSP, 6, 7, 10, 19)。這種感受讓他想起中國的陰陽哲學寫出下面這一首：

　　　　花兒們回到自己的地方。

　　　　鳥兒們回到自己常停的樹上。

　　　　冬天的星星西下海洋中。

　　　　夏天的星星從山那邊上昇。

　　　　空氣充滿著水銀原子。

　　　　復活遮蓋著大地。(CSP, 23)

這一首詩可以說是最有禱告性，在所有王紅公的詩中最有週
期性的表白，認為整個宇宙跟著「陰陽」之道理交互運作而
時光一去不復返；萬物一去也不復返；花、鳥、星星會回來，

但是它們不會與原來一樣；我們也不會與原來一樣，如〈輪子旋轉〉("The Wheel Revolves", CSP, 21)和佛教的法輪一樣。他描述自己的女兒投胎舞女，當她們在露營中夏天與鳥回到山中，「一萬年旋轉不變」，所有這些不復元。詩人在大自然與藝術中認同輪迴觀。

《短詩集》中的小詩集《萬物所簽的字》(*The Signature of All Things*, 1950)是特別值得探討的。王紅公在小詩集中的理念，基本上是浪漫的，它與布雷克(Blake)、愛默生、惠特曼和其他浪漫詩人是相呼應的，都認為肉眼所能看見的宇宙萬象都是手簽的字眼，是內在精神世界的現象而已，若以佛教用語來闡釋，這些只是心造的現象；要瞭解其真相，觀者必須懂得觀照，看透其背後的實相。所以這樣的浪漫思想與禪的觀點是不謀而合的。小詩集中的〈皮由特盤上的光〉("The Light on the Pewter Dish", CSP, 209) 以及其他小詩中的愛情之光照耀整個宇宙；此光與神光或佛光無二致。小詩集中讀者亦可體會佛教以及基督教的神秘主義。當詩人在山中茅屋的風、雨、瀑布、野獸聲中，一面聽著落水聲，一面讀著基督教聖人傳記，突然記起：

> 佛陀的無限
> 笑聲在《楞嚴經》中，
> 點亮整個宇宙。
> 峽谷的陡峭那一邊擁抱著
> 我好像女孩子的大腿
> 喜悅的肉體、幻覺與法規。(CSP, 188)

如眾人周知，在《楞嚴經》中記載釋迦牟尼當年進入涅槃時大笑一聲。女孩子的大腿的意象指的是老子的道，在《道德經》裏以黑女人比喻山谷，而此女之身指的是三身佛(Trikā-ya)，即法身、報身、應身。小詩集中最後一首〈學習的進一步利益〉("Further Advantages of Learning", CSP, 212)說明詩人在圖書館閱覽群書時看到一個佛骨花瓶，突然在腦中浮現涅槃。顯然當時詩人已有死亡的涅槃意識。這個意識在小詩集中的一些輓歌中讀者可體會到，例如〈得利亞·雷克斯羅斯〉("Delia Rexroth", CSP, 186)、〈馬克西米安，輓歌第五〉("Maximian，Elegy V", CSP, 195－196)等，詩人對於人生之苦的慈悲關懷表露得很清楚。

《長詩集》(*The Collected Longer Poems*, 1968)，實際上包含四本長詩集：《達馬斯卡斯的農場》(*The Homestead Called Damascus*, 1957)、《鳳凰與烏龜》(*The Phoenix and the Tortoise*, 1944)、《龍與獨角獸》(*The Dragon and the Unicorn*, 1952) 和《心的花園，花園的心》(*The Heart's Garden, The Garden's Heart*, 1967)。其中最後一集有顯著的詩人晚年對於佛教的情懷，但在其他的詩集中亦點綴著東方影響。例如，在《農場》中的西巴斯將 (Sebastian) 將自己比喻為東方典故的達路馬 (Daruma)，中國禪宗達摩祖師 (Bodhi Dharma) 的日語名(CLP, 12)；又在〈很多年的秋天〉("The Autumn of Many Years")中西巴斯將陷入短暫的涅槃但是不久離開了它，冥思著荒原般的紐約和黑人；而在〈事實的污名〉("The Stigmata of Fact")，詩人想起莊子：

「根本沒有實際存在的
小宇宙。」他一會想到
莊子以直針釣魚而
說道，「根本也沒有實際存在的
小宇宙啊。」(CLP, 13)

詩中回應當年釋迦牟尼坐在菩提樹下覺悟到世上根本沒有絕對的波羅門，也沒有絕對的自己；一切因緣促成，於是他放棄任何絕對的東西。莊子是中國聖人，無論在道家或禪者心目中是很重要的人物，他完完全全與大自然打成一片，以致不必用魚鉤；詩中的西巴斯將同意他哥哥湯瑪斯說，「我，除非滅苦，無法開悟(CLP, 35)此時湯瑪斯無言以對凝視著火。

《鳳凰與烏龜》，基本上是基督教的，但其中的佛教情懷也很明顯，影射著詩人晚年詩作中之佛教情節。詩人認為一個人不是孤獨的存在，而是和諧於整個宇宙中，他將基督教的博愛融合於佛教的慈悲中，而耶穌像菩薩是一位富於犧牲精神的救世主。釋迦牟尼的「無我」也出現於典故中。王紅公承認《鳳凰與烏龜》的主題來自《華嚴經》。這本佛經將創造與破壞的終極真實呈顯於一粒砂中與布雷克(William Blake)的「一粒砂中看世界」相呼應。佛陀開示道，每一時刻是無限的，每一件事物永遠互相依靠，他使用燈火與因陀羅網為意象說明個中道理❷。故事是說在因陀羅神的堡壘上有一個巨大的網，在交叉處有數不盡的珠寶互相反映著好似

---

❷　Yoshito S. Hakeda, *Kūkai: Major Works* (New York: Columbia U. P., 1972), p.213.

是一個整體，恰如放置很多鏡子在燈火周圍，鏡子互相反射，光線交叉在一起；宇宙萬物亦如此互相反映，好似是一個整體，所以每一個無常而不實際的現象世界（娑婆世界）反映超越的境界（涅槃）互相不能分隔；《心經》中所謂的「色即是空，空即是色」的道理。王紅公偉大的地方在他能瞭解這個道理，他能像菩薩一樣感覺與眾生生死與共，互相依賴，互相關聯，互負倫理上的責任。因陀羅網始終在悲慘人生與意外事故的意象背後將詩人與受苦的眾生聯在一起，甚至對於淹死的日本水手與其他屍體躺在太平洋沿岸的關懷(CLP, 63－65, 85)。當復活節來臨時詩人將基督教與佛教的意象混合在一起(CLP, 72－73)：

復活的月光，

阿彌陀佛的月亮在海上，

在轟炸機機翼上發亮，

點亮了黑暗的城市⋯⋯

阿彌陀佛，

觀音菩薩來自和平，如月光

流過海浪上，不可數的

黑暗世界流入光輝。

在《華嚴經》中滿月是佛身的意象；阿彌陀佛是無量光，是西方極樂世界與淨土的象徵，也是大慈大悲的化身；觀音菩薩是大慈大悲的菩薩；這些都是來普渡眾生，所以這一首詩

所傳達的訊息是詩人心中的菩薩精神。《鳳凰與烏龜》的結尾提到太陽上昇讓王紅公聯想到宇宙的純潔(CLP, 87)，此聯想亦來自《華嚴經》，經中提到智慧的太陽或佛光公平地普照天下，絕無差別心。這本詩集中的詩重新強調東方智慧，提升基督教的博愛精神。

《龍與獨角獸》中，詩人想起佛陀的火誡(CLP, 95)，而說道解脫苦海是開悟之道，也談及佛陀如何經得起女色誘惑(CLP, 98)。詩人又從因陀羅網的意象引述宇宙萬物之互相關係：

> 宇宙的每一時刻
> 和所有的宇宙互相反映著
> 在所有的部分當中
> 從此又在它們自己裏
> 像人的群眾，都在
> 反映著，同時自我反映著
> 而反映的東西和
> 反映媒介也在反映著。(CLP, 108)

所以如佛陀所開示自我根本不存在，它只是幻覺，一個人無法與創造的過程分開，他要向宇宙負責(CLP, 112－113)。人人向宇宙負責是說人人具有佛性 (CLP, 118)。王紅公靜思博愛精神能使人人神聖 (CLP, 154)。他甚至認為每一個人本來就是佛，雖然自己不知道 (CLP, 176)。解決絕望之道是去愛別人，也要體會別人的愛 (CLP, 222)。整本《龍與獨角獸》

中的詩說明基督教與佛教的智慧如何相遇。

《心的花園，花園的心》是王紅公晚年最後十三年間的傑作，是他最長的一首詩，充滿著禪味，是讀者應該特別留意的。詩中的詩人已老，於初夏在日本的森林中徘徊，想起老子的道：「谷魂是不死的。／它叫黑婦人。／黑婦人是門／通向天地之根。」(CLP, 283)他感覺「道」像男人失去他所愛的女人，像魚的純真不知牠活在水裏，仍然要求住水中也是枉然；「道」如光，但是看不見，像音樂但是聽不見，它溶入於竹葉、金魚、瀑布、鳥、女人、寺鐘、草地、池塘、花香、森林中(CLP, 283－286)。「道」是生命的和諧，又是內在，又是超越，在他的脈搏跳動中，也在呼吸中(CLP, 290)。在山谷與深山中永浴於佛（神）光中，與青蛙交談，聽著織布機的聲音，他經驗到一切如是，解脫執著而來的妄想(CLP, 297)。王紅公的詩沒有比《心的花園》更具音樂性了。他以音樂的旋律傳達自己的神秘經驗，如下面詩行：

> 清明夜——清楚又明朗，
>
> 鶴鶉胸部般的天空和冒煙的山，
>
> 巨大青銅鑼隆隆響
>
> 在紅褐色的黃昏中。今日深夜
>
> 會下雨。明天將是
>
> 再一次晴天而涼快。又一個
>
> 光輝的晴天在這漂流的生命中。(CLP, 294)

這是多麼簡單純樸的感覺，雖然筆者的中譯不能像原文那樣

傳神，但朗誦起來是多麼有音樂美。為讓讀者能欣賞其英詩中的音樂美，特將原文抄錄於後：

> The Eve of Ch'ing Ming–Clear Bright,
>
> A quail's breast sky and smoky hills,
>
> The great bronze gong booms in the
>
> Russet sunset. Late tonight
>
> It will rain. Tomorrow will
>
> Be clear and cool once more. One more
>
> Clear, bright day in this floating life.

這首詩適合大聲朗誦，如此讀者可溶入漂流著的生命中。詩人雖然在詩中沒有說明這是描述哪裏的清明節，但讀者可猜測是中國的，而不是日本的，因為只有中國人在清明節時燒冥紙使山中墓地冒煙，打銅鑼，而且清明節那天往往會下雨，表示天公也哭泣，第二天便會放晴，至少臺灣是如此。

《長詩集》以年老的詩人在日本證得覺悟結束。以《達馬斯卡斯的農場》兩兄弟在紐約尋覓真理開始，經過《鳳凰與烏龜》反映古代和現代文明的崩潰與東西智慧的相遇、《龍與獨角獸》在博愛與慈悲中找到安慰，與《心的花園，花園的心》詩中的佛教聖人在日本溶入於「道」，發覺眾生和諧的互動現象在佛法的世界中永遠運作。

王紅公晚年又出版兩本詩集：《新詩》(*New Poems*, 1974)和《晨星》(*The Morning Star*, 1979)。《新詩》中的〈月亮之城〉("The City of the Moon")的結尾，佛陀說從無數的真理中

他只說了幾則，如一把秋天的葉子 (NP, 36)。在〈只有空〉("Void Only")一詩中詩人提到大乘佛教和龍樹的空觀與唯識論(NP, 22)。在〈如是〉("Suchness")一詩說及靈魂如樟腦，燒後不留殘滓(NP, 23)，而在〈花經〉("The Flower Sutra")中一隻日本的杜鵑鳥叫著，講到因陀羅網的《華嚴經》(NP, 26)。

　　《晨星》是王紅公最後一本詩集。「晨星」影射釋迦牟尼在二千五百多年前靜坐於菩提樹下，因為看到這一顆「晨星」而大悟大覺。王氏將此詩集以「晨星」取名有其道理，因為詩集收錄詩人花費一生的心血吸收佛法達到顛峰的詩作。《晨星》的第一部分包括於1976年出版的《銀色的天鵝》(The Silver Swan)共十六首加上十二首新詩和註釋。二十八首中有些從瑞典，又有些從日本英譯過來者；大部分談及不二元論的觀念，如對於生與死、心與大自然、過去與現在、暗與亮、一與很多等二元對立的想法的批評。詩中的天鵝經常在睡覺，但當月亮上昇時牠便會唱歌。此睡鵝本身是複雜的意象，說明我們人在不知道自己已在開悟的意境中開悟。而當我們認為自己開悟時我們卻將此經驗客觀化❸。

　　象徵開悟的月亮出現在第四、五、九、十二、十三、十六、十八、十九、二十三首中經過不同季節，而第十七首是高潮，是王紅公進入狂喜的畫面，自己像釋迦牟尼在涅槃中在黎明看到新月邊的一顆晨星；此星象徵印度的愛情女神，祂成為情人、孕婦、妓女、日本藝者與武士的菩薩(MS, 85－86)。在第十七首中詩人在京都的一個花園裡脫光著身子散

❸　Gibson, p.82.

步，晨星的光線變成女神，「祂的身體是永恆的／光的旋轉點，每一點／是一條銀河，像雲層／數不盡的螢火蟲」(MS, 19-20)。在這複雜的意象中因陀羅網的層層光線變成無限的宇宙，流入詩人的思路，形成妄想的世界，在狂喜中自我意識完全消失悟入無我的境界；然後詩人回歸現實世界，但仍然永浴於開悟的陽光中，此時月亮與星星已不見了。

《晨星》的第二部分，以「在花圈山上」為題，談及《華嚴經》和京都的一個墓地。王紅公在日本的住所就在旁邊，他準備在此等待死神接引 (MS, 83)。如朝聖者，詩人走過古代公主的墓地邊，秋葉掉落滿地，感覺好像公主和衛士們的鬼魂陪伴著他。月亮和獵戶星座下的寺廟的鐘聲似乎永遠響個不停,傳播著回憶與因陀羅網視覺合聽覺的互映 (MS, 39)。詩人此刻已覺悟到世界是無常的，如佛陀臨終時所說「世上只有涅槃 —— 沒有可執著或尋覓的」(MS, 41)。當詩人在活的宇宙中像霧中的月亮漂浮，或像子宮中的嬰兒，他的身體因熱能而發光，解脫了對有形的妄想 (MS, 42)。王紅公曾親口告訴吉普森，「般若智慧(Prajña Wisdom)是佛教妙智慧，它能塗去（文字）力量。」❹以學佛的美國人而言，這是多麼難得的一句金言。他能懂得「般若智慧」的個中妙趣。括弧中的「文字」是筆者所加，也是筆者對於王紅公所用的「力量」兩個字的解讀，所以「塗去文字力量」意指「觀照文字般若」以體會「實相般若」之意也。王紅公在晚年能說出這句話充分表示他的佛學造詣已能將佛學與佛法合而為一了；其佛學造詣之高深在美國文人中恐怕無人出其右。他能體會到這個

---

❹ 同上，p.83。

又短暫又無常的生老病死的娑婆世界也是佛光普照的涅槃世界；在下面詩句中，他似乎看到濕濕的「珠寶的蜘蛛網」：

> 因陀羅網，
>
> 無限的無限組合，
>
> 花圈，（指《華嚴經》，筆者註）
>
> 每一個宇宙反映著
>
> 每一個宇宙，反映著
>
> 它本身從每一個本身，
>
> 而月亮是唯一的思想
>
> 它住在「空」中。(MS, 44−45)

這不是「一粒砂中看世界」的禪趣嗎？這不也是龍樹的「空觀」嗎？這不也是「般若智慧」嗎？

《丸智子的愛情詩》(*The Love Poems of Marichiko*, 1978)中的丸智子是王紅公塑造的女詩人的名字，她影射王紅公在日本的偶像女詩人良野秋子 (Yosano Akiko, 1878−1942，筆者暫譯)。王氏曾英譯她的詩。他認為秋子是日本最偉大的現代女詩人，她是女性主義者，復興了日本的短歌 (Tanka)，也是反戰主義者，也是日本新浪漫主義的倡導者。

從第一首詩起丸智子的慾望與憧憬例示佛陀的四聖諦「苦集滅道」中的「苦」；她充滿熱情，自己無法控制(II)，她與她的情夫有時平安無事(XI)，有時慾望無止境(VII)，當晨星出現時，一切放光(VIII)，二人似乎開悟(IX)，凝視著火爐，她想起佛陀的「火誡」，但她似乎忘記了他們的愛結果會

被火燒完(XIV, XVIII)。XX節很像一則公案，她失蹤了，好像王紅公和他的讀者也跟著失蹤。在XXI節中星星反映出因陀羅網，而在XXII節中晨星出現在海洋上，普照全世界(XXX)，而在XXIII節中丸智子想要變成有十一個頭一千隻手的觀音菩薩來擁抱他。在XXVI節象徵開悟的太陽和月亮出現。以她的大腿夾著情人的頭，她漂流過天河(XXII)。之後丸智子的情夫如影子般離開了她，好像悟境只是短暫如任何其他現象(XXXVI)。她單獨地消失於無蹤(LIV)，情夫變成宇宙本身；她面對死亡，懷恨陽光，想起開悟那一剎那的狂喜和任何其他事情一樣成為過去。她命中注定要去愛人未能證得最後的開悟(XLII)，但她天真地仍然認為她的愛會永存(XLV)。王紅公附在《丸智子的愛情詩》的註釋長得像艾略特(T. S. Eliot)的《荒原》(*The Waste Land*)詩後的註釋，讀者非花費不少功夫去研讀它不可。

　　讀者欣賞王紅公的詩的時候，不要忘了詩中的音樂美，因詩人曾提醒我們詩是要演唱的音樂；詩是歌詞，可朗誦也可唱出來聽。吾人如能以演唱會方式演唱他的詩，它一定帶來超越的喜悅；吾人將能更瞭解人性；我們的心靈將更豐富、更充實；我們的智慧將能更發揮在數不盡的大千世界的佛法中。

第九章 史耐德與禪學因緣

一、引 言

美國當代詩人史耐德(Gary Snyder, 1930－)少筆者一歲，幾年前我們還有一面之緣。當時的印象是他留著頗具魅力的鬍鬚帶著一頂日本的流浪漢帽 (Lumpen Hat)，一副野蠻與斯文兼具逍遙自在的樣子，看起來身體蠻硬朗的。他的外表印證他自己曾經講過的一段話：

> 我感覺一個人在世界上享有一種自由和機動性，有點像古時候到處徘徊的比丘，帶著背包與睡袋走上道路到處流浪，翻山越嶺，走入鄉下。中文以「雲水」稱呼禪師，其字面意義是雲和水，來自中國詩的「漂如雲，流如水……」❶

筆者好像在史耐德身上看到比丘、惠特曼、梭羅和中國唐朝詩人寒山的化身。史耐德在保留大自然原貌的華盛頓州長大，自小便特別愛好大自然能與之打成一片；於九歲時他看過中

---

❶ Carole Tonkinson, ed., p.171.

國的國畫，畫中的山之逼真打動他的心，留下難忘的印象。剛上大學時他已被中國詩、日本俳句和佛教吸引住，常與他的好友如惠倫(Philip Whalen)和維爾克(Lew Welch)——同屬舊金山的披頭族詩人——分享樂趣。修讀一年人類學後進入柏克萊的加州大學改讀亞洲語言，主修日文和中文，常利用暑期在山區擔任守望者，手裏經常帶著的是布雷克(Blake)的詩集、梭羅的《湖濱散記》和一些中國和日本國畫；可見英國浪漫詩人如布雷克、梭羅的超越主義和他們的愛好大自然，以及中國和日本的禪畫在史耐德的心靈中起了共鳴。

史耐德於二十五歲時參加「第六畫廊讀書會」時與克路亞格(Jack Kerouac)成為至友，克氏在史耐德身上看到另一種美國神話，於是在他的《達摩遊蕩者》(*The Dharma Bums*)中塑造影射史耐德的人物萊德(Japhy Ryder)，萊德給當代青年帶來活氣，導致全國性所謂的「背包革命」(rucksack revolution)❷。為此，史耐德說，「如果我的生平與詩作在某些方面是一種惠特曼、梭羅等的奇特伸展，那是克路亞格的刻意聯想他能在本世紀達成他的目的上有其價值。」❸在同一訪問記錄中史耐德說，「在某一方面而言，披頭時期是美國愛好自由的神話並且披頭族年輕詩人聚在一起的時期；這種時期以前在美國也存在過，那便是惠特曼、妙爾(John Muir)、梭羅以及美國遊蕩者的時期。我們把他們聚在一起，然後再展開，成為像文學運動之類的東西，然後我們加上一些佛教。」❹

---

❷　同上，p.172。

❸　同上。

　　「第六畫廊讀書會」的翌年，也就是二十六歲時史耐德前往日本接受正統的修禪課程。正在日本禪師的指導下修行時他出版兩本詩集：一本是《碎石》(*Riprap*)，一本是《神話與教本》(*Myths and Texts*)。當時他雖然人在日本，因他透過出版的詩作並與許多披頭詩人朋友繼續保持聯絡，他對於披頭運動的影響仍然非常明顯。有些披頭族詩人，如凱格(Joanne Kyger，她去日本後不久成為史耐德的第二任太太)、惠倫、金斯寶等都被史氏吸引也去了日本習禪。他曾經親自指導美國青年坐禪，介紹日本道場的規矩與苦修情形。史氏於三十九歲回美定居後繼續勤於寫詩與散文，其產量驚人。他曾以《海龜島》(*Turtle Island*, 1975)榮獲普立茲文學獎(The Pulitzer Prize)，攀登文學生涯高峰。他現在居住於西爾拉尼瓦達(Sierra Nevada)的山麓，仍然繼續一面修行一面勤於寫作。他最近出版的詩集有《斧頭柄》(*The Axe Handles*, 1983)、《留在雨中：新詩》(*Left Out in the Rain: New Poems*, 1985)和《沒有大自然》(*No Nature*, 1992)等。以他目前的身體狀況，筆者預測讀者仍可一讀史氏更新的詩作。

　　如今，史耐德已是被公認為仍然健在的一位當代美國偉大詩人，同樣的，他也是一位美國佛教與國際環保的重要發言人；和惠特曼一樣，他的人和詩是一體的；他對弘揚佛教與綠化美國，甚至綠化世界有貢獻。馬菲(Patrick D. Murphy) ❺

---

❹　同上。

❺　Patrick D. Murphy, "Introduction", *Critical Essays on Gary Snyder*, ed., by Patrick D. Murphy (Boston, Massachussetts, G. K. Hall & Co., 1991), p.2.

認為史耐德的傳記仍然有待撰寫，雖然有人曾經寫過，如司徒丁(Bob Steuding) ❻ 於1976年出版過他的傳記，但是這本傳記到底是二十年前的著作，所以難免過時；近二十年的部分的確有待補充。然而筆者認為司徒丁的傳記仍然是很值得參考。

史耐德於二十五歲時參加的「第六畫廊讀書會」，讓史氏深深感覺「朗誦詩歌是最有趣的事，它能讓詩成真；詩能具體呈現於朗誦中而不是書中」。後來他一直很注重詩的朗誦表演，常找機會親自朗誦自己的詩，好比當年佛洛斯特(Robert Frost) 那樣，他也很喜歡到處，尤其在各大學朗誦自己的詩，甚至把它錄音起來。大部分的詩歌本來都是詩人將從無聲中聽到的聲音以神來之筆寫出來的，所以最好透過朗誦讓讀者或聽者也聽到當時詩人從無聲中聽到的妙音，讀者透過這個聲音（聽覺）而不是白紙上寫的黑字（視覺）比較能直接欣賞甚至觀賞詩中的趣味。難怪史耐德與佛洛斯特都那麼喜歡朗誦自己的詩；當他們應邀專題演講時絕不會錯過機會朗誦一番自己的詩。其實很多詩人都是如此，包括臺灣的余光中在內。在1964年間史耐德在柏克萊和兩位披頭族詩人朋友，惠倫和維爾克應邀參加「麵包與詩」的廣播節目 ❼ ，

---

❻ Katherine McNeill, *Gary Snyder: A Bibliography* (New York: Phoenix Bookshop, 1983), xi. 這本是最可靠而完整的參考書目錄，只可惜編至1976年為止。後來只有零零碎碎的書目錄而已。

❼ 參照 *On Bread and Poetry: A Panel Discussion with Gary Snyder, Lew Welch, and Philip Whalen*, ed., Donald Allen (Bolinas, Calif.: Grey Fox Press, 1977)。

在節目中他們談論與朗誦詩，吸引了八百聽眾。這個廣播節目今日在柏克萊已是很有名的談論詩歌的園地。

　　有趣的是筆者第二次赴美（以ACLS fellow身份）研究期間，於1975年底曾以會員身份參加在芝加哥召開的全國「現代語言學會年會」(The Annual Convention of the Modern Languages Association)，大會安排的討論專題之一便是史耐德的詩。當時的討論會筆者雖然沒有發表論文，但得益匪淺，印象深刻。史耐德對於中國第七世紀的佛家與道家詩人寒山的興趣以及他英譯寒山的詩發表於《碎石與寒山詩》(*Riprap and Cold Mountain Poems*, 1965) 是眾所周知之事。臺灣的鍾玲特別為史氏的英譯曾發表一篇評論〈這是誰的山？史耐德的寒山詩英譯〉(“Whose Mountain Is This? — Gary Snyder’s Translation of Han Shan”, *Renditions*, 7 (Spring, 1977))。鍾玲指出史氏翻譯的寒山詩（共二十四首）以英詩而言是佳作無疑，但經與中文詩原文比較之後，史氏的主觀成分明顯呈現於譯詩中，讓人懷疑寒山的山到底是寒山的還是史氏的？美國的讀者當然無意中會讀出史氏的山，那個山是史氏和美國人所熟悉的加州北部的山。對於熟悉寒山本人與他的在中國大陸東岸的山的鍾玲而言，每一首史氏的英譯詩都值得批評一番了。看懂寒山詩原文的讀者應該都會同意鍾玲的看法。本來吾人翻譯詩成另一國語文可以說是幾乎不可能的事，譯者必須完全精通兩國語言，其間的用字、結構、語法等的微妙差別 (nuance) 都得完全瞭解，並且還要克服不同的文化背景，避免主觀的見解。史氏的英譯詩顯然忽略了原詩中的文化與地理背景，而純以自己所成長的文化以及西爾拉山的背

景為基礎英譯而成，方便了美國讀者，但也多少誤導了他們。吾人譯詩不可不慎；中譯史氏的詩時亦如此。筆者在本章中也中譯了諸多史氏的詩，雖然很謹慎但難免有些主觀成分在內，還請讀者指正。

二、 評論史耐德的參考資料

1968年是史耐德評論真正開始的一年，之前雖然有過一些書評或評論，其內容鼓勵多於批評，正式評論他尚未進入氣候；比史氏資深而年老的王紅公是最欣賞他的一位，王氏曾於1966年從不同年齡層的美國詩人同事間做了一項「民意調查」，調查當代三十五歲以下的年輕詩人中誰最傑出，結果史耐德榮獲最高評價❽。1968年是史耐德從日本回國定居的一年，當時他已出版了四本詩集，已經稍有成就，讓讀者看出他的潛力與複雜的心路歷程。於同年琶金森(Thomas Parkinson)在《南方評論》(*Southern Review*)發表的〈史耐德的詩〉("The Poetry of Gary Snyder")❾首先引起學術界的注目。琶氏的批評是正面的，一面強調以傳記與文化背景切入史耐德研究的適當性，一面攻擊新文學批評只做鑽牛角尖式的作品分析，忽視文化與作者生平成長背景以及寫作動機的研究方法。但是此論調立刻受立恩(Thomas J. Lyon)的反駁❿。

---

❽ Murphy, ed., p.5.

❾ 收錄於Murphy所編*Critical Essays on Gary Snyder*。參照❺。

❿ "Gary Snyder, a Western Poet", *Western American Literature* 3 (1968): pp. 207－216.

筆者認為要研究像史耐德這樣的詩人，新文學批評固然能深入探討詩中的詩學運用、文學價值、寫作技巧、文字、象徵、意象等的巧妙運用，但從文化、社會、作者成長背景以及寫作動機切入更能廣泛觀照詩中所傳達的訊息與作者的終極關懷。

但立恩於 1970 年也發表了一篇正面批評史耐德的論文〈史耐德的環保觀〉("The Ecological Vision of Gary Snyder")[11]。他認為史耐德在美國以及西方的環保觀念上形成一股強大的力量，他不再強調純以新文學批評的審美方法去研究史耐德，而將詩人的詩作、思想、文化、社會以及生平背景看成一體做整合性的研究。筆者贊同他的如此轉變。同年保羅(Sherman Paul) 發表一篇長文〈瞭望冥思小舍〉("From Lookout to Ashram: The Way of Gary Snyder")[12]，作者將焦點置於史耐德的散文，尤其《地球上的一家人》(Earth House Hold) 而說：「我不知道梭羅以外還有誰能那麼徹底地影響像史耐德那樣的野蠻人，也不知道還有誰能影響史耐德這樣的詩人。」他將史耐德的原始性與獨創性視為與梭羅的相似。

翌年出現兩本評論是值得注意的。一本是《史耐德的〈神話與教本〉的一些註釋》(Some Notes to Gary Snyder's "Myths & Texts")[13]，它研究史耐德詩中的亞洲典故、用字的定義與解釋。另一本是亞爾門(Bert Almon)的〈史耐德的想像〉("The

---

[11]　收錄於Murphy ed.。

[12]　同上。

[13]　Howard Mclord, *Some Notes to Gary Snyder's "Myths & Texts"* (Berkeley, Calif.: Sand Dollar, 1971).

Imagination of Gary Snyder")是美國第一本研究史耐德的博士論文，它多少提昇了史耐德的學術地位。

值得中國讀者特別注意的是於1972年葉維廉所編的《隱藏著宇宙：王維的詩》(*Hiding the Universe: Poems by Wang Wei*)⓮，在他自己寫的序文中他示範王維詩的中國風格，而在另一篇〈古典中國詩與現代英裔美國詩〉("Classical Chinese and Modern Anglo-American Poetry")⓯，葉維廉詳談史耐德；那時批評家普遍承認要談論史耐德與他的東方影響時不可省略他的日本經驗。吉真(Julian Gitzen)的〈史耐德與慈悲的詩〉("Gary Snyder and the Poetry of Compassion")論述精彩，但作者似乎對於禪佛教的教義有所誤解⓰。後來的評論家都很注意影響史耐德的禪佛教所屬宗派。據筆者所知當時影響美國作家的宗派不外就是禪宗五葉中的臨濟宗或曹洞宗；影響史耐德的是前者。

1975年是史耐德評論的一個高峰，因為那一年12月在芝加哥召開全國「現代語言學會」的年會，大會特別安排專題討論史耐德（筆者有幸以會員身份也參加了盛會）。很顯然地那次年會大為提高史耐德的聲望。有趣的是約於同年臺灣

⓮ ed. and trans., Wai-lim Yip (New York: Grossman Publishers, Mushinsa Books, 1972).

⓯ Wai-lim Yip, "Classical Chinese and Modern Anglo-American Poetry: Convergences of Language and Poetry", *Comparative Literature Studies* 11 (1974): pp.21－47.

⓰ Julian Gitzen, "Gary Snyder and the Poetry of Compassion", *Critical Quarterly* 15 (1983): pp.341－357.

的林耀福在《淡江評論》(*Tamkang Review*) 上發表一篇以英文撰寫的論文〈「山是你的心」：史耐德詩中的東方哲理〉("The Mountains Are Your Mind": Orientalism in the Poetry of Gary Snyder)❼。他的結論是世界的保存在荒野，而史耐德的詩是重新創造荒野在心中，所以他的詩是為人類生存而寫。多麼精闢的評論！其實這也是史耐德對人類的終極關懷。林耀福真懂得「觀照」「文字般若」啊！筆者曾在討論愛默生的那一章裏說過「觀照」便是「解構」也，所以林耀福的結論便是說明他成功地解構了史耐德的詩。

司徒丁的《嘉瑞・史耐德》(*Gary Snyder*)❽是到1976年為止最完整的一本史耐德的傳記，詳細介紹詩人的成長過程與他的日本經驗以及1976年以前發表的作品。但是這本傳記的主要缺點是內容過時，因為近二十年來史耐德出版的作品未能納入介紹；另一個缺點是司徒丁似乎不甚瞭解史耐德詩中的東方影響；但此書仍然有它的價值，作者補充最新資料是迫切需要的。至於鍾玲評論史耐德的英譯寒山詩在前一節已提過，在此不再重複，不過那是1977年春天之事。本來史耐德英譯寒山詩未曾引起廣泛注意，但鍾玲的論文不久卻引起學者們談論翻譯的問題❾。

❼　*Tamkang Review*, Vol. VI, No. 2 & Vol. VII, No. 1, Oct. 1975 – Apr. 1976.

❽　Bob Steuding, *Gary Snyder* (Boston: G. K. Hall & Co., 1976).

❾　例如，Don Mcleod, "Some Images of China in the Works of Gary Snyder", *Tamkang Review*, 10 (1980): pp.369–383；和Lee Bartlett, "Gary Snyder's Hanshan", *Sagetrieb*, 2 (1983): pp.105–

於1977年康安(Robert Kern)發表兩篇文章❷討論史耐德的詩學指出其中的現代主義與結構主義，進而暗示其為早期後現代主義或解構主義，因他認為史耐德的語言不能代替真實❹，但是史耐德是不是一位解構主義者或後現代主義者有待定論。亞爾門 (Bert Almon) 的〈史耐德近作中的佛教與能量〉("Buddhism and Energy in the Recent Poetry of Gary Snyder")❷是值得注意的，因亞爾門論及史耐德所受的佛教影響與詩學的關係，並指出史耐德在不違背佛教教義之下他能表示拒絕與忿怒；其實佛教是講究隨緣的，在一切隨緣的情況下還能表示忿怒是不可思議的。終於在1979年亞爾提亞瑞(Charles Altieri)說史耐德是後現代主義者，他的宗教態度亦是❷。

八〇年代初期康安的一篇〈韻律學中的靜默〉("Silence in Prosody: The Poem as Silent Form")❷，其題目本身已經是

110；以及 Jacob Leed, "Gary Snyder, Han Shan, and Jack Kerouac", *Journal of Modern Literature*, 11 (1984): pp.185－193。

❷ Robert Kern, "Clearing the Ground: Gary Snyder and the Modernist Imperative", *Criticism* 19 (1977) 和 "Recipes, Catalogues, Open Form Poetics: Gary Snyder's Archetypal Voice", *Contemporary Literature* 18 (1977)。

❹ Kern, "Clearing the Ground", p.171.

❷ 收錄於Murphy ed.。

❷ Charles Altieri, *Enlarging the Temple* (Lewisburg, Pa.: Bucknell University Press, 1979), p.128.

❷ 收錄於Murphy ed.。

很吸引人的，因為詩中的寧靜是禪詩的特色之一；禪詩是點到為止的無聲之詩，恰如禪畫，它也是靜默，簡單幾劃留下很大的空間，但妙空中卻是無盡藏。然而靜默如雷啊！只有詩人或有慧根的人始能聽得見。後來的兩篇：諾頓(Jody Norton) 的〈無的重要性：史耐德詩中的無與起源〉("The Importance of Nothing: Absence and Its Origins in the Poetry of Gary Snyder") ❷和馬丁(Julia Martin) 的〈連結的模型：史耐德後期詩作中的隱喻〉("The Pattern Which Connects: Meta-phor in Gary Snyder's Later Poetry") ❷，引申寧靜與空的詩學以及表意文字(Chinese ideogram)的重要性與俳句的韻律學，這些都以解構主義的觀點去分析討論；馬丁更應用了女性主義理論與暗喻討論史耐德複雜的詩學，以滿足後女性主義者的需求。1987年喬治羅斯(Peter Georgelos)提出一本高難度的碩士論文〈在史耐德詩中後結構主義之「軌跡」〉("Post-Structural 'Traces' in the Work of Gary Snyder")，預計讀者在不久的未來可讀到他或其他學者更精闢更深入研究同樣課題的博士論文 ❷。目前筆者查到的有三本最近的評論與選文集：一本是馬菲(Patrick D. Murphy)於1991年所編的《評論史耐德的論文集》(*Critical Essays on Gary Snyder*)，其中一部分的論文在本節中已簡略介紹過；另一本是頓金森 (Carole Tonk-inson)於1995年所編的《天空般的心：佛教與披頭時期》(*Big Sky Mind: Buddhism and the Beat Generation*)介紹佛教與披頭

---

❷　同上。

❷　同上。

❷　Murphy ed., pp.14－15.

時期詩人的因緣以及這些詩人的代表作；另一本是詹森與保羅尼克(Kent Johnson and Craig Paulenich)於1991年編，由史耐德撰寫引文的《一個月亮下：近代美國詩中的佛教》(*Beneath a Single Moon: Buddhism in Contemporary American Poetry*)。以上這些是有關研究史耐德詩作的最近參考書。另外據馬菲自己承諾他的下面一本書《瞭解史耐德》(*Understanding Gary Snyder*)已近完工❷，讀者可期待一睹為快。

三、史耐德與禪學的因緣

　　為了要欣賞史耐德詩中的禪趣，筆者認為深一層瞭解史耐德與禪學的因緣是絕對需要的。史氏與佛學的因緣始於他小時候已具有的慧根；他的愛好大自然、中國與日本的禪畫、英國浪漫詩、梭羅的超越主義生活方式、中國唐朝詩人寒山、中國與日本禪詩等都促進他與佛學因緣成熟。他對於大自然的愛好是所有他後來寫詩動機與理念的根源，這與他小時候成長在保存大自然原貌的華盛頓州有很密切的關係；他與梭羅一樣對於大自然的種種包括動植物之百態、季節之演變，瞭若指掌；他簡直是動物學、植物學、氣象學、天文學、大自然現象學集於一身的又野蠻又斯文的專家學者。難怪琶金森說，「如果他被放在一個最偏僻的荒山中，身上雖然只有一把小刀，不到兩個禮拜的時間，他便可從深山中興高采烈的出現，充滿著新的經驗，而毫不減少他的體重。」❷ 就好像

❷　同上，p.15。

❷　Thomas Parkinson, "The Poetry of Gary Snyder", *The Southern*

不久前一部《第一滴血》(*The First Blood*)電影中扮演主角的席維斯史特龍，他受過極為嚴格的海軍陸戰隊訓練被派參加越戰，退伍歸來遭遇國內警察之歧視與冷漠，一氣之下逃入荒山中與警察對抗，洩恨報仇的故事；他與史耐德一樣是一位可愛的「野蠻人」。他可以獨自在大自然中不但能生存並且體力愈來愈旺盛。

　　很多人，包括狄奇(James Dickey)在內 **❸⓪**，錯以為史耐德的禪是那種瓦茲 (Alan Watts) 所下過定義的披頭禪 (Beat Zen) **❸①**。其實史氏的禪應該屬於瓦茲所謂的「正統禪」(Square Zen)，因為他於二十六歲時赴日入佛門正式接受日本臨濟宗太田禪師正規的嚴格訓練 **❸②**，一直到他三十九歲時才回美定

　　　　Review, 4 (July 1968), p.617.

❸⓪ James Dicky, *The Suspect in Poetry* (Madison, Minnesota: The Sixties Press, 1964), p.103.

❸① 參照第七章**❾**。

❸② 參照Gary Snyder's "Spring Sessin at Shokokuji," *Chicago Review* 1958, Zen Issue。在此文中史耐德描述日本臨濟宗禪寺訓練徒弟修禪的方法；一年當中禪寺舉辦數次「攝心」的為期七天的所謂禪七，很多其他法會或儀式都因而停辦；打禪七期間所有修禪者必須於清晨三點晨鐘一響就起床，整理內務，以冷水洗臉刷牙，穿好草製拖鞋，走進禪堂坐上禪墊，開始打坐，一路禁語，不准有任何聲音；打坐期間不准打瞌睡，更不能睡著，如被發現，指導的法師會以香板輕輕打背膀或用力推出坐墊倒地；每天兩三次師父會叫徒弟去參禪問及對於公案的瞭解。雖然每天打坐到晚上十一點便可就寢，但有些徒弟繼續練習打坐兩小時深恐趕不上別人而挨師父痛罵。這種訓練方式完全是斯巴達式的，有人會因

居。原先非常嚮往梭羅那種簡樸無慾的生活方式的史耐德經日本臨濟宗禪師的嚴格訓練後，不但已能體會梭羅的超越主義生活的價值完全與禪的生活價值一致，而且確認現代美國人很少能真正領會這種以更少物質慾望與執著來維持生活的價值與品質。其實，對於史耐德而言，禪已經是生活，換言之，他已能將禪落實於生活，進而將禪落實於他的文學生涯，呈現於他的詩歌中。他的禪與他的詩，正如元好問云：「詩為禪客添花錦，／禪為詩家切玉刀」有很密切的關係，所以史耐德因禪使他的詩更能呈現心靈調適得當的詩句，有深度與終極關懷的內涵，因詩更令人欽佩他與眾不同的高超道德情操與悟境。

史耐德赴日苦修之前，已從梭羅的《湖濱散記》學會了類似「為學日益，為道日損，損之又損，以至無為，無為而無不為」的道家哲理。史氏以「以更少來成長」(Grow with less) 說明減少慾望，簡化需要，簡化到絕對最底限度❸的秘訣。這也是禪者簡樸生活的秘訣。所以史氏的超越主義是以梭羅為榜樣，以東方的禪為生活的模式。從〈佛教與即將來臨的革命〉("Buddhism and the Coming Revolution")一文中吾人可體會到史耐德對佛教的了解之深，他說：

> 西方的慈悲一向都是在社會革命；東方的慈悲一向都是在個人內視自己心內了解自性空觀。我們兩者都需要。

而中途而廢。

❸ 參照 *Turtle Island*, p.104，以及 "Changes", *San Francisco Oracle*, February, 1967, p.7。

兩者都包含在傳統的佛法三學（戒定慧）中。「慧」是
愛心的直覺知識，藏在自我推動的焦慮與侵犯性下。
「定」是潛入心內尋覓自性，一而再再而三地，一直到
你住於其中。「戒」是將此自性帶回生活中，以身作則，
終於對「眾生」真正的僧團負責。❸

史耐德也認同東西方智慧相遇必然是世界之福；社會之亂源
在於東西方智慧一直未能相遇，共同解決人生的問題。

　　大自然與禪一樣在史耐德精神領域與知性的發展上扮演
同等重要的角色。他和梭羅都與大自然打成一片成為互不可
分的部分，如果梭羅在《湖濱散記》裏宣言說他自己是部分
樹葉部分蔬菜的雛型，史耐德在《山河無邊》(*Mountains and
Rivers without End*) 裏他說他是樹木、岩石和動物的一部分。
愛好大自然的人都能和道家一樣證入天人合一的境界，又和
佛家一樣證入物我合一的意境。史耐德之與大自然似乎比梭
羅更深入一步，因為他能活在禪裏面。大自然對於史耐德而
言是一種龐大的力量直接衝擊他的心靈導致神秘經驗，於是
他歌頌：

　　一個花崗石山脊

　　一棵樹，就夠了

　　或甚至一塊岩石，一條小河

　　一片樹皮碎在池塘裏。

　　一層層的山折疊穿過

---

❸　Tonkinson, ed., pp.178－179.

堅靭的樹擠滿了

稀薄的石頭裂縫上

巨大的月亮掛在高空中，太多了。

心靈徘徊。一百萬個

夏天，寧靜的夜晚，暖和的

石頭。天空蓋過無止境的山脈。

所有舢板帶著人味

靜靜地流走，硬石搖動

甚至沈沈的現在好似要消弱

這顆心的泡沫。

文字與書本

像暗礁那邊的小河

消失於乾旱的天空中。

一個清醒的心

沒有意指什麼，只是

看到的真的看見了。

沒有人喜歡岩石，但是我們在這裏。

夜晚帶著寒意。一個輕輕的聲音

在月光中

溜入木星的影子裏：

在那裏不被看見

是豹或小狼

以冷酷而驕傲的眼睛

看著我起來而走。("Piute Creek") ㉟

㉟　Gary Snyder, *Riprap & Cold Mountain Poems* (San Francisco:

眼前的大自然衝擊著詩人的心，於是心靈開始徘徊，沈沈的現在這一時刻吹走了心中的泡沫，心中的泡沫如雜念，多年累積的執著終於被淨化，此時代表人類文明的文字與書本已消失於天空中，失去了它的意義，所有帶著人味的舢板已歸去；神秘經驗的障礙也因而已全部解除，剩下的是一片寧靜孤獨適合於順暢而自由自在的心靈之旅。只在荒野中一個人始能享受真正的自由，因為在荒野中沒有歷史，沒有文化，而文明無存在之餘地。於是史耐德和梭羅一樣離開城鄉走入森林，做了類似的「獨立宣言」，獨立於文化、文明、鄉鎮、人群、學校、社會。這也是史耐德的個人主義、自立哲學以及超越主義，但與愛默生和梭羅不同的是他是道地的禪者。

四、史耐德詩中的禪趣

在所有維持並推展潘得(Ezra Pound)所創始的一種現代主義的近代美國詩人當中，史耐德是很特別的一位真正從東方，尤其日本與中國尋覓新的創作方法。他所尋覓的是表意文字詩人(Ideogrammic Poets)所使用的古文體。以表意文字著稱的中國古詩（尤其五言、七言絕句）和日本古詩（尤其俳句）的特徵是觀念必須落實於東西上以呈現意象。二十世紀初葉美國現代主義所推動的意象運動，實則以呈現的意象取代以往的抽象觀念的一種受東方古詩影響的文學運動。史耐德受此影響遠比早期的意象主義者如潘得或威廉斯(William Carlos Williams)更要深遠，主要是因為他在柏克萊主修中文

Four Seasons Foundation, 1969), p.6. 引自本版以*Riprap*簡稱之。

和日文，並親自去日本學習語文與禪學前前後後有十三年之久（並且日本太太的協助有莫大的助益），所以他的中日文和禪學造詣不但能讓他完全了解表意文字在中日古詩中的奧妙運用。難怪中日古詩的尖銳意象在史耐德詩韻律中被應用得非常明顯，在這一方面史耐德實際將美國現代主義再往前推動一步，導致八〇年代的一些學者，如本章第二節所提及者，開始以解構主義的觀點分析討論史耐德的詩歌，以進一步的觀照史耐德對於現世人類與環保的終極關懷。

至於中國古詩的五言或七言絕句如何以表意文字將抽象觀念以意象的手法落實於實際的東西上的中國詩學，讀者可參照林耀福等數位學者的評論❸，在此因限於篇幅不加於解說。史耐德說他以詩人的身份視地球上最古老的東西為最有價值，他在心中總記得歷史和荒野以詩歌呈現事物的真象，以挽救我們這個時代的無知與不平衡❸。他以他的中日文以

---

❸ Lin Yao-fu, "'The Mountains Are Your Mind': Orientalism in the Poetry of Gary Snyder", *Tamkang Review*, Vol. VI, No. 2 & Vol. VII, No. 1, Oct. 1975 — Apr. 1976, pp.366 — 387; James J. Y. Liu, *The Art of Chinese Poetry* (Chicago: University of Chicago Press, 1962); Wai-lim Yip, *Ezra Pound's CATHAY* (Princeton: Princeton University Press, 1969)，第一章講中國詩的部分；Lucien Stryk, *Zen Poems of China and Japan: The Crane's Bill* (New York: Anckor Press, 1975); Yuan-yin Chen, "Zen Experience in Poetic Form", *Tamkang Journal*, No. 26, May 1988, pp.307 — 329。

❸ 參照David Kherdian, *Six Poets of the San Francisco Renaissance: Portraits and Checklists* (Fresno: Giligia Press, 1967), p.52。

及佛學造詣，以表意文字呈現意象的手法引起披頭時期詩人
注意與提高環保意識。他以個人工作經驗，如鐵路工人、樵
夫、山區守望人，專心投入於詩的創作；他很清楚地描述他
第一本詩集《碎石》(*Riprap*)的方法如下：

> 《碎石》真的是一種受西爾拉尼瓦達(the Sierra Nevada)
> 的地質與馬路勞工日常撿花崗石放在硬平板上做成緊
> 緊的圓石子路的粗工影響的詩。「你在做什麼？」我問老
> 馬起板克斯。──「以碎石築基啊。」他說。他選擇自
> 然的岩石是完美的──結果將像打扮好的石頭塞進裂縫
> 中。走呀，爬呀，以雙手來做。我設法寫出又粗、又簡
> 單、又簡短的文字，以複雜的思想埋在表面紋理更深處
> 的詩行。這種詩行部分受我正在閱讀的五字和七字一行
> 的中國詩影響。這種詩刺激了我的心。❸

史耐德的這一段話也是在闡釋他的詩學觀，他將此理論應用
於《碎石》中，其實讀者在他後來的詩集中也能看到印證。
在詩中，以「以碎石築基」的工作好似重新創造事物的永遠
往前走，是未曾被知性注定的次序，自由伸展至未知地帶，
從遇見的原始地形直接浮現詩的格式與語言。以碎石築基的
動作好比在心思之前以文字寫在白紙上自然形成韻律，如在
描述世界上真正的東西，史耐德以「人們」代表它們以說明
東西的本來面目，如「站著的樹人」(Standing Tree People)、

---

❸　Donald M. Allen, ed., *The New American Poetry* (New York:
　　Grove Press, 1960), pp.420－421.

「飛著的鳥人」(Flying Bird People)、「游泳的海上人」
(Swimming Sea People)，詩沒有預先設計的意義或觀念；它
們只是在真實中的它們自己。它們像以碎石築成的道路，踏
在上面，心靈開始旅行。下面《碎石》中的一首印證這一點：

> 寫下這些字
> 在你的思路之前像岩石般。
>
> 　　　　穩穩地，用手
> 選好的地方，按置於
> 心身之前
>
> 　　　　在時空中：
> 樹皮、樹葉或牆壁之堅固
>
> 　　　　東西的碎片：
> 銀河的卵石，
>
> 　　　　迷路的天體，
> 這些詩，人們
>
> 　　　　遺失的小馬
> 拖著馬鞍——
>
> 　　　　和岩石上的足跡……(Riprap, p.30)

詩人的思路必須踏在岩石上的足跡，維持人生經驗與真實人
生避免溶入抽象的空氣中。寫出來的詩行必須是如此心路之
訓練結果；訓練是一種切玉刀，將玉切得恰到好處成為一首
印證他詩論的如中國五言和七言絕句那樣意象鮮明的好詩。
史耐德以碎石築基有節奏的動作中全身投入寫他的詩，這是

禪的忘我意境，正符合元好問的「詩為禪客添花錦，禪為詩家切玉刀。」史耐德在日本學的禪與讀過的中日古詩正成為他的切玉刀。他在詩中所用的每一個字是詩人心目中的碎石，也是文學上的碎石，「又粗、又簡單、又簡短的文字」酷似中國絕句中的每一個字。下面一首也很像中國絕句，雖然每行不限字數：

　　　　下面的山谷煙霧
　　　　三天的熱，五天雨後
　　　　瀝青的熾熱在樅樹毬果上
　　　　跨過岩石與草地
　　　　新蒼蠅成群。

　　　　我不記得我讀過的東西
　　　　一些朋友，可是他們在城裏。
　　　　以錫杯喝著冰冷雪水
　　　　看下幾里路
　　　　透過又高又靜的天空。("Mid-August at Sourdough Mountain Lookout", *Riprap*, p.1)

整首詩沒有抽象的字眼。觀念或意義全部以具體的生活經驗中的用語意象化；每個字是岩石，類似以中國的表意文字表達盡量減少語法作用的字，甚至動詞也差不多不見了，有的話也是雙關語，動詞名詞兩用。第一節的每一行均由兩個成對的字或「岩石」並列，如「下面山谷」、「煙霧」、「三天

熱」、「五天雨」、「瀝青熾熱」、「樅樹毬果」、「岩石與草
地」、「蒼蠅成群」；這種將兩個相關名詞並列的手法是中國
五言和七言詩的特色，現以張繼的七言絕句為例：

> 月落烏啼霜滿天，
> 江楓漁火對愁眠。
> 姑蘇城外寒山寺，
> 夜半鐘聲到客船。

上舉《碎石詩》的第二節中詩人終於進場給荒野帶來人的氣
息，他希望能在大自然中尋找悟境；他已不記得過去讀過的
書與老朋友，他們都留在城裏過著俗世的生活；惟有詩人自
己獨自得以淨化多年來累積的我執與雜念，解脫了世俗進入
寧靜的心靈世界；最後三行詩人的禪已是他的生活了。心已
是超然，水是純潔不受污染的冰雪水，空氣清高，他的視界
已無限如天空。詩人守望的山如仙境，時節影射著中秋。這
首詩的前半是中國七言絕句的精華，下半簡直是禪詩。兩節
整合起來好似一首中國古禪詩。史耐德寫此詩時的心境寒山
似可代為註釋曰：

> 重巖我卜居，鳥道絕人跡。
> 庭際何所有？白雲抱幽石。
> 住茲凡幾年，屢見春冬易。
> 寄語鐘鼎家，虛名定無益。

大乘佛教是以自渡渡他慈悲為懷的菩薩精神為標榜，普渡眾生是基於慈悲與眾生皆有佛性的理念，所以視眾生為兄弟，與人無所分別；天人合一與物我合一能使自己感覺與眾生無所區別；他能與包括動植物在內的眾生生活在一起與之打成一片，進入莊子夢蝶的意境是常有的事。史耐德亦曾體驗類似的意境而歌頌：

> 陽光之壓力在岩石邊
> 我眩暈昏頭二級跳下階，
> 卵石堆喳喳在木星影下，
> 今年的響尾蛇嘎嘎牠的小舌
> 我跳起來，笑對玉石色盤繞一圈——
> 被熱衝刺跑過碎石路來到小河
> 重重摔倒拱門牆下
> 頭與背膀浸入水中：
> 全身伸張在卵石山——雙耳轟響
> 眼睛睜開忍受冰冷面對鱒魚一條。("Water", *Riprap*)

史耐德在大自然中享受著孤獨，觀察著細小如響尾蛇的舌頭，他的四周皆兄弟，浸入水中面對鱒魚與之為友，自由自在享受物我合一，忘我的境界，甚至進入類似莊子夢蝶的夢境，不知他是魚還是魚是他。這是史耐德親自體驗到的原始人般的神秘經驗與大自然成為一體。

有趣的是《碎石》詩集中讀者亦可讀到像下面這一首傳達史耐德經驗如棒喝而證入頓悟的訊息：

……踏在冰塊上

路邊已冰凍的池塘。

它嘎嘎響

下面白色空氣噴出，長長的裂縫

在黑暗中隱約可見，

我拴著的爬山鞋

滑倒在滑溜溜的冰塊上

——像薄冰——突然

感覺那一句老話成真——

剎那間，冰凍的葉子，

冰水，和手裏的東西。

「像走在薄冰上……」

我向朋友大聲喊，

它破了而我掉下

八吋深。

這一首的禪趣讓筆者聯想到日本俳句詩人芭蕉的那一首家喻戶曉的「古老一池塘，／青蛙跳進水中央，／撲通一聲響」。這一首俳句中一片寧靜，有池塘，有水，有水聲；是青蛙跳進池塘的水聲打醒了詩人證入頓悟，同樣地，史耐德的詩中也是一片寧靜，有池塘，有水，有水聲，只是此池塘是結冰的，水聲是上面冰塊破裂的聲音，不是青蛙跳入水裏的聲音，而是詩人不小心掉入冰水裏的聲音，詩人被破冰聲打醒進而掉進池塘裏八吋深而頓悟了；芭蕉在池塘邊不必掉入水裏而只是聽到青蛙跳進水裏的聲音便頓悟了，可見史耐德的頓悟

更為深刻，因為他得掉入冰水裏「受洗」一番。那一句「老話」指的是臨濟宗參禪時常用的棒喝，這一下史耐德被冰塊破裂聲「棒喝」了一下，接著全身掉入冰水中，深深證入悟境，解開了一則公案之謎。

史耐德的另一首也是值得品嘗的：

　　　……我看到

閃爍，而發現一雪片

黑燿石般——

在花朵邊。手與膝蓋

推開養熊草，數千

箭頭足跡經過

一百碼。沒有一個

好頭，只是刀片般的雪片

在除夏天整年下雪的山，

胖胖的夏鹿園地，

牠們來露營。順著

牠們自己的嗅跡。我跟著

我自己的足跡。撿起鑽孔機、

十字鎬、千斤頂和一袋

炸藥。

一萬年。

在這冰天雪地的大自然中詩人看到雪片、養熊草、山、鹿園；詩人看到自己和那些夏鹿有何兩樣，雖然自己還得攜帶那麼

多器材在荒野中始能生存，但看到野獸在眼前不用任何文明產品便能生存的原始蠻荒的自然生活；他和野生動物之間看似有一萬年的距離，但他們現在如此接近，恰如這一萬年只是一剎那，他們不也溶入在一起，物我合一，毫無時間間隔，詩人已是大自然的一部分，與野鹿有何兩樣？這便是此詩的禪趣，讀者應不難體會。

《碎石》雖不是一本主題很一致的詩集，但每一首詩中的禪趣是一致而鮮明的。它是一本詩人解脫世俗在山中與大自然打成一片，得以淨化心靈，經神秘經驗屢次頓悟的「文字般若」，以詩歌傳達心靈之旅的偉大經驗。讀者必須懂得「觀照」以明瞭其中實相與詩人對人類的終極關懷。史耐德的第二本詩集《神話與教本》的主題比較複雜但比較有統一性；詩人抱怨自然生態被污染與破壞，他已看不到《碎石》中所描述的完美環境了。他擔心荒野將會絕跡，心中的大自然將完全變質，人的心靈不必經過戰爭將會腐蝕；當他想及環境被破壞的原因時他甚至惡言漫罵。在詩集中漫罵之餘，他不忘呼籲重建已受損的自然生態與心靈之調適。詩集分三部分：「伐木」、「狩獵」和「燃燒」規劃自然環境之重建。第一部分「伐木」檢討森林被破壞與伐木人的心態；第二部分「狩獵」表達人只是動物，說明古時候的狩獵情形，指出原始人在荒野中的心態；最後一部分「燃燒」將荒野變為詩人急想創造的大自然神話，夢想著將已遭破壞的大自然回復原貌，如下面一首所描述：

松樹睡著，杉木直直地伸展枝葉

花兒砸碎柏油路。

　　　　八大山人

（見證了明朝沒落的畫家）

　　　　住在樹上：

「畫筆還可畫山水

雖然原來山地已不再。」(*Myths & Texts*, p.15)

史耐德在華盛頓州與奧瑞根州親眼看到的伐木作業如何破壞森林的慘境在詩中表露無遺，感嘆著「每天以伊甸園開始以地獄結束」❸❾。詩人所見到的是迅速工業化的美國西北部。他嘆息而道：

　　每一個黎明是晴朗的

　　冷風刺痛喉嚨。

　　濃霜在松樹枝頭

　　跳開樹木

　　被柴油抓扯

　　在水平線上的朝陽中

　　　　　漂浮發光。

　　在凍結的草地上

　　　　　冒著煙的圓石頭

　　　　　被鋼鐵的蹤跡碾磨。

　　在凍結的草地上

　　　　　野馬站著

---

❸❾　Lin Yao-fu, p.373.

松樹排列在那邊。

怪手耕過檄樹，

挖掉松樹苗

花栗鼠都跑走了，

一隻黑螞蟻背著一顆小蛋

盲目地從糟蹋的地面上逃走。

黃色夾克成群而環繞著

被砍下的死木頭，他們的家。

從仍然站著的剝皮樹

滲出松脂，

搗碎的灌木逸出怪味。

木屋用的松樹是易毀的。

露營盜賊爭著觀望。(*Myths & Texts*, pp.9－10)

詩人不加以任何評論，一副無奈，事實就是如此，他能怎樣呢？為了多蓋房子與高爾夫球場，建築商和資本家亂砍樹林，不顧環保，破壞自然生態。每天黎明時候工人尚未開始挖土砍樹之前是美好的，但到了傍晚大自然原貌已不再，全給破壞了，都是為了工業化，為了經濟發展。必得犧牲大自然，環保已不被重視。做為一個小老百姓只覺無奈，史耐德更覺如此，但他還能以神來之筆以詩歌呼籲一番，為救大自然，為救人類心靈啊！以經濟發展為標榜，大自然遭遇殘酷無情的破壞了。目前臺灣正是如此，史耐德的呼籲，但願也能影響臺灣的資本家與工商業者。是保存大自然原貌重要？還是經濟發達重要？值得吾人深思。保存大自然之優美就是維持

人人心靈之純真和崇高的道德意識；破壞大自然以求經濟發達只會帶來個人私慾高昂、社會混亂、社會問題叢生、道德意識低落等；這些筆者相信都是史耐德所擔憂的，透過他的詩，他希望在心靈的提昇方面和環保方面能有所改善，這便是他的終極關懷，也是他的大慈大悲的心；如此說來，他不也是又一個美國菩薩嗎?(讀者應還記得筆者在談論愛默生那一章中曾說過愛默生是一位美國菩薩。)

　　史耐德繼續感嘆：

　　森林下來了

　　　　　　被砍下來

　　艾哈伯、西北爾的森林

　　松樹、瘤樹枝

　　　　　　厚毬果和種子

　　　　　　此西北爾樹，森林中的聖者

　　西米樹、海達杉

　　被以色列的預言家砍下來

　　　　　　雅典的仙女

　　　　　　羅馬的刺客

　　　　　　　古代與現代；

　　被砍下來以開發郊區

　　被路得和威爾好薩軋平

　　橫鋸和連鋸

　　　　　　成各種形狀

　　樹都下來了

> 山河阻塞了、鱒魚被殺死了，路也是。
>
> 耶和華的鋸木廠廟
>
> 冒出黑煙一百尺高
>
> 送出燃燒的煙
>
> 樹液和樹葉
>
> 刺激著急切的鼻子。(*Myths & Texts*, p.14)

這是史耐德無奈的怒吼，眼看樹都被砍下來了、小河阻塞了、小河中的魚都死了、路也坦方了，他能不生氣嗎？他進而責備貪心的基督徒開拓者：

> 讓我看不慣的是那些殘株
>
> 他們對樹林做了什麼了？
>
> 這些基督徒們出去拯救靈魂卻奪去土地
>
> 「他們從十字架上偷走耶穌
>
> 　　　　如果他沒有被釘在上面」
>
> 猶太人做過的
>
> 最後一次端正的木工。(*Myths & Texts*, p.11)

總而言之，亂砍樹木，破壞自然環境，根本違反修禪的行為。為經濟發展滿足資本家或企業家的貪念而破壞大自然是違反天人合一與物我合一的崇高理念；這種行為破壞心靈平衡，刺激無明慾火，加劇貪瞋痴三毒，引起社會不安，惡性競爭，加強我執，各種負面的社會問題因而產生；滿懷慈悲心的史耐德不憤慨萬分嗎？有時打抱不平或忿怒也見於禪趣中，因

為這種讓人生氣的事違反禪道。

《神話與教本》第二部「狩獵」中的詩讓人解脫自繭，面對大自然，將人置於野生動物圈中，回到人類形成文化與語言之前的原始蠻荒時期；狩獵本是原始人的生存本能與基本需求，成為狩獵人他最能接近原始世界，這是古老價值所在。泥土之肥沃、野獸之靈敏、荒野中狩獵人之機警與視力、重生之妙感、野蠻人的喜悅等都是狩獵人所崇尚的價值，樣樣與文明人相違背，是文明人所不能理解的。製作角匙也能給狩獵人歡喜與特殊意義：

　　　山羊的頭在一邊

　　　　　　製造羊角湯匙，

　　　黑色的湯匙。當火熱吹上

　　　　　　轉向頭部

　　　四天而羊毛被拔鬆

　　　　　　羊角便脫落。

　　　以手斧劈與直刀，刻進羊角底；

　　　　　　以砂石擦一擦

　　　磨光它。劈開兩根杉木枝

　　　　　　當水一開放進羊角

　　　綁在兩隻樹枝間成湯匙狀

　　　　　　以乾的角鯊魚皮再擦一擦。

　　　它將是又黑又光滑，

　　　　　　一支湯匙。(*Myths & Texts*, p.21)

這便是野蠻人生活價值；他們製作羊角湯匙之熟悉、熟練、專心、忘我的藝術意境是狩獵人之禪；詩人將此禪趣捕捉於詩中。狩獵人溶入製造羊角湯匙的工作中，腦子裏除此之外一片空白；他狩獵時亦如此，他必與狩獵的動物成為兄弟，甚至成為一體，不分彼此，已將輸贏置於度外，公平競爭，自己已溶入大自然：這種意境，普通一般人必得靠打坐或瑜珈術始能證得。在山中狩獵時獵人有時必須整天靜靜的窩在陰暗處等著隨時可能出現的獵物或危機，忘記自己是獵人，甚至忘記自己是人，自己是自己，他已是無心無我的動物了。所以狩獵已經不僅僅是狩獵而是蠻夷戎狄世界中的自然現象，這已是原始宗教，人與動物已不分，弱肉強食而已。殺生已是普遍現象，因為殺者與被殺者，無論是人還是動物，是不殺便被殺，自求生存，自求多福而已。這是原始世界的價值觀。死者等待重生，從中狩獵人或動物重新認同自己：

> 「我什麼都殺
>
> 除了野狼我什麼都不怕
>
> 從考立茲口到其源頭，
>
> 只有野狼嚇唬我，
>
> 我有酋長的尾巴」
>
> ──臭鼬鼠。
>
> 「我們把山鹿咬在嘴裏
>
> 我們把山鹿咬在嘴裏
>
> 我們弄黑了我們的臉」
>
> ──野狼之歌。

「如果我是小海豹
　　　　每一次我來了
　　我會走向海岸——」(*Myths & Texts*, p.27)

死後重生的動物仍然互相殘殺,反正都是弱肉強食為生存啊!
我們在詩中聽到的是動物的吶喊,不再只是狩獵人的自白。
史耐德詩中的動物,像人一樣,也有靈魂,例如下面詩中的
熊,牠是山神之子,長相像人,娶了一個人類的女人:

其他的人全都走下去了

從黑草莓園,可是一個女孩子

弄倒了籃子,而正在撿起她的

草莓在黑暗中。

一個高高的男人站在蔭子裏,抓著她的手臂,

帶她去他家。他是一隻熊。

在山底下的屋子裏

她生了黑溜溜的孩子

牙齒尖尖的,住在凹陷

山裏很多年……(*Myths & Texts*, p.22)

人與動物聯婚打破兩者之間的差別,反正都是大自然中之生
物,人成為美麗的動物,動物成為英俊的人;「他們之間生
的小孩便是蠻荒生命的一部分」(*Turtle Island*, p.101)。人與
動物合而為一,人類的女人看護動物嬰兒;野獸被認為也有
佛性,符合眾生均具有佛性的佛教觀念:

　　女人會抱著

　　一隻野羚羊或小野狼

　　而給牠們白乳奶喝，

　　　　　　那些在家有新嬰兒者

　　乳房仍豐滿。

　　穿著斑點的鹿皮

　　　　　　睡在樹底下

　　　　　醉醺醺的女人，

　　不管是酒或是真理，都無所謂，

　　意思是：慈悲。

　　當事人：人與野獸，野獸也

　　有佛性……(*Myths & Texts*, p.31)

　　認同人與動物合一的觀念導致人愛好動物；但狩獵人認
為狩獵而殺生是自然生態的一部分，將自己融入曠野，心態
已成動物本身，自覺殺生已不是罪過而是當然，恰如海明威
所塑造《老人與海》中的那位老人在遠海釣上馬林魚與之打
鬥三天三夜，進入四海皆兄弟之意境，已不知是他在拉魚還
是魚在拉他，他愛這條魚但他必須殺牠，其實此刻他覺得誰
殺誰都一樣，這是自然生態的現象，沒有什麼對不對的問題。
這種超然的心態已超越是非、世俗、自我，已是無我無心的
意境，是已進入所謂的禪道也。這也很像日本的武士道，如
劍道，兩人拔刀相對，眼睛凝視著對方，那一剎那，雖然緊
張，但集中的精神已蓋過緊張，互相忘我，只有一念要殺對
方，結果誰殺了誰都無所謂，反正是賭注的一命，重要的是

那一忘我、無我、無心的剎那，這便是武士道的精華所在，
原先這應該是大自然生態的一部分，是原始人、野蠻人、狩
獵人都經驗過的。那一忘我的剎那便是禪也。殺生而不覺罪
惡感的矛盾現象是認為那是自然生態的一部分：

晚上回家路上
　　　　酒醉紅著眼
仍能看見金牛座
低低地，而好像在升高：
　　　　四點雄鹿
在頭燈光線中跳舞
　　　　　在孤單的公路上
經過了貯水池一英哩，
停下了車子，射死
那隻被燈光眩目的野鹿。
挖出熱腸
　　　　　以生硬的空手
夜霜刺激了眼睛和舌頭
冷冰冰的角骨。
獵人的皮帶
　　　　　就在天空下
暖血在汽車行李箱中。
親情的味道
　　　　　柔暖的舌頭。(*Myths & Texts*, p.25)

詩中所描述的殘酷殺生行為明顯違反史耐德的價值觀。在美國公路上開車有條不明文規定，那是如果在公路開車不小心壓倒了或是壓死了動物，如野鹿，司機必須帶牠回家處理，千萬不可留在公路上不理；這是不小心發生的行為，可說無可厚非，但像上一首詩中的殘殺雄鹿的故意行為當然不可原諒，而司機醺酒開車更是罪上加罪，不管他是否狩獵人。詩中如有一點點禪趣的話，那恐怕是那位司機狩獵人原是認同原始自然生態包括殺生在內的人，並且醺酒狀態中的他已是漂然忘我，沒有自我意識，順著隨緣的心態殺死了雄鹿而毫無罪惡感，反而認為當然。以狩獵為生的獵人與原始野蠻人一樣認為殺生是應該而自然的：

> 「跟你祖母住在一起的你
>
> 我要帶著獵狗跟蹤你
>
> 在我嘴裏壓碎你」
>
> ——不是我們殘忍——
>
> 而是人必須吃啊。(*Myths & Texts*, p.19)

只要是人或是動物，為了活下去都必須吃，這是大自然生態現象；至於吃什麼，是個別的方便門了；弱肉強食是自然法則，大魚吃小魚不是常見的事嗎？在文學上而言，這是自然主義的必然現象：殺生不是殘忍，而是人必須為生存下去而吃。這是明顯違反部分佛教徒的信念；他們基於慈悲心堅決主張不殺生而要吃素。在基督教十誡裏有一誡也是不殺生，但他們不主張吃素，這是後來文明社會的規範；但當我們追

回人類歷史至石器時期，我們會發現為生存殺生是自然生態，那時的人和動物沒有什麼兩樣，互相殘殺為生存這是很自然的事，沒有什麼對與不對的價值觀；那時他們都是大自然的一部分，與之打成一片，天人合一；這不也是禪嗎？只是那時的價值觀與現在的不同而已。史耐德的上面一首詩雖然違反現在的道德觀，但他描述的是原始人的自然生態與自然行為，在這一點上詩中仍有禪趣。

　　人的下意識中的動物性，在原始時代不必受文明社會的規範，他配合自然生態可隨緣發揮，但對現代人而言，下意識中的動物性被家庭、社會、學校各方面的教育所規範與控制，一個人為要成為文明人，在社會上一舉一動必須遵守法律規範，不得有任何動物性的行為。凡事必須兼顧情理法，否則不容易被現代社會接納。《神話與教本》的「狩獵」部分將人帶入野獸世界，將人置於與野獸同等的地位，讓下意識中的野性融入動物中，彼此不分；人於是始終被下意識所控制，但在第三部分的「燃燒」，史耐德關心的是如何結束這種下意識的控制而反過來如何去控制它。詩人建議以打坐的方式做心靈之旅潛入心內的地獄，了解心中之魔與地獄之可怕，這是尋覓自性必經之路，所以下面詩中目連(Maudgalyāyana)帶路。眾所周知目連是佛陀的弟子，為救母曾下去地獄數次，所以只有他有資格領路：

　　在驚訝的眼皮下
　　夢咬著神經
　　心緊緊抓住而閉著的眼睛看見：

> 陽光下面漂浮著層層地獄,
>
> 死人之世界,巴杜,心靈世界
>
> 無陽光洞窟中的儀式之恐怖
>
> 遇見比丘遊蕩者
>
> 地獄吹來的因果風將之
>
> 吹往變化無窮的地獄,
>
> 生與死被鞭打
>
> 在這個真實的泡沫上
>
> (人的風雨世界,充滿著慾望)
>
> 寒冷吊在巨大的未知領域裏,
>
> 下面是藝術與歷史和所有人類活的思想,
>
> 玄奧與巫術罪惡樣樣真。
>
> 大自然的薄邊易破
>
> 而無助以它的愛與有知覺的石頭
>
> 與肉身,在黑暗的藥物死亡之夢裡。(*Myths & Texts*,
>
> pp.35－36)

這一下從地獄一遊回來,詩中的旅行者已徹底瞭解罪惡之力隱藏在自己心中;這個認識為恢復自性是必要的知識,除非能從心中黑暗的地獄驅除可怕的妖魔,心靈永不得安寧,所以為明心見性,史耐德認為一個人必得先屢次潛入心中探視隱藏於黑暗地獄的心中之魔,面對它,克服它;每一次靜坐是內省探險,以磨好的銳刀殺盡心中雜草;銳刀所到之處便是空觀呈現之處,開悟之門也:

雷公河和山上——

　　　　　燒起火來！

天山的雲喃喃而言

這些山就是你的心。

樹林聳立在那裏

狗吠聲和孩子們尖叫聲

從下面而起。

雨下了幾百年

濡濕了岩石

甘霖啊，火熄了

黑黑的樹根在雨中發亮

最後一條黑煙浮起

捲入火堆中

銀河的暴風雨

「虛空世界中的佛香」

黑坑般的寒冷

火焰般的龍舌

舐著太陽

太陽只是晨星啊！ (*Myths & Texts*, pp.47-48)

這顯然是史耐德自己創造的神話。根據林耀福的解讀「虛空
世界中的佛香」就是梭羅式的煙火，它象徵「黎明的使者」
宣佈真的日子即將來臨，在這日子裏心中的清澈火焰使自然
陽光失色，如梭羅自己所說，「去吧，你，我的香，從這火

爐往上飛，／去請求眾神原諒這清澈火焰吧。」❹林耀福認為
詩中神話終於讓史耐德完成重建自然生態之計劃。筆者同意
林氏的解讀，但這首詩的最後一行「太陽只是晨星」可能就
是整本《神話與教本》的中心主題，也是經過「伐木」、「狩
獵」，終於到「燃燒」三部分詩人思路的總結。史耐德影射
當年釋迦牟尼在菩提樹下坐禪六年的一天清晨看到亮閃閃的
一顆晨星而大悟大覺；詩中的「晨星」便是這一顆星。它的
「黎明的使者」宣佈真的日子即將來臨。後來真的來臨了，
因為開悟的佛陀下了山講經佈道四十九年，始有今日佛教；
從佛陀下了山那一天起，天天是「真的日子」。 讀者如能從
這個角度來看，整本《神話與教本》就是史耐德的修行過程，
從目睹自然生態之被破壞而感到忿怒，發出原野之怒吼，從
人與動物野性之共同性將他們融入於大自然中，在原始自然
生態中天人合一，到重建自然生態、明心見性的心理建設，
一連串的心路，不就是史耐德對人類與自然生態之終極關懷
嗎？琶金森，也許是從這樣的解讀，而指出「《神話與教本》
很可能成為一本神聖的書本」❹。「神聖的書本」僅次於《聖
經》，是一本心靈之旅的指南。它不但呼籲保留自然生態之重
要而且幫助人心重新建立原始荒野在心中。

　　受到中國山水畫之影響，史耐德接著於1965年寫了一本
《山河無邊》(*Mountains and Rivers without End*)，可說是上
一詩集之延續，設法修復在心中已失去的自然生態空間感，
將大自然和文化上的每一個現象融匯成一整體。有時史耐德

<hr>

❹　Thoreau, *Writings*, 1, III. 參照林耀福，頁382。

❹　Parkinson, p.625.

的空間感的確是不著邊際如佛法無邊的：

> 由此向東，
>> 十倍於佛的世界
>> 與恆河砂粒一般多
> 有一世界，它叫
>> 純潔如拉比斯拉珠利
> 它的佛叫祈禱療法師
>> 青天光輝真如。(*Mountains & Rivers*, p.38)

此詩題目為「青天」("The Blue Sky")，詩人以佛教的觀點說明何謂「青天」。 為闡釋「青天」的涵義，他向東方追溯文明源頭，人類語言之起源，以探索「青天光輝真如」、 青天般的無邊佛法、一如頓證萬法真如。史耐德《山河無邊》的空間感是何等的超然，禪趣何等地鮮明！ 其禪趣不下於下面這一首唐朝王維的詩：

> 中歲頗好道，晚家南山陲。
> 興來每獨往，勝事空自如。
> 行到水窮處，坐看雲起時。
> 偶然值林叟，談笑無還期。

文明源頭，人類語言起源是「水窮處」是真如所在；「坐看雲起」詩人融入「天人合一」忘我的境界，是「青天光輝真如」啊！史耐德學佛已到了登峰造極的程度，能不令人欽佩！

　　史耐德所關心的是人類文明之前的原始荒野，也就是王維的「水窮處」，希望在那裏「坐看雲起」。史耐德的第四本詩集《偏僻地》(*Back Country*, 1970)是以這樣的心情寫成的。「偏僻地」三字在詩中呈現三層意義：偏僻的地方、落後的地方和心中的下意識。史耐德在《山河無邊》中已將東西方哲理整合成一體於無邊佛法真如中，他能如此整合完全假藉坐禪工夫達成，他在《偏僻地》中繼續整合東西方世界於一如：

　　　　優美的小鷹飛上來
　　　　狩獵優美的小老鼠吃。
　　　　琵琶湖；高尚的杉木——與紅木一般偉大，
　　　　洋松、水杉、紅杉、糖松。

　　　　　　（去你的，所有這些文化——歷史
　　　　休羅紀之後盡是無聊。杉木像洋杉；
　　　　檜木像杉木）(*Back Country*, p.55)

史耐德認為所有這些人類歷史文化的東西都是無聊的，毫無意義可言；樹就是樹，還要分為松、杉、檜、紅木、紅杉、水杉、糖杉，它們的源頭還不是一如。對於史耐德而言，無論在東方的日本或西方的美國，它們的偏僻地都是一樣的，在那裏的生活都是一樣的：

　　遠西：　　朝陽：我吃了早餐然後去散步

到本森湖。包好午餐，

⋯⋯跳過河底圓石頭

爬上岩石三英哩

　　皮由特河——

經過陡峭峽谷冰河滑溜溜的

　　響尾蛇棲身地

跳到池塘邊，鱒魚游掠而過，

清澈的天空。山鹿的足跡⋯⋯(*Back Country*, p.19)

遠東：　踢開英雄故事

　　　背著草竹

　　　　走入叢林。

　　　拿起細杖打下蜘蛛

　　　　將我們網住四方

　　　　又黏又靭

唧唧叫；半空

　　　吊在竹葉下

　　　炎熱

　　　冒汗

　　　踢開英雄故事

如蛇般爬上山進入叢林。(*Back Country*, p.57)

在史耐德的心目中東西方已合而為一，人與大自然亦合而為一，所謂「四海皆兄弟」、「天人合一」、國父孫中山先生的

大同世界了。

史耐德下一本詩集《說到海浪》(*Regarding Wave*, 1970)，在所有史氏詩中表達萬物互相密切關聯最清晰而成功的。詩集首篇〈海浪〉的海浪是在心中的意象，比喻萬象的因緣，萬象的浪潮連結萬物，每一個人是整個環境的參與者。詩集中的其他詩都以海浪為主要意象與主題。《說到海浪》最適合朗誦，因為它的音樂性很明顯。「流水」(The Flow)讓讀者聯想國畫，如果〈海浪〉是一首禪詩，它也是一幅禪畫；詩中有畫呀。人與大自然是一體的觀念在下一首中是很明顯的：

> 羽毛波舞，
> 種子掉落。
> 在灌木上的深藍色草莓變紫色
> 濃酸、黑糕、刺激
> 　　　　嘴裏深處。
> 頭髮裡和從頭到腳
> 黏著種子——隆隆響——
> 　　　明夏的山區雜草——
> 閒逛於葡萄樹與草地間：
> 成為猛酸一個。(*Regarding Wave*, p.45)

人吃大自然裏面的東西，吃下去在體內消化成自己肉體的一部分，這是很自然的事；無論吃葷或吃素均消化於體內與之成為一體，雖然因而導致不同體質。人或動物每天不斷地吃：

吃著草的幼芽

吃著大鳥的卵子

　　　　　肉的甜味包紮

　　　　　搖動的樹林精汁周圍

　　　　　　　柔和母牛的

側腹與大腿肌肉

　　　　　小羊跳跑的彈力

　　　　　牛尾咻地響聲

吃著土中脹大的樹根

吸取活著的

　　　　一串串隱藏於葡萄中的養分

吃著互相的種子

　　　　　　　吃著

　　啊！互相

吻著愛人的麵包嘴

　　　　嘴唇對嘴唇。(*Regarding Wave*, p.17)

為了活下去，人與動物必須吃，不斷地吃，吃的是大自然裏的東西，而人與動物也是大自然裏的一部分，大家互相吃來吃去成為整體中的一部分融匯在一起，真是天人合一，物我合一也。人與大自然的神秘關係來自堅忍的根：

走過來就挖

鬆散的泥土

鋤頭柄是短的，

太陽經過的路線是長的

手指深入泥土尋找

根，拔出它；摸摸；

根好堅韌啊。(*Regarding Wave*, p. 25)

人有人的根，萬物有萬物的根，互相關聯成一有機體，生生
不息；根溶入大自然，部分變成地下水滋潤萬物，也為人類
解渴成為體內四大元素（水、火、土、風）之一，同時它像
心中的音樂淨化所有執著與雜念：

清澈的地下水

　　　　清澈的地下水

你的水輕輕地

　　　　流入我的嘴裏

潤濕了我乾乾的身體

　　　　你潺潺地流

如音樂一般

　　　　在我耳朵裏，自由，

自在地流

和你

　　　　在我裏面。(*Regarding Wave*, p.64)

人的心靈之窗終於淨化如明鏡，證入無邊天空中之妙空。此時詩人的心境已證入禪道無疑。

　　讀者不難看出史耐德的詩集一本本都是禪者心靈之旅的「文字般若」。《碎石》向東方「取經」，學禪與中國古詩十餘年影響後來的詩集；《神話與教本》提升史耐德的洞察力，以辯證結構呈現一切無常，整個自然生態被破壞與燃燒，無法挽救，只靠心理建設一途；《山河無邊》帶來樂觀與希望，因為只有無邊的天空如無邊佛法導致無量世界；《偏僻地》追溯原始荒野世界尋找「水窮處」，「坐看雲起」，禪味十足；《說到海浪》指出海浪貯存能源與天人合一之神秘感，萬物的根互相盤結成一有機體融匯成一整體，流過的水聲甚至成為音樂，淨化人心。

　　然而史耐德雖然到1970年為止出版了以上五本詩集，仍感語焉不詳，於四年後的1974年他出版了《海龜島》。他呼籲為人類生存回歸原始荒野，保存自然生態之重要，希望獲得適當回應，但他又發現連禪佛教的國土如日本與中國也加入西方參與破壞自然生態的事實，能不令他傷心？於是詩人在《海龜島》中又呼籲如何以調適心態面對危機，想想如何生存下去。現在先讓我們看看下一首：

　　而日本詭辯著

　　　　他們能殺何種鯨魚？

　　曾經是偉大的佛教國土

　　　　垂涎著水銀

　　　　如淋病

> 在海中……
>
> 啊，中國，本有老虎、野豬、
>
> 猴子，
>
> 牠們像去年的雪
>
> 消逝於霧中，一剎那，而乾硬的地皮
>
> 變成五萬輛卡車停車場。(*Turtle Island*, pp.47－48)

日本捕鯨魚是很有名的，明明是殺生行為，違反佛教五戒一條，破壞自然生態，日本人為了生存，為了經濟發達已不顧這些了。中國也一樣，不顧自然生態，現在大陸上老虎之類的野獸已差不多絕種了。史耐德覺得奇怪為什麼佛教國土也拚命地殺生呢？西方世界的殺生行為還可原諒，因為《聖經》裏的十誡之一的不可殺人誡只及於人不及於人以外的眾生。史耐德的慈悲心在此可見一斑。

　　對史耐德而言佛教不只是信仰的系統而是關懷生存的問題❷。佛教教人如何在無常世界中生存，這一點啟發史耐德最深。在整本《海龜島》中這一點是史氏想要解答的主題：

> 現在，
>
> 我們坐在森林中
>
> 挖土的地方，在我們的火爐邊看著
>
> 月亮和星星和流星——

---

❷　Gary Snyder, *The Real Work: Interview & Talks*, 1964－1979, ed., William Scott Mclean (New York: New Direction, 1980), p.83.

我的兒子們問，我們是誰？
在農場樹上採下來的乾蘋果
乾草莓，保存的肉，
草捆上的弓箭。

軍用噴射機往東北飛，轟轟響，每天黎明。

我的兒子們問，他們是誰？

　　　讓我們看看
　　　誰知道
　　　如何生存

從松樹那邊松鴉吱吱地叫。("What Happened Here Before")

海龜島是象徵整個北美的別名 (*Turtle Island*, "Introductory Note")，在此島上史耐德要試驗他的信念：「佛教是關懷生存的問題」，他相信佛教可提供答案。佛教是講無常與因緣的，所以宇宙萬物無常並由因緣而存在，萬物互相密切關聯，互相依賴；萬物中每一物有它存在的原因與價值。《華嚴經》闡明這一點最為徹底。鈴木說這是此經的中心主題❹。此經述及所謂的「因陀羅網」說明萬物如何互相關聯，密不可分。

---

❹ D. T. Suzuki, *Essays in Buddhism*, 3rd Series (London: Luzac & Co., 1934), p.77.

史耐德在他的〈佛教與即將來臨的革命〉一文中指出佛教的華嚴哲學將此世界視為一整體，其中的所有事物與眾生都有其存在的需要而必受關照(EHH, 91－92)。在另一篇文章〈詩與原始世界〉("Poetry and the Primitive") 史耐德說明因緣觀影射《海龜島》中的思路發展：「……每一個人、動物、力量都透過輪迴之網互相關聯，經過重生互相創造新生命……」(EHH, 129)。

史耐德在日本更學到佛教與自然生態的密切關係而所謂的「因陀羅網」便是自然生態的現象，所以在他的詩集中讀者所看到的不是有關佛教的課題就是自然生態保護的問題，而在他的《海龜島》中這兩個問題更為他主要關心的課題。他所要特別強調的是基於「眾生皆有佛性」的理念，他認為「唯一使用武器的人類必須慎重考慮尊重眾生進化命運，以地球上的一份子扮演溫柔角色」(TI, "Four Changes", 91)。因此從佛教衍生的環保觀念變成海龜島上居民生活的指南。此觀念呼籲尊重眾生的生命，不准隨便殺生。看到自然生態繼續被人類破壞，他心痛，因為自然生態中的萬物皆有佛性啊！他一再地呼籲他們的生命必須受到保護("Four Changes", 97)，他感歎都是無止境的人類貪慾所惹的禍。史耐德不僅僅是愛好大自然的人，而且是指控不尊重別人（眾生）的文明社會的人：

> 後面是森林延伸到北極
> 而沙漠仍屬於皮由特
> 而在此我必須畫

我們的界線 (TI, 18)

史耐德批評破壞性的文明並同情被犧牲的眾生，且希望輪迴觀能成為一種力量阻止人類的破壞行為 (TI, "Four Changes", 97)。

　　他的〈對魔鬼的咒語〉("Spel against Demons")是他的衷心祈禱：

　　　　打倒魔鬼般的殺生者，他們口口聲聲說為經濟改革，願他們自投羅網，被阿查拉的金剛刀訓誡，祂是智慧與熱能之神，眼睛是斜視的，臉是帶有毒牙可怕的，祂頭上戴的是多頭花環，穿著虎皮，祂忿怒導致淨化了的成就，

　　　　　　祂的力量是岩漿溶岩層
　　　　　　是深層岩石，是火藥，
　　　　　　　　是太陽。
　　　　為救受折磨的聰明魔鬼和無所不吃的
　　　　　　餓鬼，他的咒語是

南無　沙曼達　瓦濟蘭南無　劚膩
　　　摩訶盧瑟拏
　　　　　　史巴達雅　哈母　特拉卡
　　　　　　　　哈母　哈母 (TI, 17)

阿查拉是日本的護法神「不動妙王」(Fudōmyō-ō)，右手拿

著一把殺魔尖刀，左手拿著繩子抓人綁人用，表情嚇人，頭上光圈冒火**④**。

《海龜島》具有政治性與諷刺性的涵義外也有慈悲與哀悼情懷，其慈悲面更傳達了世界的深度和諧：

　　　　它暖和了我的骨頭
　　　　　　　　石頭說

　　　　我把它帶入我之中而長大
　　　　樹林說
　　　　葉子在上面
　　　　根在下面

　　　　一大片模糊的白色
　　　　從黑暗中把我引出來
　　　　飛翔中的蟲說——

　　　　我聽到了什麼
　　　　也聞到了什麼
　　　　而我看見東西在移動
　　　　山鹿說——

---

④ 參照 Katsunori Yamazato, "How to Be in This Crisis: Gary Snyder's Cross-Cultural Vision in *Turtle Island*", *Critical Essays on Gary Snyder* ed., Patrick D. Murphy (Boston, Mass.: G. K. Hall & Co., 1991), p.237。

高高的塔

在寬大的平原。

如果你爬上

一層

你會看到另一千里路。("The Uses of Light", TI, 39)

它是陽光，普照天下，萬物因而生長；石頭、樹林、蟲、山鹿都說了感恩的話，而人呢？萬物之靈，高高在上，最聰明的動物，終於也受了陽光之感召關懷眾生，爬上更高一層，看到更遠的和諧世界。這樣一首詩不是禪詩是什麼？

　　總之，《海龜島》是佛教與自然生態融匯的詩集，豐富了詩的世界並回答人應如何生存的問題。史耐德指出現代東西方工業文明均忽視了別人包括眾生的生命，結果我們見證了自然生態陷入危機。史耐德以東西方智慧，創造了海龜島，終於以他的詩與散文超越美國的神話，他呼籲讀者重估美國現代文明所依據的老神話的價值觀。

　　《海龜島》之後史氏發表了《老路子》(The Old Ways, 1977)、《斧頭柄》(The Axe Handles, 1983)、《留在雨中：新詩》(Left Out in the Rain: New Poems, 1947－1985)，以及《沒有大自然》(No Nature, 1992)等，但限於篇幅筆者不預備詳談，而以最近他回答羅伯特遜的訪問記錄一則做為結束本章的話：

　　　史耐德：是的，計劃中的新書叫《偉大的泥土》(The Great Clod)，要探討的一個問題是為什麼佛

家與道家的世界觀不適合於阻止在中國與日本的自然生態惡化。那是研究社會效果與社會價值觀之間的關係，例如，日本人可以繼續稱呼自己為愛好大自然者，但是同時做出那些可怕的事情。我的結論是，基本上，相比之下宗教與哲學價值系統是小事一椿；文明的衝擊與動力才是在商業導向社會中的真正力量；意識形態只是窗戶上的裝飾品而已。**⑮**

---

⑮　David Robertson, "Practicing the Wild–Present and Future Plans: An Interview with Gary Snyder", *Critical Essays on Gary Snydes.*, p.259.

第十章　沙林傑《麥田捕手》之禪釋

一、前　言

　　本章係沙林傑研究〈西摩悲劇中的禪機〉一文❶之續篇。在該文中筆者曾深入探討沙林傑(J. D. Salinger, 1919－)與禪學的因緣以及他的短篇小說〈香蕉魚合適日〉(“A Perfect Day for Bananafish”)關鍵人物西摩・格拉斯(Seymour Glass)悲劇中的禪機。前言述及筆者研讀沙林傑小說係一種宗教經驗，因為篇篇或多或少與禪學有關，令讀者靈驗故事中的禪趣。結論中筆者指出〈香蕉魚合適日〉之後，沙林傑所發表的《九篇故事》(*Nine Stories*) 中其他八篇以及《麥田捕手》(*The Catcher in the Rye*)、《芙南妮和舒依》(*Franny and Zooey*)、《木匠屋樑高舉和西摩介紹》(*Raise High the Roof Beam, Carpenters and Seymour an Introduction*)、〈海普華滋十六，一九二四〉(“Hapworth 16, 1924”) 等分別處理「本心與自

---

❶　民國77年4月10日為慶祝中華民國美國研究學會成立十週年舉行的一項學術研討會上，筆者應邀發表的論文。參閱中華民國美國研究學會主編，《美國研究論文集》(師大書苑公司印行，民國78年3月)，頁169－192。

我」、「醜惡與實現」、「偏見與本心」、「業障與輪迴」、「靜思與解脫」、「抗議虛偽人生」等問題，無一不是禪學之課題，無一不是沙林傑的悲願所使然。

有關沙林傑生平之種種，尤其他與禪學之間的因緣等已於該文述及甚詳，本章不再贅述，而直接從禪學的觀點逐步深入研討《麥田捕手》這一本充滿大乘佛教禪宗精神的傑作。

在進行討論之前，筆者認為有必要闡釋「大乘佛教禪宗精神」此一用語以為探討《麥田捕手》時所採取之禪學觀點與範疇。所謂大乘即梵語摩訶衍(Mahayana)之華譯，意指菩薩(Bodhisattvas)之法門，上求佛果下化眾生，以救世利他為宗旨。禪宗即為大乘佛教之主流，偏重於修心，以心傳心，直傳佛祖的心印，原由菩提達摩(Bodhidharma)傳來中國發展而成者，上求佛果之餘，以般若波羅蜜多(Prajnaparamita)與慈悲救世利他渡眾生為宗旨。大乘佛教與禪宗即二而一之不二法門，其精神不外於以慈悲心並以般若波羅蜜多之法，自無明中，普渡眾生之菩薩精神。此種悲願亦是《麥田捕手》中曾打動了荷頓‧可爾費(Holden Caulfield)的那首童謠所傳達之訊息。在此童謠中可爾費所似乎聽到的便是「隻手之音」❷，它使可爾費憂悶之心一變而為之開朗，兒童的無心使其心內陽光普照，此刻便是可爾費心中湧起慈悲心之一剎

---

❷ 白隱禪師的公案「我們知道兩隻手相拍的聲音，但一隻手的拍聲是什麼?」(We know the sound of two hands clapping. But what is the sound of one hand clapping?) 沙林傑在1953年出版的《九篇故事》首頁引用了此公案。「隻手之音」係開悟之心始能聽到的「無聲之聲」，有時靜默如雷。

那。此一剎那之意境是有慧根的人如荷頓始能經驗者。此意境之心路歷程亦是貫串《麥田捕手》之中心主題。為充分瞭解《麥田捕手》之真髓，筆者認為從禪學觀點入門必然是最佳途徑之一。

二、對《麥田捕手》之褒與貶

沙林傑所有作品中最轟動，至今暢銷不墜，名聞國際的是《麥田捕手》；它鞏固了沙林傑在現代美國文學史上的地位。此書出版後十年內售出了一百五十萬冊，大部分讀者是和書中主角一般的青少年。之後每年銷售二十五萬冊。賓金(Penguin)、班丹(Bantam)、西格尼特(Signet)等出版社均出平裝本，一時成為最暢銷書；小勃朗(Little Brown)、格羅西特與丹拉普(Grosset ＆ Dumlap)，以及現代圖書館(Modern Library)等出版社相繼出版精裝本，銷路亦奇佳。此書不但在美國國內享有廣大讀者，在國外經翻譯成各國語文亦擁有廣大讀者。1952年義大利以《人的生涯》(Vita da Uomo)書名出版，同年日本人橋本福夫譯成《危險的年齡》出版，1964年另一日本人野崎孝以《於麥田捕捉》書名出版，此書亦經譯成挪威、丹麥、法國、捷克、蘇聯等國語言經銷於世界各地。中譯版即有賈長安的《麥田捕手》由遠景出版公司於民國71年4月初版至今已出六版。

此書在美國國內外普遍受青少年歡迎已是公認之事實；經採納為學校教材而曾遭家長譴責亦是不爭之事實，例如奧克拉荷馬州塔爾薩(Tulsa, Oklahoma)的《塔爾薩護民日報》

(*The Tulsa Tribune*)於1960年4月19日以「愛迪生高中家長抗議購買猥褻書」為標題刊登了下列報導:

> 愛迪生高中家長集體要求學校解聘指定學生閱讀議論紛紛的現代小說《麥田捕手》的英語教師。
>
> 喬治生產研究實驗室物理學者法蘭克林‧雷文博士(Dr. Franklin Levin)夫人比亞屈‧雷文老師 (Mrs. Beatrice Levin)認為此書頗為優美而動人,但有八位家長評之為非比尋常。
>
> 校長海拉姆‧亞力山大博士(Dr. Hiram Alexander)答應家長即刻指示雷文老師從書單中擦除此書。然而家長並不滿意,他們要求解聘她。
>
> 但是校長告訴家長他無權如此處理,因教師之任免權在於教育委員會。有兩位家長便要求其兒女調班上課。亞力山大校長同意了此要求。
>
> 上一週在加州聖荷西 (San Jose, California) 亦有一位老師因指定學生閱讀此書而遭調職處分。
>
> 事實上對此書之譴責不止見於奧克拉荷馬與加州,並見於底特律 (Detroit) 和肯塔基州路伊斯維 (Louisville, Kentucky),甚至美國各地。(Simonson & Hager, 10)

1951年《麥田捕手》剛出版時,大部分書評誤解此書真正的意義。此書所達成的聲望與巨大銷路和當年負面的評價是相當矛盾而互不相稱的(Lundquist, 53－55)。在美國國內所引起之譴責主要理由是認為此書係一本猥褻、卑污、骯髒、

用字下流的作品，純為批評表面文字，而並未觸及作品真髓之結果。例如，布路克(Jocelyn Brooke)認為此書奇特、悲劇、過份滑稽(42)；安・古得曼(Anne L. Goodman)的評語是此書令人失望，因為作者固執不移之觀念所使然(187)；哈利生・斯密斯(Harrison Smith)褒貶參半地說此書很動人但很令人不安(12)；摩利斯・浪屈斯(T. Morris Longstreth)指出一般家長不希望自己的孩子像可爾費，所幸像可爾費的並不多，但他深恐此書暢銷以致培養更多的可爾費(7)。以上書評顯然誤解了此書所要真正傳達之訊息。普遍引起全國性禁止此書之通行於圖書館、書店、學校的是《天主教世界》(*Catholic World*)的一篇書評(15)。書評者譴責此書主角打破舊習，使用過多的誓言與粗劣猥褻語言。有些書評者說此書最不可饒恕之處不在粗陋的語言而在於沙林傑讓一個才十六歲的小孩使用這些語言。彼得遜(Virgilia Peterson)便是其中一位。他說現代讀者習慣於戰爭小說中所使用的醜陋字眼與意象，但如從仍受保護中之小孩口中講出，則令人難受，尤其當一再使用，讀者的耳朵便要拒絕相信(3)。

其實《麥田捕手》中之語言才是本書價值所在。讀者如果將本書之語言單獨看待，它確是褻瀆、粗劣、卑污的，但是如果將之與整本小說之效果一起欣賞，讀者必能理出迥然不同的看法。可貝特(Edward P. J. Corbett)便說道：「以此小說的敘述觀點以及主角而言，使用其他種語言是不可能的；為整篇小說之完整性，如此語言是必要的。」(55)海沙門及密勒(Heiserman and Miller)相提並論說道:「他們的書將不能讀，如果不以第一人稱的技巧嚴密選擇那種語言。」(203)馬卡西

(Mary McCarthy)將沙林傑的語言技巧和海明威相提並論，給予正面之評價(46)。

事實上本書自初版以來在褒貶聲中一直暢銷不墜的事實必有它魅力所在。筆者於1987年春季在米尼蘇達州立曼卡度大學(Mankato State University)人文學研究所講授「現代美國文學中之禪」三學分的課程，指定學生閱讀書單中曾列有《麥田捕手》。為避免家長譴責事件之重演，筆者於前一年冬季委託當年所長高爾博士(Ronald Gower)代為調查同仁與學生意見。結果普遍認為此書值得再探討，尤其盼望筆者能以東方禪學之角度闡釋本書之意義。至於譴責使用本書為教材之事已成為歷史，於是筆者放心將此書列入書單中，並且花費不少時間與學生討論這本小說。

《麥田捕手》之魅力究竟在何處？它之所以令美國甚至歐洲的青年知識份子如此著迷的原因是什麼？其魅力之一當然是沙氏筆下的《麥田捕手》主角荷頓乃是當代美國知識青年之造型。沙氏以青少年通用之俚語傳達了他們的心聲——一團歷久不散的濃雲似的隱憂、高度進步的工商業社會以及有形無形心外心內之戰爭帶給他們心理上之焦慮、患得患失之失落感。沙氏並很有效地揭發了現代社會之浮薄與輕躁面，其效果不下於當年的爵士樂。然而筆者認為此書之最大魅力恐怕還是在於流露於書中之菩提心——不分男女老幼本來皆具有的本心、攝取不捨之心、無差別的慈悲心、道元禪師所謂的「自未得度先度他」（見於「修正義」）的大乘心。換言之，貫串此書之中心主題應該是所謂的大乘佛教禪宗的菩薩精神以及溫馨的人道精神。這點，在《麥田捕手》一書中俯

拾即是，讀者只要稍微留意，便可體會得到。

三、《麥田捕手》中之禪

小說中的主人翁荷頓・可爾費是賓州愛爵士鎮 (Agerston, Pennsylvania)賓西高中(Pencey Prep)三年級住校生，僅僅十六歲，但頭髮已成灰白色，身高已有六呎二吋，平時無知心朋友，對於周遭學校生活內容之淺薄感覺無聊，尤其對於欺騙作弊行為感到無奈，於是失去讀書的意願與樂趣，選修的五科目中除英文外全不及格，被學校勒令退學。他曾在胡通中學(Whooton)以及艾爾克敦・希爾斯中學(Elkton Hills)遭遇開除過，這已是第三次了。其理由依據荷頓自己的說法是「我的周圍的人全是騙子詐手。」他平常最厭惡虛偽與不誠實的人。他的潔癖症使他無法容忍周圍的虛偽與不誠實，他無法生活在清濁混淆不清的現實中。

他遭遇開除處分後，於耶誕節前四天的星期六離開學校宿舍，不敢直接回家，而在紐約街上閒逛。對於充滿虛偽的現實世界感到絕望之餘，他正準備離開紐約前往西部隱居之時，為妹妹的真情所感動，終於回歸自己，心眼現開，在現實中看到了真善美。他經驗了一種悟境之後終於回家重新做人。

然而他在嚴冬的紐約流浪了三天三夜，於第四天在喜悅忘我中淋雨結果患了肺炎，經送療養院靜養。此故事便是荷頓退院之前向精神科醫師，以「你如果真想要聽這篇故事」(If you really want to hear about it) ❸ 開始口述四天回憶，意味

著他體會到一些大部分讀者不想知道的使人噁心之事，讀者所讀到的是發生在荷頓身上之事，同時亦是發生在第二次世界大戰後的美國人在價值觀念上之巨大變化。例如，個人與社會有無可能調和、真真假假能否辨別、生存之基本意義為何、能否創造價值賦予宇宙之意義等問題之重新考量。這些考量之否定答案令荷頓不願意長大。

荷頓的父親是一位成功的律師，家境富裕，一面擔任某公司法律顧問，一面投資百老匯演戲業，對於兒女教育不甚熱心，平常喜怒無常，粗心大意。他的母親身體柔弱，患有神經質症。雙親各屬不同宗教派系，兒女均屬無神論者。家庭缺乏和諧與溫暖，每一份子孤獨寂寞，各自過著懶散的生活。生活於如此家庭與社會中荷頓懷疑自己的生命有何意義，自覺生命荒謬，於是陷入孤獨與絕望中，自覺與眾不同，生活充滿空虛，生存危機重重；他曾四處求救，但不得要領，只能自尋出路以求解脫。

荷頓有一個十歲的妹妹菲比 (Phoebe)，她有一顆溫柔的心，始終關心著荷頓。他曾有過小他兩歲的弟弟艾利(Allie)，他生而資優，但是於1946年因白血症逝世。艾利的死曾使荷頓打破車庫中所有窗戶，家人因而送他去做精神鑑定。荷頓明知如此行為毫無益處，但他無法控制自己。他痛惜如此優秀、未曾發過脾氣的弟弟。

全篇故事二十六章三天回憶中的第一天，約午後三時荷

---

❸ J. D. Salinger, *The Catcher in the Rye* (New York: Bantam Books, 1964, 62 printings through 1986), p.1. 本章中之引文均依本版本頁數，以括弧置於文中。

頓獨自登上湯姆遜山丘上，然後去拜訪七十高齡的歷史老師。讀者必須注意的是當他和老師講話時心裏卻想著紐約中央公園裏小湖上那些鴨子，冬天湖水結冰時會到哪裏去？他甚至覺得自己很幸運能在和老師講話同時卻想到那些鴨子。讀者在此已感覺出荷頓心底有一股愛心，愛及小動物如小鴨。接著老師出於關心問及為何一再被開除；荷頓說因為他始終被一群騙子所包圍，包括校長大人在內。

　　晚上回學校宿舍，室友史屈德勒特(Stradlater)拜託荷頓代寫一篇英作文，因為史和珍・嘉萊富爾(Jane Gallapher)有約會，並且他還有很多作業要趕，但荷頓沒有依照史的意思寫這篇文章，結果幫倒忙寫了一篇有關他弟弟艾利的手套，他描寫手套，因為手套上艾利抄滿了愛美利・狄瑾遜(Emily Dickinson)的詩句❹。晚上十時半史與珍約會回來，見到荷頓寫的作文不是他所要的大為不悅，荷頓撕破了它，在房間一角喫煙，要史談談約會之事。因史不願多談，荷頓舉拳打他，反被打得鼻破血流，後來荷頓硬要叫醒室友艾克利(Akley)閒聊許久，荷頓突然決定離開宿舍在紐約的街上找一家旅館住到星期三回家那天，獨自過著自由自在的生活。他料想雙親不會在星期三以前接到他被開除的通知。他不願意在他們剛接到信時回到家。

　　他在整理行李時有件東西令他格外難過。那是一雙他母親於兩天前寄來的嶄新溜冰鞋。他想像著母親在百貨店選購

---

❹　愛美利・狄瑾遜曾吸引了沙林傑的注意與興趣，因為他們都是神秘經驗者並度過類似隱居的生活；前者隱居五十六年，後者至今已三十六年了。

的情形，心裏怪酸酸的。這說明荷頓有一顆「遊子吟」❺中遊子對慈母的感念之心。他帶著週末祖母寄來的一疊鈔票，想念著老祖母之慷慨與仁慈。他變賣了打字機，一切準備妥當，提起手提袋，在樓梯口轉角處看了討厭的走廊最後一眼，幾乎哭出來，然後戴上那頂紅色的獵帽，帽頂朝後，以最大聲音吼叫「好好睡吧，你們這些低能兒!」(52)幾乎叫醒了全幢樓的同學，然後走了出去，此時有幾位同學猛投花生殼，荷頓差一點摔了一大跤。

　　荷頓因為叫不到計程車，在雪地上一直向火車站走去。在等車時，他用手捧了一手雪花洗了又酸又痛仍有血跡的臉。他平常很喜歡坐夜車，但這一次車上沒有半個人，感覺特別寂寞，也無心情看一下平常不覺得作嘔，裏面盡是虛情假意充滿窩囊故事的雜誌。突然上來一位女士坐在他的旁邊。原來她是荷頓在賓西高中同班同學歐尼斯特・莫羅 (Ernest Morrow)的母親。歐尼斯特是賓西有名的混蛋，每次淋浴後，總是用他那又髒又濕的浴巾打同學屁股。被問貴姓大名時，荷頓自稱為魯道夫・舒密特(Rudolf Schmidt)，是他們舍監的名字。他和莫羅老太太胡扯一陣，稱讚她兒子如何出風頭、風趣、謙虛、害羞，說了一些恰恰相反的話讓老太太得意忘形，邀請他夏天去麻薩諸塞州格羅賽斯特 (Gloucester, Massachusetts)海邊渡假。

　　荷頓在潘恩站(Penn Station)下車後，走進電話亭，卻不知道要打電話給誰。他想到哥哥 D. B. 和妹妹菲比，又想到珍・嘉萊富爾和莎麗・海斯(Sally Hayes)，結果都作罷，便走

---

❺　唐朝五言樂府，孟郊作。

出來，叫了計程車，兜轉了半天，終於要司機送他去愛德蒙旅館(Edmont Hotel)。在車上他突然又想起中央公園南端小湖裏的鴨子，問司機湖水結冰時那些鴨子會到何處。他明知得到答案的機會只是百分之一而已。司機當他是瘋子在開他玩笑，說荷頓問了一個不值一問的傻問題。此處讀者應注意荷頓和司機之間的心態上差距與對比。荷頓之所以有此一問完全出於關懷眾生的無心悲情，他總是突然間想到冬天時湖中的鴨子怎麼辦。司機之所以將此問題當成不值一問的傻問題，完全由於他只是一個凡人，生活在分秒必爭、經濟導向的俗世中；他毫無時間和心情去考慮別人，關懷包括鴨子的眾生。

在旅館裏荷頓親眼看到的一切使他覺得世界上唯有他是正常的混蛋 (normal bastard)，因為在此窩囊的旅館裏竟住滿了性變態者、低能兒、流氓或下流的人，例如他看見一個灰頭髮的傢伙穿著女人用的東西 —— 玻璃絲襪、高跟鞋、義乳、襯腰墊緊身的晚宴裝 —— 在房裏以女人的步伐，望著鏡子，照了又照，走來走去；在隔壁房間裏他看到一男一女互相以嘴對嘴餵著乳水。

荷頓想下樓去瞧瞧香草廳裏的夜總會。在換襯衣時他真想打電話給菲比聊一聊，他多麼想念他妹妹，但害怕父母接電話而作罷。他下樓進去香草廳被帶到一個最差勁的座位，他後悔沒有拿出一塊錢在侍者領班面前晃它幾下，在紐約鈔票真管用。他點了蘇格蘭威士忌加蘇打，但被拒絕，只好點可樂。他的旁桌坐了來自西雅圖的三個三十歲上下的醜女人。他因想跳舞，於是先請其中的那位金髮女郎跳了一支舞，然後和另二位跳個通宵。她們一直等在那裏望著電影明星之出

現，難得說話，後來她們離開，留下荷頓一人付賬。他無法瞭解她們遠道而來純為著一場無線電城音樂廳秀的那種心態。此時荷頓又想起他那位又溫柔又純情的妹妹菲比。

荷頓從香草廳走了出來，在走廊梯子上坐下來，想起珍・嘉萊富爾過去與他交往以及與史交往的一切，同情珍和她母親與酒鬼的義父生活在一起，尤其珍與史之約會始終讓他吃醋，心裏永不得安寧，幾乎讓他發瘋。突然間他想立刻離開這鬼地方，於是他回到房間，穿上外套，從電梯下樓，叫了一部計程車後往他哥哥 D. B. 去好萊塢以前時常帶他去的那家在格林威治村的歐尼夜總會。歐尼(Ernie)是一個好鋼琴手但是也是一個馬屁精 (snob)。他只跟大闊佬或有名人物講話。

往歐尼夜總會的計程車上，荷頓無意間和司機聊起中央公園內的鴨子。因為這位司機是個老傢伙，也許知道那些鴨子嚴冬中如何生存之事。結果他和這位不耐煩的司機為了那小小的生命，如鴨子和魚，爭論了半天。在荷頓的小小心靈中始終有一股溫情掛念著那些小生命。最後他還關心司機年紀那麼大，這麼晚還得開計程車，不能回家睡覺；又一次荷頓的慈悲心流露。

歐尼夜總會的客人多半是中學和大學裏的傻瓜學生。在荷頓眼中四周全是一些窩囊貨，包括歐尼在內，全都是騙子。這些令他洩氣，於是他為他們的「無明」❻感到傷心、不忍。他甚至對一般人的客套、虛偽的禮貌，如遇見不想見的人，為了想繼續生存，只得說聲「很高興看到你」之類的話，或

❻　不明白道理，亦即愚痴的別名。

者手摸著人家大腿，嘴裏卻談著有人自殺的故事，覺得掃興而難過。於是他離開歐尼夜總會回旅館。

　　他走了四十一條街，一路上想著他的手套被偷的事，同時懷疑自己是否膽小鬼，他承認他看似膽小是因為他討厭打架，他不在乎挨揍，但他最害怕的是打架時對方那張面孔；他的煩惱便是他實在不忍心看著那張面孔。這又是荷頓可愛的一面，他回到旅館時整個走廊已空無一人。他只聞到好像有一百萬支雪茄剛剛熄掉那般的臭味，加上整晚所看到的一切使他難過得真想死。他無意間進了電梯。剛進去，那位守電梯的傢伙問他要不要女人陪宿。此時荷頓正是無聊透頂，所以不經大腦地答應；之後立刻後悔，但已來不及。妓女進來開始脫衣時，他本應該會衝動起來，但突然間，他感到難過，性慾全失，他說：「我今天整晚都很不自在，真是很糟糕的一夜。我說實話，我會給妳錢的，但是我們今晚不幹那個活兒可以嗎？妳願不願意？」(96)妓女因而生氣，所以他騙她說他剛開過刀，給了錢請她出去，他一人留在房間裏，意氣消沈，為自己的矛盾行為而難過。

　　妓女出去後他抽了幾支煙，天已亮了。他在床上想禱告，但他無法那麼做，因為他覺得自己是個無神論者。讀者在此亦看到荷頓的宗教背景；他從不去教堂。他父母屬於不同宗教派系，家裏所有的孩子均為無神論者。他受不了牧師的那種做作，不用自己本來的聲音佈道。荷頓的如此想法想必也是當年愛默生辭去牧師職位離開唯一神格論教堂時的心態。此時突然有人敲門，進來了毛里斯和妓女敲竹槓。原來他們兩人是夫妻玩著仙人跳。讀者要注意的是毛里斯打開了制服

上所有的鈕釦準備打荷頓時露出沒有襯衣的假領子。這又是人在社會上虛偽的一面。荷頓此時真想自殺，但想到從窗口跳下去，摔碎了以後讓那些傻瓜們圍攏來看熱鬧，他不能如此做。

第十五章起描寫第二天的星期四。荷頓於上午十時起床，以電話約莎麗・海斯下午去看一場日戲，乘電梯下樓付賬，坐計程車去中央總站將手提袋存放後去吃早餐。當他在吃的時候，進來兩個提著手提袋的修女。他對修女一向好感，因為她們捨去自己穿上黑色的衣服做慈善募捐。他口袋已剩不多錢，但他捐了十塊錢。她們吃的只是麵包和咖啡，而他猛吃著雞蛋三明治，使他過意不去。他們談起《羅密歐與茱麗葉》。 荷頓說墨卡修之被殺比羅密歐和茱麗葉之死更使他難過，事實上在墨卡修被刺死以後他就不再喜歡羅密歐了，因為他的死是羅密歐的錯(111)。人被殺死總會使荷頓發瘋。荷頓的如此看法說明他善根的一面。當修女要走時他自認做了非常丟人之事，他抽起煙來，並且不小心向著她們的面孔吐了一口煙，他瘋狂似地向她們道歉，但是她們卻非常有禮而自在，使他更覺尷尬。她們走了之後後悔只捐了十塊錢。錢總是身外之物，它到後來總要使人難受。

吃完早餐後荷頓步行一段長路，無法不想著那兩位修女，想著她們在教書之餘，提著破舊的草籃子到處募捐的樣子，也想著他母親、姑媽，以及莎麗的母親手提著籃子在百貨店前募捐的樣子，比較之下，他覺得更喜歡那兩位修女，因為前者，尤其莎麗的母親有假慈善之嫌。假慈善出於假慈悲，在大乘佛教裏毫無功德可言。荷頓走到百老匯買了一張名叫

「小秀麗賓絲」("Little Shirley Beans") 的唱片要送給他妹妹菲比。買禮物給妹妹是他最開心的事。因為那天是星期天，而在星期天菲比常去公園溜冰，所以他向中央公園走去，希望能見到她。

在去公園路上荷頓看到一個約六歲的男孩子邊走邊哼著「如果一個人抓到穿過麥田的人」(If a body catch a body coming through the rye) 那首歌。荷頓的心忽然開朗起來。他的心因聽到這首歌會開朗起來有下面兩個原因：其一是一個天真無邪、不虛偽、不做作的小孩子，無心地在哼，他走在人行道和街道的銜接處想走成一條直線；其二是這首歌的歌詞正唱出了荷頓當時的悲願，他心想但願他就是麥田捕手，這首歌詞原由羅勃・菠恩(Robert Burns, 1759－1796)所創，其首句原為「如果一個人遇到穿過麥田的人」(If a body meet a body coming through the rhy)。沙林傑故意將「遇到」改為「抓到」應該是《麥田捕手》整篇故事之關鍵所在，其用意在於將荷頓・可爾費塑造成救苦救難慈悲為懷的美國觀世音菩薩(American Avalokitesvara)。「抓到」與「遇到」兩字之間的明顯差別表示荷頓下意識裏希望如此改寫 (Lundquist, 45)。這應該是荷頓的悲願所使然。此時荷頓本人被小孩子的無心所觸發，感覺突然間陽光自烏雲中射出。

百老匯擠滿了人，每個人衣冠楚楚耐心地排了幾條街的長龍為預購一張電影票，荷頓真為他們難過而洩氣。他在第一家唱片行便買到了要送給妹妹的唱片，高興得等不及在中央公園裏找到菲比好把唱片當面交給她。去公園途中，他遇到和菲比差不多大的女孩子。她花了很多時間綁她的溜冰鞋，

於是荷頓幫她綁好。她是個很乖很有禮貌的孩子。荷頓真喜歡這樣的小孩子。恨不得他能永遠不必長大。《新約聖經》的一個主要主題是為進天堂一個人必須有一顆純真的心，而此純真的心由返童始可得(Lundquist, 44)。以沙林傑而言，孩童時期是人生善良的根源，在那時期裏，人的愛心才是純真而開放的；人長大進入社會變成虛假(Jacobs, 13)。荷頓往自然史博物館走去，回想小時候老師帶路參觀博物館的種種，想到博物館裏擺設的東西並不變，唯一變了的是你；他無法說明清楚，但是他想說的必定是所謂的「無常」。 這便是他何以如此羨慕孩童之無心。他覺得有很多東西應該保持它們原來的樣子，恰如展列在博物館裏的東西固定擺在櫥子裏。他知道那是絕不可能的，但他總是愛如此想。此亦為荷頓一直想要回歸自己，返璞歸真的悲願。

荷頓在博物館前坐計程車前往和莎麗約好看戲的地方。他早到，於是坐在走廊的椅子上欣賞女孩子們，有的坐著，有的站著等她們的男朋友來約會。他看著她們的百態，心頭湧上一股同情心，覺得很為她們難過而洩氣，因為他想到她們從中學或大學畢業之後在她們身上可能會發生的那些窩囊事；她們可能嫁給傻呆瓜、那些老在車子裏談論一加侖汽油可以跑多少哩路的傢伙、那些為了你打高爾夫贏了他們而生氣，甚至你打乒乓贏了他們也會大發雷霆的傢伙、那些卑鄙下流的傢伙等。荷頓為那些經常為芝麻小事斤斤計較，為差別心搞昏了頭的人感到難過，更為可能會嫁給這些人的女孩子們感到難過。此等菩薩悲情應該是沙林傑希望讀者能從荷頓言下之意中去體會作者的苦心。

終於莎麗來了，荷頓走下去接她。她看來很美，於是他突然想娶她。兩人看完戲後去溜冰。他們在酒吧裏喝飲料休息時荷頓談起他的真心話——他對一切感到失望，他恨學校，他恨紐約，他仍住在紐約的唯一原因就是莎麗。他恨學校因為「裏面擠滿了做作的傢伙，所有你要做的只是讀書，好讓你學到一些本領，將來去買一部要命的凱迪拉克車。而且一直讓你覺得足球的輸贏和你有關，你整天談的就是女人、酒和性，還有每一個人都要參加一些要命的小團體。喜歡足球的人搞在一起，天主教徒們搞在一起，學文學的人搞在一起，喜歡橋牌的人搞在一起……」(131)他承認他很糟糕，他沒有從任何東西那裏得到任何東西。突然間他來了一個鬼念頭要莎麗和他離開紐約這個鬼地方去麻薩諸塞和維爾蒙，住在小河邊的木屋裏，一直到帶去的錢用光為止。然後找工作，結婚。冬天他可以砍出柴火。但被莎麗拒絕。她說為何不能等到大學畢業以後再說。結果荷頓氣走了莎麗。她走了之後，荷頓冷靜下來自言自語說道：「我根本不會帶她去那些地方，即使她願意跟我去。當然她不會跟任何人那麼走的。」(134)在這件事中最令他不解的是他求她的時候是真心誠意的。那一顆不堪寂寞的心，易成衝動之俘虜，隨著衝動漂浮起來和冷靜下來時顯露出來的本心互相交差，重複不斷於荷頓心中使他時時陷入心靈上的危機中。難怪在荷頓的心路歷程中矛盾重重。

莎麗走了之後，荷頓與大他三歲目前在哥倫比亞大學就讀的卡羅魯斯(Carl Luce)約十點在第五十四街威克酒吧見面。因為仍有時間，他去無線電城看一場他認為最糟糕的一

部戰爭片。他本來就討厭看電影，因為電影充滿著虛偽做作，而戰爭片更是如此。最令他吃不消的是，他旁邊坐了一位婦人，她在放映中一直哭著，演得越假的地方她越哭得厲害。她哭並不是因為心地善良而仁慈——她對她帶去的小男孩吵著要去小便可以忍心不理。他認為從電影院哭出來的十個有九個是狠心腸的混蛋。他不懂為何他的哥哥D. B.竟然在軍隊裏幹了四個年頭，雖然他恨軍隊生活比恨戰爭更厲害。另一件令他不解的是D. B.如此恨戰爭，卻曾推薦他讀那本充滿做作的《戰地春夢》(A Farewell to Arms)，讓他迷糊了(141)❼。

荷頓所以約魯斯主要是因為他太寂寞；他與莎麗的約會失敗，所以他想從魯斯得到一些勸言以便調整一下他的心態。老魯在胡通時曾做過荷頓性方面的小老師。他們談的十分之八九是有關性的問題。有一次老魯談到住在格林威治村的女友是來自上海的雕刻師時說：「我只是發現東方的哲學比西方的更能令人滿意。」(146)荷頓好奇地追問其究竟。老魯指的不一定是中國的而是東方的。包括印度的在內。荷頓想知道為什麼在東方要好些。荷頓承認他的性生活很糟糕，也許去中國便能解決此問題。老魯走之前建議他去找心理分析醫生幫助他認識自己調整心智的形態❽。老魯走了之後荷頓一個

---

❼ 沙林傑在此透過荷頓批評海明威，因為據筆者所知沙林傑對海明威不懷好感。起因是沙林傑在歐洲前線服役時認識海明威，沙氏請他評論早期作品；他稱讚一番後拔出手槍射斷了一隻雞頭。事後沙林傑為此耿耿於懷，對海明威隨便殺生深覺厭惡，因為沙林傑有一顆慈悲心。

❽ 沙林傑在此暗示在美國有些心病遠超過一般美國精神科或心理

人坐在那個窩囊酒吧裏直到午夜一點多，醉得像獸瓜。他走到衣帽間要回大衣和那張唱片，付給那位小姐一塊錢，但她不收，好意勸他回家睡覺去。他約她下班後陪他，但她說她老得可當他媽媽。她要他戴上那頂紅帽才出去。她的和氣、關懷打動了荷頓的心。

荷頓離開了酒吧，為了想看看湖裏的鴨子，走進公園，不小心摔破了要送給菲比的唱片，破成了大約五十碎片。他把碎片從紙袋裏一一拿出來裝在夾克口袋裏。這些碎片實際上已毫無用處，但是為了妹妹辛辛苦苦帶到此地的唱片雖已成碎片，他捨不得扔掉。他幾乎哭了起來。公園裏漆黑一片，雖然他對於公園裏的小湖瞭如指掌，但他尋找時遭遇到莫大的困難。終於找到時他看不到一隻鴨子。他坐在旁邊的長椅上發抖，擔心得肺炎而死，想像著很多傻呆瓜來參加他的葬禮。實際上荷頓活在死亡包圍中。他的弟弟艾利於十歲時死於白血症；他的同學卡斯爾(James Castle)跳樓自殺；荷頓自己不斷傷害自己虐待自己，經常想些痛苦之事；他被多種魔纏住 —— 命運、死亡、空虛、無意義之人生、非難、絕望、妒忌等(Lundquist, 42)。他聯想到他弟弟艾利的葬禮很為父母難過，尤其他母親尚未能從憂傷中恢復過來。他感到唯一安慰的是他母親不讓菲比參加艾利的葬禮。荷頓想像著他死後親朋於星期日在墳墓上插鮮花。他回想雨天和父母去艾利的

分析醫師所能治療者。他們對於諸如此類的心病（例如，《九篇故事》中的西摩或荷頓所患的心病）毫無對策，而只有禪道始能對症下藥了。筆者願意在此建議在各級學校中的心理輔導中心亦可聘請一些禪師協助。

墳墓上插花。很多人也來。雨水竟落在艾利的墓碑和他胸前的草地上。所有來掃墓的人都往自己的車子跑去躲雨，打開收音機欣賞音樂，然後找個地方吃晚餐。回想這些使他傷心死了。他突然想到他如真的因肺炎死去，菲比將會多麼難過。於是他想偷偷回家看看妹妹。

明知家裏等待著為他失望而生氣的父母，但是那裏時時刻刻有一個衷心想念他的妹妹。被妹妹的心吸引著，荷頓的腳不知不覺往回家路上走去。回到家他發現父母不在，在漆黑中摸到菲比的臥室，打開了檯燈，望了她的睡態，在室內走了一圈，到處摸摸；他翻看了她的筆記簿；然後輕輕叫醒了她，給了她那已破碎的唱片。她將碎片從他手中接過去，放進床頭櫃抽屜裏，讓他格外感動。她並沒有扔到垃圾桶裏。妹妹的溫情可見一斑。菲比預感哥哥又被開除，擔心父親會殺死他。她責備他不喜歡的事有一百萬件事，難道不曾有一件事他喜歡。於是荷頓認真想了這個問題。他想他不適合當科學家；律師引不起他的興趣，如果他們不去救無辜的人而只想大賺其錢做個大闊佬，打高爾夫、玩橋牌、買車子、喝馬丁尼。況且就算你到處去救冤枉的人，你又從何知道你那麼做法是真地想去救人呢還是想做個了不起的律師呢？荷頓在此想的是慈善之真義為何的問題，因為在今日人間慈善之真假已真難分了。

於是荷頓想起在公園路上聽到的那首「如果一個人抓到穿過麥田的人」。他真想要做個這首歌裏的那位麥田捕手。他說：「不管怎樣，我老是想像有一大群小孩子在旁邊——我是說沒有大人——除了我以外。而我站在一個非常陡的懸崖

邊。我幹什麼呢？我必須抓住每一個向著懸崖跑來的孩子——我是說如果他們跑著跑著而並未注意他們所跑的方向，那麼我就從懸崖邊出來抓住他們。那便是我成天想做的事。我要做個麥田捕手。」我知道我很狂，但這是我所真正要做的事。我知道那很狂。」(173)菲比聽了這一段話好長一陣沒有講話，顯然她沒有完全聽懂。她說著「爸爸會殺死你」(173)。這首童謠打動了荷頓心裏深處的悲願，讓他講出了本來與他本心俱在的悲情而一直不知道的真心話。此悲願之流露便是貫串這本小說的主題。這不外是發自荷頓心中最深處的本心——「隻手之音」的妙音。這也是《麥田捕手》中的禪呈現得最明顯的地方。

　　荷頓想站在一個非常陡的懸崖邊等著捕抓每一個向著懸崖盲目地跑過來的孩子。荷頓以無相❾之身隨著因境而發的本心希望成為一位解救迷路之人的救世主。如此悲願亦即是禪者之悲願。在此真實愛心與誠實已枯涸的今日世界裏人們因功利主義而迷失人生方向之時，誰也不遺漏地想攝入於自己的慈悲懷抱裏的那種荷頓的悲情讓讀者聯想到釋迦牟尼佛。蘭貴斯特(Lundquist)在荷頓身上亦看出佛陀的意象。他說荷頓向傳統、不道德、虛假的社會怒吼，提倡慈悲救世之道(39)，並說在淫蕩中能保持神聖為荷頓性格發展之特徵(49)；並說以心靈旅程形態(Quest-Journey archetype)而言，荷頓與佛陀有許多相似之處(71)。如此看來，讀者亦可在荷頓身上看到蓮花的意象，因蓮花出污泥而不染，而荷頓能在百般虛假的環境中仍能保持神聖。

---

❾　於一切相，離一切相，即是無相，或因涅槃離一切虛妄之相。

　　荷頓在虛假環境中苦於不知如何去解救可憐的眾生，他必定盼望著能找到一位善知識❿指導他打開他走不通之路。此時荷頓想到的是厄爾克通山時的一位他所尊敬的英文老師安托里尼(Antolini)。他希望老師能解開他的迷。他尊敬這位老師是因為他曾抱起跳窗自殺的詹姆斯·卡斯爾，試試他的脈搏，然後脫下他的大衣蓋好他，抱到醫務室去，他根本不在乎他的大衣會被染上鮮血。他是荷頓心目中的「麥田捕手」。荷頓打電話給安托里尼求見。當他回菲比房間時菲比挺直地坐在床中央，掀開了被子，兩腿盤在一起⓫，好像在打坐，真讓他高興。他臨走時菲比將她所有聖誕節要用的錢給他，使他感動得哭了出來。

　　到了安托里尼的公寓，荷頓看到老師手上拿著一個高腳杯，喝著酒。老師警告荷頓正走向特別種類的墮落，他並抄了一句韋赫爾姆·斯特柯(Wilhelm Stekel)一位心理分析家的話給他。那句話是：「沒有成熟的人的標記是，他盼望能為一個原則而高貴地死去；而成熟的人卻要為一個原則而謙虛地活著。」(188)老師說：「我想總有一天你會找出你要走的方向，然後你就會向著那裏走去。但必須馬上走去，你再也不能損失一分鐘了，再也不能了……你的第一步還是進學校。你必須那樣做，你是個學生 —— 不管你喜不喜歡。你愛惜知識……」(188－189)當晚他睡在老師家裏，半夜有件事嚇醒了他；他感覺到頭上有一隻手。一隻男人的手。原來老師患有同性戀症。當那種同性戀的名堂發生時，他總要全身冒汗。

---

❿　善知識本指信解佛法而又學問淵博的人，此處意指良師。

⓫　暗示著菲比本具慧根，無意中已懂得打坐的道理。

他已見過二十次之多了。他做夢也想不到安托里尼竟也是同性戀者，於是他原想寄託心靈之處幻滅。安托里尼給了荷頓一些啟示，但究竟只是一個凡人，本身又淺薄又虛假，算是一位假善知識，無法為荷頓開導。荷頓走出老師的家坐地下鐵去中央車站。

　　荷頓在車站裏的長靠椅上睡到九點鐘。他離開學校已第三天了。他走到第五街，好像一路上都在找那兩位修女。突然有一件非常玄的事情發生了。荷頓說：

> 每次我走到街角要從人行道上跨到馬路上時，我總覺得好像我根本走不到街的那一邊。我以為我會慢慢的沉下，沉下，沉下，而任何人都再也看不到我了。天哪，真嚇壞我了。你無法想像的。我開始流汗，像個渾球——我整個的襯衣內褲都濕透了。然後我嘗試另外一件事。每當我又走到街角要過街時，我就和弟弟艾利談起話來，我說：「艾利，不要讓我消失了。艾利，不要讓我消失了。艾利不要讓我消失了。求求你，艾利。」然後當我走過了街而沒有消失，我就感謝他。(217)

　　此時此刻的荷頓酷似在修禪中進入「看山不是山，看水不是水」的階段；他正設法禱告著希望自己能潛入自己心內經過層層自我意識最深處尋求解脫之道。好不容易走到了第六十街，他決定遠走高飛，不再回家了，也不想再進學校，但要如此做之前，他要再見菲比一面。然後他要搭便車去西部，到了西部他要裝聾作啞避免那些愚蠢而無聊的談話，在

森林裏蓋一幢小木屋，與又聾又啞的女子結婚，隱居下半輩子與世隔絕。此處影射作者本人之意願，在荷頓身上讀者可以看到作者的一面 (alter-ego)。如此意願是貫串美國文學屢見之主題，也是青少年心靈啟蒙階段，逃避現實之一法 (Lundquist, 50)。

他寫一張便條託校長室職員交給菲比說他不能等到星期三；他希望當天中午和她在藝術博物館大門旁見面。當他上樓向校長室走去時無意間看到令他很火的事。有人在牆上寫了「×你」的字樣。他連用手擦的膽子也沒有，但終於還是擦掉了它。他心想要殺死那亂寫的人。從校長室出來，他從另一樓梯下來時，又在牆上看到另一句「×你」。他又用手去擦它，但這一句是刻上去的。此時他有感而發的說：「如果你用一百萬年的光陰去做這種工作，你也別想擦掉全世界這種句子的一半。」(202)全世界就是這麼骯髒，無一處是淨土！後來為了等菲比，他到博物館，應兩個小孩的要求，帶他們去放置木乃伊的地方，小孩子害怕走了，留下他一人在木乃伊墳墓裏，他喜歡如此，因為這裏平靜而安祥，然後突然間他又看見另一句「×你」。他感到困擾，因為在這世界上真的已找不到淨土了。走出放木乃伊處，他從廁所走出來時昏了過去。他原可能摔死，但醒來後卻感覺又幸運又舒服多了 (204)。假如讀者將此昏倒看成幸運之墮落 (fortunate fall)，荷頓透過自己的墮落與整個世界的墮落達成協議得以解放，免除痛苦(Lundquist, 51)。

終於菲比戴著那頂紅帽提著大箱子來到博物館，她說要和荷頓一起去西部；她甚至放棄扮演耶誕劇中的班尼·亞諾

(Benedict Arnold)的難得機會要和她哥哥同行。荷頓拚命說服妹妹回學校讀書，參加演戲 —— 本身此時已在扮演麥田捕手，想解救自己的妹妹 —— 但是菲比不肯，脫下荷頓給她的那頂紅帽扔還給他，開始大哭。荷頓不知所措，終於告訴她他哪兒也不去而要回家去。經他再次的承諾，妹妹的氣始消，和哥哥二人去公園裏的旋轉木馬區。荷頓坐在長靠背椅上看著妹妹開心地騎在木馬上旋轉。當一輪迴完了以後她下馬走向哥哥，親了他一下，拿出那頂紅帽戴在他頭上，因為眼看快下雨了。這個小動作讓他感動不已。此時荷頓真心地，不是向妹妹撒謊，想回家了。菲比又回去騎木馬時下起一場大雨。所有的父母親以及站在旁邊的人都跑到屋簷下躲雨，只有荷頓一人釘坐在椅子上任其淋雨，變成了落湯雞。但他不管這些，專心看著菲比一圈又一圈地旋轉，突然間他感到無上的興奮和喜悅，真想大吼一聲。他不知為什麼。在他內心深處起了一個未曾有過的變化，使他感覺到以語言無法形容的那種狂喜，那種幸福感。此時此刻的荷頓已是在修禪者所謂的「看山又是山，看水又是水」的境界中；他的狂喜，他的幸福感是不難理解的。以西洋文學的慣例而言，荷頓終於得以啟蒙了，但他絕不是啟蒙於大人世界，而是啟蒙於返璞歸真，回歸自己的本來面目(purified self or essential self)。

　　一直對周圍的一切感到絕望而一直想著設法躲避現實的他，此刻被妹妹的本心 —— 攝取不捨的慈悲心 —— 所觸發，突然領悟到自己心內的本心，以心傳心，聆聽到「隻手之音」。從此以後，荷頓已能面對現實，以平常心容忍現實，將自己的存在，實實在在地根植於現實世界裏。從他淨化了的自我

意識深處，他已能看到映在本心明鏡裏的一切萬象是如何之美；映在他眼中的菲比無心地騎在旋轉木馬上是如何之美！映在他眼前的世界萬象全是真善美！這是一種神秘經驗，所有修禪者渴望能證得者。荷頓此刻所看到的是大和諧，所領悟到的是包容乃大的慈悲心。此種心境使他開始想念每一個他所談過的人，無論他們有多渾球、混蛋。

四、結　論

一種《麥田捕手》的錯誤讀法是認為既然荷頓在接受心理分析醫師的治療，小說以一些關於荷頓的經驗與未來不能解決的心理問題結束。其實不然。荷頓曾病倒了，但他已痊癒。在故事結尾，他的身心頗為健康。結果具有洞察力的是荷頓而不是心理分析醫師。這一點可以從在最後短短一章中荷頓說過的三句看似莫名其妙的話來說明。第一句話是他回答心理分析醫師問他明年秋天上學以後要不要用功時說的：「我是說在事情尚未來到之前你如何知道你將怎麼做呢?」(213) 第二句話是當他哥哥 D. B. 問他對他剛剛告訴他這些事情有何感想時，荷頓回答道：「老實告訴你吧，我根本不知道對那些事情作何想法。」(213－214)第三句話是當他說完他想念每一個他談過的人，包括那些混蛋時說的話：「不要告訴任何人任何事情，如果你那麼做的話，你就開始想念每一個人了。」(214)這三句話看似莫名其妙，但其用意很為明顯。讀者可將此看成禪學中的「公案」來解釋。這些話企圖指出智力上之死巷，以提供難於解釋、理解、下任何定義的複雜

人生之本質。這便是荷頓的洞察力，得自他在故事結尾所證得的領悟。他終於將他所有的訓誡、苦惱、焦慮拋在腦後，完全看開了。

筆者曾在本書第一章中闡釋中國禪與美國超越論所共同認知的人心結構。任何一個人均由兩個自己所構成：一個是受外界影響，其意識經常因境而起波浪並被層層烏雲遮住，在無明中無法判斷真相；另一個是無形無相，不生不滅的本心，它像一面明鏡將自我意識中世界萬象之動態與無常照實反映。此本心並不是靜靜地潛在意識深處，脫離意識，無所事事，其實它不曾離開意識，雖在意識最深處，它如琴弦一般敏感無比，一敲便響，透過層層外在意識發出光輝與微妙音。換言之，萬境觸發本心。禪者與超越論者或先驗主義者有鑑於此，在塵世上痛苦掙扎中能以靜思、靜坐或打坐方式斂束根絕自我外在意識，潛入心的深處，直覺本心，使已分居的兩個自己相見，回歸自己的真我，進而開悟或超越自我。

以《麥田捕手》中的荷頓而言，他在聖誕節放假前因學業成績不及格遭勒令退學，正準備收拾行李離開學校時看到不久前母親寄來給他的溜冰鞋，想起母親正在選購這雙鞋時的慈母心而突感心酸；在紐約中央車站看到從芝加哥捨身而來為貧窮的人做慈善募捐的修女深受感動；在他去公園路上聽到從教會裏和雙親一起出來的小男孩無心地唱著「如果一個人抓到穿過麥田的人」那首童謠時心境為之開朗；他深夜偷偷回家，偷偷離開時因妹妹將她所有聖誕節零用錢塞給他而不禁流淚。這些便是萬境觸發本心的實例。

然而本心不是只受純情與誠實始發出其光輝與微妙音，

相反地，當我們的意識受到外界種種罪惡之誘惑時，本心之無聲之聲亦會被觸發而產生一種呵叱之力量。例如，荷頓離開學校後在紐約一家旅館住宿，經電梯服務生毛里斯介紹，突然想玩玩女人，但當妓女開始脫衣時突然感到為她難過，性慾全失，騙她剛開過刀，請她不要介意而照給了錢；他在妹妹的學校或小孩子常去的博物館的牆壁上看到「×你」的猥褻語句時擔心它會如何影響小孩子的心靈時大為生氣；他在安托里尼老師家過夜，因老師之變態動作驚醒，全身冒汗，跳出老師家，冷靜下來後馬上後悔他如此衝動，也許誤會了老師，也許他應該回去道歉一番；雖然他所談過的人都令他洩氣，像史屈德勒特和艾克利，但事後他開始想念他們每一個人。在他心內受外界各種罪惡所觸發的不外是本心之無聲之聲。批評、嫌惡這些罪惡與誘惑之餘，本心透過層層外在意識之面具閃出光芒普照萬象，包容萬象。如此包容乃大之情懷不外就是所謂的大乘佛教禪宗精神的慈悲心。

在第十四章裏讀者亦可看到荷頓的大乘精神。他在讀胡通高中時，常常和一位叫阿瑟・契爾茲(Arthur Childs)的同學談論《聖經》裏的人物。契爾茲是屬於教友派的。荷頓曾問他那位曾背叛了耶穌的猶大自殺以後是否下地獄？契回答說當然。荷頓不能同意。他情願打賭一千塊認為耶穌絕不會將猶大送進地獄。他認為每一個門徒都會將他送下地獄，但是他敢打賭耶穌絕不會那麼做。契爾茲怪他不去教堂。由此可知，荷頓深信耶穌與其門徒不同之處在於前者有一顆門徒所沒有的慈悲心❷。這種慈悲心只有像荷頓具有慧根與慧眼的

---

❷　指出耶穌有一顆大乘佛教之慈悲心是荷頓以沙林傑的代言者身

人始能體會得到。

　　此種慈悲心不僅僅關懷自己、鄰居、任何別人，而且還關懷所有眾生——有感覺有生命的生物 (sentient beings)。荷頓在短短三天三夜中曾有四次因關心與同情而言及紐約中央公園裏的鴨子在嚴冬中如何生存的問題。此類問題是以司機為代表的一般凡人認為不值一問的問題。荷頓第一次言及鴨子見於第二章，荷頓在歷史老師史賓賽家中；第二次見於第九章，他坐計程車往旅館途中；第三次見於第十二章，他從歐尼夜總會坐計程車回旅館路上；最後一次見於第二十章，他與魯斯喝酒後深夜單獨往公園時。在荷頓的小小心靈中竟有如此慈悲心真是難得❸。因為有此慈悲心，荷頓才於第二天晚上偷偷溜回家，當他妹妹要他說出一種他真正喜歡之事時能說出自本心的話，說他的悲願是要成為麥田捕手。

　　本心恰似一顆海底珍珠，一個人為了取得它——開悟——必須獨自潛入自己的意識深淵，必要時得付出生命的代價，因為在意識深淵中住有一隻多頭怪物叫自我。除非完全消滅此自我，「大死」一番，否則甭想取得此珍珠。愛默生(Ralph Waldo Emerson) 在〈文學倫理〉("Literary Ethics") 一文中曾指出：「每位受人敬慕的文學才子有如一位潛水伕，把海底的珍珠取出來，成為自己所有物。」(Emerson I, 133)沙林傑一

份暗示作者的看法。在學者中有類似看法或甚至認為耶穌曾為佛教徒的說法在諸多學術論著中屢見不鮮，參閱 Jackson, 141－156。

❸　在沙林傑於1961年出版的《芙南妮和舒依》中芙南妮的大乘慈悲心更屬難得。

向敬愛的愛美利・狄瑾遜下面一首短詩亦指出個中奧妙之處：

> 一粒珍珠，對我說來，如此令人注目──
> 我亦想立刻跳下去──
> 我亦知道──去獲得它──
> 要花費我一生的心力！(Johnson I, 192)

荷頓在憔悴中在第五街走著走著，潛入自己的意識深淵中，好像自己根本走不到街的那一邊，他覺得自己慢慢的沈下去，一直到消失；他開始冒汗，整個襯衣都濕透，然後他和早已去世的弟弟艾利談起話來，哀願弟弟不要讓他消失。他預感就此死去。實際上此刻他正在「大死」一番。越過此緊要關鍵將是「柳暗花明又一村」，「看山又是山，看水又是水」了。問題是荷頓未能真正「大死」一番，而在潛入意識深淵過程中，反覆沈浮，終於回到現實的紐約，決意逃避到西部去。荷頓被夾在想成為麥田捕手之悲願與必得在現實社會中繼續生存的命運中，單獨苦鬥，曾拜訪安托里尼老師請教，老師的口頭禪式的勸言，說明老師已有相當程度的禪學素養，但如此的助言尚不能阻止荷頓想逃避至西部之傾向。結果他的逃避意志必得等到妹妹來了博物館以一片誠心，以心傳心，感動了他始轉變了這一念頭。菲比以心傳心直指荷頓的本心觸發了包容乃大的情懷，使他能以平常心面對現實決定回家重新做人。被淨化的意識谷底呈現本心之笑臉，如明鏡照實映出萬象之本來面目。不知其所以然地，荷頓抵達

了能以美相觀照一切的境界。傳達如此訊息之第二十五章最後一段正是本故事之最高潮,亦是貫串全書中心主題之極致。

> 天哪,雨下得像個渾球。我向神發誓,真是一桶又一桶地下來。所有的父親母親以及站在旁邊的人都跑到旋轉木馬的屋簷下站著,免得變成落湯雞,但我卻釘在那個椅子上好一陣子,我變成了落湯雞,尤其是頸項和褲子,那頂紅帽子真幫了我個大忙,但是仍然濕透了。我才不管那些。看著菲比一圈又一圈地旋轉❹,我突然之間不知道有多麼興奮。老實告訴你,我是那麼高興,真想大吼一聲。我不知道為什麼。也許因為她看起來那麼舒服可愛❺。看著她一直在那裡一圈又一圈地旋轉著,穿著那藍色的外套。天啊,我但願你也能和我一起在那裏。(232)

　　讀完這本小說,吾人所能確定者是荷頓經過了三天三夜的心靈旅程,他將能以平常心和他妹妹乖乖地回家重新進入學校重新做個好學生,成為福慧雙修、品學兼優、慈悲為懷的美國菩薩。❻

---

❹　讀者應可看到「法輪」的意象。「法輪」也者如車輪旋轉,能轉凡成聖,能輾碎眾生的一切煩惱。

❺　這已是所謂「心中有佛所見皆佛」的意境。

❻　本章曾發表於《朱立民教授七十來慶論文集:美國文學、比較文學、莎士比亞》(臺北:書林出版公司,民國79年2月出版)。本章之參考引用書目請參照此版,頁225–227。

結　論

　　本書實際的內容分為兩部分：第一部分為「禪與美國超越主義」，第二部分為「美國的禪文學」。貫串全書的是「禪」與「美國文學」，也就是美國文學中的「禪」。

　　第一部分以東西方神秘主義(Mysticism)的交集點切入探討禪與美國超越主義之間的因緣。因為美國超越主義史中沒有明顯跡象證明曾受禪學之影響，所以研究兩者之間的因緣與意識形態之異同必以平行比較研究方法進行。所申論的課題全部都是禪與美國超越主義兩者共同關懷的主題，如人與大自然、神秘經驗、自立哲學、「活在當下」的理念、二元論與不二元論之間、直覺、自我、小我、大我、無我、無心、無明、執著、慾念、超越世俗、開悟、簡單化生活、淨化人心、明鏡、內在我、外在我、自性、本來面目、博愛與慈悲之間等。

　　本書所說的「禪」，原則上乃以廣義的中國禪為主，非僅限於禪宗的傳心要訣，天台禪觀亦列入重要依據，其理論根據主要為下列般若經典：《法華經》、《摩訶般若波羅蜜經》、《涅槃經》、《華嚴經》、《維摩詰經》、《楞伽經》、《金剛經》、《六祖壇經》，以及《大智度論》。超越主義以愛默生為主的美國十九世紀超越主義為比較研究範疇；為能深入探討

禪與超越主義之間的異同，除比較兩者之交集點與距離之外，從禪的觀點詳細「觀照」解讀愛默生、梭羅、惠特曼，以及狄瑾遜四位的全部重要著作外，亦兼談後來具有代表性的近代美國作家與著作，以證明超越主義在美國國土上的草根性與普遍性。

解讀他們的作品之前，筆者將這些作品視為「文字般若」的一種，設法「以觀釋經」之法「觀照」其中之「實相」，以進一步瞭解當年超越主義者的「終極關懷」。「觀照」必以「表相」文字或符號並不代表「實相」的原則下，去「解構」個中禪趣；其禪趣必隱藏於「衍異」(différance)所引申出的「軌跡」(trace)中。

在禪學裏，人類發明的語言文字有其傳達訊息的限度，因此禪的「教外別傳」，「明心見性」的心靈悟境一向是「不立文字」的，因為文字不能完全表達此悟境，故以「不離文字」寫成之經論都必須經過「觀照」一番，始能呈現悟境「實相」。基本上，禪認為文字只是大自然表徵的符號，而大自然表徵是心造的象徵，但是禪更關心的是「意符」(Signifier)與「意指」(Signified)之間的關係。其實有關解構主義的這兩個專用語，在禪學裏早在佛滅後八百年間（約於西元200年），龍樹菩薩 (Nāgārjuna) 講「中觀性空」(śūnyatā of the Mādhyamika School) 時便已注意到其間的微妙關係，因此始有所謂的「文字般若」與「實相般若」之別。「以觀釋經」的「觀照」便是「解構」的說法由此而來。（此說法筆者已在拙作〈解構的禪與德希達〉一文中闡釋過，請參閱第三章註釋⓬。）「文字般若」「以觀釋經」之法「觀照」之後始能呈顯「實相般

若」；「文字般若」與「實相般若」之間常有意想不到的距離。這是筆者應用於解讀所有本書中所談論到的美國文學，也是本書絕無僅有的特色。

　　本書第二部分所探討的全都是美國的禪文學。因為這個部分所闡釋的都是戰後深受佛教與禪學影響的美國作家與他們的作品，研究這些作品中的禪必然以影響研究方法來進行，從作者的生平、東方經驗（尤其是日本經驗）、哲學理念、修行的心路歷程、佛學造詣，到他們的著作，一一做深入的探討。如此，禪在近代美國文學中的結晶始能一一呈現。

　　首先，筆者介紹了戰後五○、六○年代的所謂披頭時期的禪文學，從王紅公的影響開始，所涉獵到的作家有克路亞格、金斯寶、史耐德、惠倫等。雖然有更多的近代美國禪文學作家，但是因本書篇幅限制無法一一深入介紹。筆者僅僅挑出王紅公與史耐德兩位詩人做了比較詳盡的探討，不過筆者相信讀者能從這兩篇論文中充分瞭解到整個披頭時期美國的禪文學全貌。

　　尤其有關史耐德的禪文學因為是劃時代的傑作，筆者特別花費心思蒐集所有現有資料辛辛苦苦整理出來，以便做應時的禪釋。筆者與史氏是同時代的人，並且彼此還有一面之緣，無論是他的日本經驗、禪修歷程、哲學理念、詩作都是最能引起筆者興趣與關心，雖然筆者並非詩人，但是筆者心中的「詩人」卻與他是同路人，並且在禪修方面我們是同修啊！

　　本書第二部分最後介紹的是沙林傑。筆者於十餘年前便注意到這位與眾不同的近代美國小說家。他引起筆者注意與

興趣有三個原因：其一是他所塑造的人物，尤其是《麥田捕手》中的荷頓・可爾費明顯繼承了現代美國小說的主要脈絡，從馬克吐溫的哈克到海明威的尼克。這三個小孩的雷同性格、對文明社會之反抗與批評、所使用的語言、愛好大自然的本性與超越主義之傾向，以及他們所說、所做、所為中的禪趣；其二為近四十年來他一直住在美國東部新罕布什爾州的小鎮康尼希一座小山丘上，圍有六呎半高牆的新英格蘭式紅色平房內，過著幾乎與世隔絕的孤獨生活。他何以選擇隱居這麼久？他今年已七十七歲高齡了；其三是他的《九篇故事》中，何以在劈頭引用了一則白隱禪師的公案「我們知道兩隻手相拍的聲音，但一隻手的拍聲是什麼？」究竟此公案與書中九篇故事有何關聯或暗示？

本來筆者計劃從禪學之觀點重新探討沙林傑所有的作品，撰寫一部《沙林傑研究》專書，但後來因健康理由而作罷。本書僅僅將於若干年前筆者發表於《朱立民教授七十壽慶論文集：美國文學、比較文學、莎士比亞》的〈沙林傑研究：《麥田捕手》中的禪〉編入，內容稍做修改，以供讀者參考。筆者感到欣慰的是此篇已起了拋磚引玉的作用。在民國81年間筆者所指導的碩士論文已有兩本專門從禪學的觀點研究沙林傑的小說❶。

---

❶ 一本是蔡桂華的 "From Alienation to Enlightenment: A Buddhist Reading of Salinger's *The Catcher in the Rye*", M. A. Thesis, Tamkang University, 1991；另一本是朱益成的 "'The Sound of One Hand Clapping': A Ch'an Reading of J. D. Salinger's *Nine Stories*", M. A. Thesis, Tamkang University, 1992。他們兩位可以

　　美國獨立前後所衍生出來的「美國之夢」本來是非常美好的，它基本上是由於獨立前後一百多年的拓荒時期，將新大陸視為「希望之地」(El Dorado)，向西部拓荒之餘培養出來的精神與夢想，一方面新大陸的無限資源給予人的刺激與誘惑，人人心中抱起發財夢，一方面新大陸的龐大荒野給予人自由發揮空間，呼吸在古老傳統的歐洲享受不到的自由空氣，加深了他們的夢想；人人為自己，也為自己的子孫打拚，追求幸福，後來以明文將追求幸福之權寫在他們的「獨立宣言」中，成為「美國之夢」的依據。但是隨著時代的演變，有人實現了他們的美夢，但也有更多人的美國夢破滅了。

　　尤其是到了十九世紀末至二十世紀的美國自然主義時期❷，由於工業迅速發達，人們的經濟導向觀念漸行明顯與社會價值觀的改變，在弱肉強食與自然淘汰的生物與社會進化論之驅使，以及龐大的社會力量下，人已變成非常渺小，資本家或有錢有勢的人抬頭，勞資之間的問題叢生，社會亂象不斷，人的精神生活與道德意識已完全崩潰，人人的心靈空虛；金錢已成為萬能與成功的指標，人人成為沒有靈魂的機器，喪失判斷是非之能力，錯以為賺大錢可實現他們的美國之夢。這是多麼可怕的觀念與價值觀。此可怕的事實已將當今的美國文化帶入嚴重危機。

　　早在十九世紀末已有人意識到其嚴重性而問自然主義泰斗德萊塞解救之道，德氏則以〈黎明在東方〉一文回答，呼籲美國應向東方哲理看齊，充實心靈之道。那時曾盛極一時

　　說已代筆者完成原先的撰書計劃，在此特以致謝。

❷　參照第二章❺拙作〈德萊塞與自然主義〉一文。

的美國超越主義，於愛默生、梭羅、惠特曼等哲人相繼謝世後，表面上已銷跡無蹤；所幸，實際上超越主義的草根性已深植於現代美國文學作家心中，至今仍然隱約可見。此草根性仍在今日美國文化中生生不息，並仍保存著與禪之間的深厚因緣，這便是現代美國文化危機中的轉機之一。

另一方面佛教之傳入美國更是轉機，尤其戰後興起的披頭時期，一群美國男女青年詩人對於習禪的瘋狂，如克路亞格、金斯寶、史耐德、凱格、甘德爾、惠倫等，以他（她）們神來之筆，或以詩，或以小說，或以散文大力弘法，並促成禪修中心之在美國各地林立，加上1893年之後經日本釋宗演與鈴木大拙之赴美弘法點燃了禪宗，尤其臨濟與曹洞二宗在美國盛行的因緣。

所以筆者深信如果今日美國文化由於高科技之過度發達已陷入危機，此危機也是轉機，因為美國超越主義如「草根」般仍在今日美國國土上生生不息，並且戰後在美國禪文學的蓬勃發達與禪修中心及佛教道場之到處林立；更重要的是美國原有的基督教與天主教仍然在美國各鄉鎮吸引著不少當地人，拯救著他們的心靈，美國建國前後時期所遺留下來的清教主義今日仍然有股力量喚醒著幾乎已崩潰的道德意識。

雖然史耐德無奈地說，「相比之下，宗教與哲學價值系統是小事一椿；文明的衝擊與動力才是在商業導向社會中的真正力量；意識形態只是窗戶上的裝飾品而已。」但是筆者仍然相信，只要今後美國人能將他們的「美國之夢」從發財之夢漸改為「明心見性」之夢，多做心靈之旅，回歸自己的本來面目，美國文化仍然是光明的。

　　筆者撰寫本書到此已以「語言道斷心行處」， 所留下的
「便是禪消息」給予有緣的讀者慢慢地去會意個中「默訊」
了。

現代佛學叢書（一）

書名	作者	出版狀況
臺灣佛教與現代社會	江燦騰	已出版
學佛自在	林世敏	已出版
達摩廓然	郗家駿	已出版
濟公和尚	賴永海	已出版
禪宗六變	顧偉康	已出版
人間佛教的播種者	釋昭慧	已出版
菩提道上的善女人	釋恆清	已出版
佛性思想	釋恆清	已出版
道教與佛教	蕭登福	已出版
中國華嚴思想史	木村清孝著 李惠英　譯	已出版
佛學新視野	周慶華	已出版
天台性具思想	陳英善	已出版
慈悲	中村元著 江支地譯	已出版
佛教史料學	藍吉富	已出版
宋儒與佛教	蔣義斌	已出版

現代佛學叢書（二）

書名	作者	出版狀況
唐代詩歌與禪學	蕭麗華	已出版
禪淨合一流略	顧偉康	排印中
禪與美國文學	陳元音	已出版
淨土概論	釋慧嚴	撰稿中
傳統公案的現代解析	李元松	撰稿中
提婆達多	藍吉富	撰稿中
梁武帝	顏尚文	撰稿中
禪定與止觀	釋慧開	撰稿中
臺灣佛教的美術	陳清香	撰稿中
中國佛教藝術賞析	李玉珉	撰稿中
維摩詰經與中國佛教	賴永海	撰稿中
禪宗公案解析	陳榮波	撰稿中
佛教與環保	林朝成	撰稿中
當代臺灣僧侶自傳研究	丁　敏	撰稿中
臺灣佛教發展史	姚麗香	撰稿中
榮格與佛教	劉耀中	撰稿中
菩提達摩考	屈大成	撰稿中

現代佛學叢書（三）

書名	作者	出版狀況
虛雲法師	陳慧劍	撰稿中
歐陽竟無	溫金柯	撰稿中
佛使尊者	鄭振煌	撰稿中
佛教美學	蕭振邦	撰稿中
佛學概論	林朝成	撰稿中